目次

プロローグ

羽田《はねだ》空港を飛び立ったジェット旅客機の黒い機影が音もなく、ゆっくりと満天の星空に上昇して行く。

北郷雄輝《きたざとゆうき》は、熱いコーヒーを啜《すす》りながら、西の空に遠ざかって行く、赤と青の航空灯を眺めた。

マンションのベランダの外には蒲田《かまた》の街の夜景が拡がっていた。

赤色灯を回転させたパトカーが街路を走って行く。サイレンの音が都会の騒《ざわ》めきに紛れ、やがて聞こえなくなった。

ねっとりと昼の暑さを含んだ夜風が、北郷の頬を撫《な》でてそよいだ。

北郷は啣《くわ》えた煙草に、ジッポの火をつけ、煙を吹き上げた。

事件は法的には時効になっていた。

だが、私にとっては、まだ事件は時効になっていない。

十九年前の夏。

七月二十四日夜、「神栄《しんえい》運送会社」の蒲田営業所二階事務室に、終業直後、目出し帽を被《かぶ》った三人組が拳銃《けんじゅう》を持って押し入った。

三人組は事務室で残業していた営業所長の甲田《こうだ》晋《しん》（五十六歳）、会計係長の斎藤《さいとう》篤夫《あつお》（四十九歳）、会計課員の大下《おおした》真紀《まき》（三十八歳）らを脅して金庫を開けさせ、翌日の給料日のため、従業員の給料分として用意していた約一千六百万円を強奪した。

さらに犯人たちは逃走するにあたり、営業所長、会計係長、女性社員、たまたま残業でその場に居合わせたアルバイトの女子高生二人を含む五人を、目隠ししたまま跪《ひざまず》かせて並ばせ、まるで処刑でもするかのように、額に拳銃をあて、つぎつぎに射殺した。

私がまだ高校生時代のことだ。

その日のことは、いまも昨日のように、よく覚えている。夜になっても、まだ昼の熱気が残っており、部屋で何もせずにじっとしていても、じんわりと汗ばんでくる。

三人組は犯行後、営業所一階の作業場で積下し作業をしていた運送用のトラック一台を奪って逃走した。

事前に、三人組はトラックの運転手と助手、作業員の三人を拳銃で脅して縛り上げている。

運転手たちは、三人組の逃走後、まもなく自力で紐《ひも》を解き、二階の事務室に駆け上がり、惨劇を見、直ちに警察へ通報した。

警察は緊急配備し、主要な幹線道路に検問を敷いたが、結局、犯人たちを捕らえることはできなかった。

奪われたトラックは、その後、多摩川の河川敷に乗り捨てられていた。荷台には積まれた荷物が、そのまま手付かずで残されていた。

犯人たちの遺留品はほとんどなく、その後の犯人たちの足取りも分からず、捜査はまったく行き詰まった。

当日、運悪く居合わせたアルバイトの女子高生は、大下美代《みよ》と吉原紗織《よしはらさおり》だった。いずれも十七歳の高校生で、北郷と同じ大森南《おおもりみなみ》高校に通っていた。

北郷は、いまでも吉原紗織を思うと胸が張り裂けるように痛む。

紗織は高校二年生、セーラー服が似合う女の子だった。

目を瞑《つぶ》ると、紗織の可憐《かれん》な姿が脳裏に浮かんでくる。

悪戯《いたずら》っぽそうな大きな目で私を見つめてよく笑った。

長くてさらさらした光沢のある黒髪。切れ長の大きな目に、活《い》き活きと輝いた黒い瞳《ひとみ》。すっきりと整った目鼻立ち。ふっくらとした頬には、笑うと可愛い笑窪《えくぼ》ができる。

紗織が好きな詩人や作家は中原中也《なかはらちゅうや》と大岡信《おおおかまこと》と村上春樹《むらかみはるき》。ユーミン（荒井由実《あらいゆみ》）とショパンが大好きで、荒井由実の「ひこうき雲」をウォークマンで聞いていた。

運動や数学はからっきしだめだったが、国語や英語の成績は抜群によく、生物や地理も得意な科目だった。

動物が大好きで、将来は動物園の飼育員になり、ライオンやキリンの世話をしたい。いつか一緒にアフリカのサバンナやジャングルへ行こうといっていた。私が動物が苦手なのを知っているのに。

そういえば、紗織は海の魚も好きだった。紗織に誘われ、しばしば品川や八景島《はっけいじま》の水族館に出掛けたものだ。

紗織は水中回廊がなにより好きで、周囲を泳ぐたくさんの魚を見ながら、「まるでイルカになったみたい」といつまでも動こうとしなかった。

そういえば星空も大好きだった。

よく二人で多摩川の土手の草地に寝転び、夜空に輝く星を見ながら、星座や星にまつわる話をしてくれた。

こぐま座の北斗七星の第七星「揺光《アルカイド》」を密《ひそ》かに自分の星だと教えてくれたのも、その時だった。本当は、北斗七星はおおぐま座だったが。

紗織が多摩川の土手を、スカートを翻し、ポニーテイルに結った長い黒髪をなびかせて走ると、爽《さわ》やかな風を思わせた。太陽の光に輝く紗織の姿に、通りすがりの人たちは決まって、みんな振り返った。

いつも試合に弱いからという理由だけで、阪神ファンだったが、そのくせ野球のことはほとんど知らなかった。

紗織はどこにでもいそうな普通の女子高校生だった。

そんな紗織が、あの日、アルバイト先の事務所に押し入った強盗に拳銃で撃たれて呆《あっ》気《け》なく命を落としてしまったのだ。

その前日の夜、私は紗織とちょっとしたことで口喧嘩《くちげんか》をして別れたばかりだった。どうして、あの夜に限って、あんな口喧嘩をしてしまったのか？

いまとなっては、悔やんでも悔やみきれない。

紗織を殺した犯人たちを、この手で八つ裂きにしたいほど憎んだ。私は、そいつらを絶対に許さないと心に誓った。

だが、警察の捜査は一向に進まず、犯人たちの正体はもちろん、行方も分からなかった。

事件が起こってから六年後、都内の大学を卒業した私は迷うことなく、警察官の道を選んだ。刑事になって、紗織の無念を晴らすために。

そして、十九年の歳月が流れ、その間に事件は時効になった。たとえ、犯人を割り出しても処罰することはできない。

北郷は煙草の煙を宙に吹き上げた。

白い煙はベランダから夜の闇に流れて消えた。

法的に時効になろうが、私はいまも犯人を追い続けている。

殺しに時効はない。

あってたまるか。

北郷は短くなった吸い差しをベランダに置いた灰皿に押し潰《つぶ》して火を消した。

また遠くで緊急車両の鳴らすサイレンが響いていた。

第一章　チャイニーズ・ボックス

1

霧のような雨がしっとりと路面を濡《ぬ》らし、川崎《かわさき》の繁華街を黒々と夜の色に塗り込めていた。

遊興街の通りは大勢の人の群れで賑《にぎ》わっている。会社帰りのサラリーマンや労働者たちだ。

色とりどりのネオンがきらめき、慌ただしく点滅を繰り返しては、通行人たちの好奇心を掻《か》きたて、密かに抱いている欲望をそそっている。

北郷雄輝はビルの看板を見上げた。

マンガ喫茶「極楽鳥《ごくらくちょう》」二十四時間営業。

やつがいっていたのは、このネットカフェに違いない。手がかりの男はこの店に寝泊りしている。

霧雨はネオンの赤い光に映えて、鮮やかな紅色の煙幕を張っているかのようだった。

どこからか聞き覚えのあるポップスが流れてくる。

数年ほど前に流行《はや》った恋の歌だ。

軽快なリズムで、女の子の切ない心を唄《うた》っている。

ビルの入り口で傘を折り畳み、北郷はメロディを口ずさみながら、暗い階段を駆け上った。階段の蛍光灯が消えたり点《つ》いたりしている。

二階のフロアに「極楽鳥」はあった。自動ドアがため息のような音を洩《も》らして、暗い穴蔵がぽっかりと口を開けた。

北郷は一瞬だけたじろいた。

迷宮への入り口？

一度踏み込めば、もう二度といまの世界には戻れない。果てしない地獄へ続く道を進むことになる。

ふと、そんな予感が頭を過《よぎ》った。

面白い。すでに骰子《さいころ》は振られた。後戻りするつもりはない。

北郷は薄暗い店内へ、ゆっくりと足を踏み入れた。

入り口の脇に受付のカウンターがあった。受付の男がマンガ週刊誌から目を上げた。不精髯《ひげ》を生やした顔が北郷を迎えた。

「いらっしゃい」

年は若いのに生気のない疲れた顔をしている。カウンターに置いた手が浮腫《むく》んでいる。見かけは四十代後半に見えるが、まだ三十代になったくらいだろう。

どこからかテレビのCMが聞こえた。女の声が「ご利用は計画的に」といった。

馬鹿馬鹿しい。

計画的に金を遣えるくらいなら、はじめから借金なんかしない。

「空いてる？」

北郷はさりげなく店内に目をやった。

狭い廊下が奥に延び、両側にドアが十数並んでいた。仕切り壁はベニヤの化粧板だ。あちらこちらからパソコンが立てる静かな電子音が洩れて来る。

奥の窓はすべて板で塞《ふさ》いである。非常用の裏口もない違法建築だ。出入り口は正面のひとつしかない。

「すみません。満席なんです」

男は北郷の鋭い目付きや身にまとっている不穏な臭いに、本能的に警戒していた。

男はまともにこちらを見ようとしない。目だけが落ち着かなく動いている。何か後ろめたいことを隠している目だ。

「じゃあ、しばらくここで待たせて貰《もら》おうかな」

受付の横のスペースにある長椅子に目をやった。小型テレビが点けっぱなしになっている。お笑いタレントが二人、面白くもない話を続けていた。

「お待ちになっても無駄かもしれませんよ。この時刻ですからね。外は雨だし、お客さんはみなオールナイトで来てますしね。ほかの喫茶にあたったらいいと思いますが」

言葉遣いは丁寧だが、慇懃《いんぎん》無礼というやつだ。親切ごかしに、早く出て行けと厄介払いしようとしている。

北郷はちらりと壁時計に目をやった。一目で安物と分かるアナログの時計だった。長針が五分ほど遅れた位置を指していた。

十一時七分。

北郷は胸の内ポケットに手を入れ、振り向いた。男はさりげなく手をカウンターの下に隠した。

「尋ねたいことがあるのだが」

北郷は内ポケットから一枚の写真を取り出し、カウンターの男にかざした。

「来ているだろう？」

男はちらりと写真を見た。喉仏《のどぼとけ》が大きく上下した。目が泳ぎ、一瞬廊下の方を見た。

「どの部屋だ？」

「いませんよ」

男は目をしばたたかせた。ろくに写真も見ない。

「だいいち、知らない男だし」

「よく見てほしいな」

北郷はカウンターに近付き、右手で摘んだ写真を男の顔の前に突き出した。男の額から汗の粒が吹き出ている。

「ほんとに俺、知りませんよ」

北郷はいきなり左手を伸ばし、カウンターの下に隠した男の右手を掴《つか》んで引きずり出した。すぐさま逆手に取った。

「な、なにをするんだ！」

男の手には黒い刃のダガーナイフが握られていた。北郷は写真を男の顔に突き付けながら、捻《ひね》った手に力をこめた。

「どこの部屋だ？」

男は苦痛に顔を歪《ゆが》め、ダガーナイフを離した。ナイフが音を立てて床に落ちた。

「ご、5号ブース」

「ご協力、ありがとう」

北郷は逆手に取っていた男の手を放し、写真を内ポケットに戻した。途端に男は怒鳴った。

「サツだあ！　逃げろ」

男は壁のボタンを押した。火災報知機がけたたましく鳴りだした。

受付の男はカウンターの脇のドアを開け、逃げ出した。自動ドアが開くのももどかしそうに慌てて外へ飛び出した。

店内が騒がしくなった。あちらこちらで物音がたった。次々にドアが開き、人が飛び出して来る。

北郷は折り畳み傘の柄を持ち、カウンターの前で待った。

5号ブースのドアが開いた。ニット帽を被《かぶ》った男が出てきた。写真の男だ。

男たちは狭い廊下を押し合い圧《へ》し合い、群れになって駆けてくる。ニット帽の男も群れに加わった。

「梶原勇太《かじわらゆうた》！」

北郷は怒鳴った。ニット帽の男が不意に立ち止まった。ほかの男たちは北郷の脇を擦り抜けて行く。

「梶原勇太だな？」

北郷はニット帽の男の前に立ち塞がった。

「違う。おれはそんな名前ではない」

「話がある」

「…………」

梶原はじりじりと後退りした。身を翻して廊下を戻ろうとした。

「おい、出口はここ一つだぞ」

梶原は奥へ行きかけて振り向いた。

ザックからダガーナイフを取り出した。鞘《さや》を払った。さっきの男が持っていたナイフと同じタイプの黒い刃のナイフだった。

「梶原、落ち着け。捕まえに来たんじゃない。話を聞きたいだけだ」

梶原はダガーナイフの柄を腰にあてた。北郷は折り畳みの傘を立てて構えた。

「畜生！」

梶原は北郷へ体当たりするように飛び込んで来た。

北郷は体を躱《かわ》し、傘でナイフを叩《たた》き落とした。返す刀で、傘の先を梶原の鳩尾《みぞおち》に突き入れた。

梶原はうっと呻《うめ》き、その場に蹲《うずくま》った。北郷は梶原の体を床に押し付けた。手首を捩《ね》じ上げ、ダガーナイフを奪った。

「仕方ない。とりあえず、銃刀法違反の現行犯逮捕だ」

北郷は手錠を掛けた。

階段を大勢の靴音が駆け上がって来る。

自動ドアが開き、大勢の男たちが雪崩を打って店内に飛び込んで来た。

「警察だ！　動くな。おとなしくしろ！」

北郷は警察バッジを出す間もなく、刑事たちに両腕を捻じ上げられ、押し倒された。

「全員の身柄を拘束しろ」

現場指揮官の鬼瓦《おにがわら》のような顔をした刑事が怒鳴り声を上げた。

鬼瓦の刑事は最初に逃げた受付の男を引き立てていた。男は両手錠を掛けられ、うなだれている。

「野郎、どけ」

「一人も逃がすな。店内を徹底的に捜索するんだ。ブツがどこかに隠してあるはずだ」

部下の刑事たちが北郷の脇を抜けて、廊下にどっと駆け込んで行く。

あいかわらずベルがけたたましく鳴り続けていた。

「うるせえな。誰か早くベルを止めろ。喧《やかま》しくて話も通らん」

鬼瓦刑事ががなった。

ようやくベルが止まった。

北郷は若い刑事に捩じ伏せられた。若い刑事は床に捩じ伏せた北郷の背中に膝《ひざ》を乗せて押さえ付け、北郷の手首に手錠を掛けようとしていた。

「おれは警官だ。内ポケットを調べてみろ」

「うるせえ。静かにするんだ」

若い刑事は北郷の頭を拳《こぶし》でがつんと殴った。北郷は苦笑いをして黙った。

若い刑事は現場に踏みこんだばかりで、いまは頭に血が上っており、何をいっても聞く耳を持たないに違いない。

「梶原が使っていたパソコンの記録を保存しておけ。交信相手のデータがあるはずだ」

鬼瓦はカウンターの前に仁王立ちになり、大声を張り上げ、あれこれと指示している。

見るからに頑固そうな老刑事だった。

北郷はため息をつき、騒ぎが納まるのを待った。

2

鬼瓦のような顔をした刑事は、川崎署刑事課の主任、巡査部長の大村源次郎《おおむらげんじろう》と名乗った。

大村は渋い顔で北郷を見た。

「蒲田署へ問い合わせましたよ。本当に警察官だったんですね」

デカ長は口をへの字にし、机の上に警察バッジや特殊警棒、手錠、ケータイ、財布、折り畳み傘などを、一つひとつ並べて置いた。

「しかも、蒲田署刑事課の強行犯捜査係の係長さんではないですか。上司があんたの身元を確認してくれましたよ。だけど、係長は、うちのシマで何をしているのかって訊《き》いてましたよ」

「……そうだろうな」

また戸田肇《とだはじめ》課長にどんな嫌味をいわれることか。

北郷は警察バッジや財布、ケータイをポケットに仕舞った。特殊警棒を腰のベルトのホルスターに差し込み、手錠をベルトに付けた。

「みんな、揃っているでしょうな」

「うむ」

「しかし、困るんですよね。警視庁の所轄の係長さんともあろう人が、多摩川を越え、県警の管内にまで出っ張って、事前にわしらに何の話もつけず、うろついて貰《もら》っては。それに、わしらの捜査の妨害までしてくれた」

「………」

捜査妨害した？

「うちとしては、あのマンガ喫茶を何ヵ月も張り込んで内偵捜査をしていたんでね。そこへおたくが乗り込んで来て、目茶苦茶にしてくれた。ほんとに困るんだよ。これまでせっかく泳がせていたタマを捕られたとあっては、内偵捜査は振り出しに戻ったようなものだ。いったい、どうしてくれるんです？」

「まったく申し訳ない」

北郷は頭を下げた。

大村部長刑事《デカチョウ》が怒るのは無理もない、と北郷は思った。

もし、大村と立場が逆になったら、北郷だときっと頭に来る。他所《よそ》の署員に捜査妨害されたら、相当の嫌味をいうに決まっている。まして本庁でない他県警の捜査員だったらなおのことだ
店に入る時に頭を過《よぎ》った悪い予感は、こんなことだったのか。

「デカ長、どうします？」

大村の隣に立っていた年配の刑事が、大村に訊《き》いた。大村は肩をすくめた。

「どうするといってもな。いまさら謝られても、元に戻るのでもない。まったく困ったもんだよ」

周りにいる刑事たちが口々に皮肉や文句をいった。

「警視庁のデカさんはよ、いつもそうだ。うちらのシマを勝手に荒らし回って、てめえでドジって、ホシに逃げられたりする」

「警視庁のデカさんはわしら県警のデカと出来が違うっていうんかね。わしらを馬鹿にしてんじゃないの？」

「……ったくよ。そのくせ、うちらが警視庁管内へ出っ張れば、事前にナシ（話）を通せって、文句をいって来るしさ」

「今回は、まったく申し訳ない」

北郷は刑事たちから、集中攻撃を受けて、ひたすら頭を下げた。

「まあまあ、係長さんも謝っているんだ。みな、そのくらいにしておけ」

大村は刑事たちを取り成した。

「ところで、北郷さん、いったい、何の捜査で、あの店へ行ったんです？」

「さっきもいったが、ある事件の聞き込みをしていた。ようやく手がかりを得て、辿《たど》り着いたのが、あの店だった」

「聞き込んでいたですと？じゃあ、正規の捜査ではないんですか？」

大村は腹立たしそうにいい、周りの刑事たちと顔を見合わせた。

「事前捜査だ。もしかすると、本筋の事件の捜査に繫《つな》がるかも知れない」

事前捜査は、事件性があるかないか、あるいは本格的な捜査に入るべきか否かを、判断するための予備捜査だ。

「なるほど。確かにほんのちょっとしたきっかけから、大事件に突き当たることがありますからねえ。梶原勇太が、いったい、どんな事件に繫がっているのか、教えてくれませんかね」

「十九年前に蒲田で起こった殺しだ。ただし、事案は法律上、四年前に時効になっている。捜査本部も解散している。犯人たちの正体はもちろん、その逃走経路も行方も分からずに、お宮入りになった未解決事件だ。その事案を見直していたら、参考人として梶原勇太の名前が出て来た。それで当直明けだったこともあり、梶原本人に直当《じかあ》たりしてみようとした。そうしたら、あんな騒ぎになってしまった」

大村は頭を振った。

「わしらは、ずっと以前から、ある事案のマル被（被疑者）として、梶原をマークしていたんですよ」

「そうとは知らず、邪魔をしてしまったわけだ。ほんとに申し訳ない」

「梶原勇太を捕って、どうするつもりだったんです？」

「捕るつもりはなかった」

「梶原にワッパ（手錠）を掛けていたじゃないですか」

「成り行きだ。話を聞こうとしたら、ナイフを振りかざして襲ってきた。仕方なく、ナイフを奪い、とりあえず殺人未遂と銃刀法違反で現逮（現行犯逮捕）した。そこへあんたたちが打ち込んで来た」

「そういうわけでしたか。……参ったな」

大村は頭を振った。北郷が訊いた。

「デカ長たちが内偵していた事案というのは、何だったのだ？」

「ヤクと拳銃《チャカ》の密売ルートの捜査です。やつが密売の末端にからんでいるのが分かったので」

北郷は拳銃密売と聞いて気になった。

「拳銃？　何を扱っているんです」

「主にロシア製のトカレフ、マカロフですね。それに自動小銃のカラシニコフAK-47なども売買していたらしい」

「相手は？」

「日本人やくざや中国人マフィア、韓国人やくざですな」

大村は北郷に向き直った。

「梶原の身柄は、どうします？　一応、北郷さんが先に現逮で捕ったので、一応、優先権はおたくにあるんですが」

「本官が勝手にデカ長たちのシマを荒らしてしまったこともあるので、梶原の身柄はデカ長に渡しましょう」

「そうして貰えれば、わしらの面子《メンツ》も立つ」

「ただ、その前に頼みがあるのだが」

「何ですかな？」

「ちょっと事情聴取をさせて貰いたい」

「いいでしょう。ただし、一応、誰かを立ち会わせて貰いますが」

「結構だ」

北郷はうなずいた。

ケータイが振動した。北郷はポケットからケータイを取り出した。

戸田課長のケータイが表示されていた。

北郷は溜《た》め息をつきながら、通話ボタンを押した。

『北郷係長、きみは川崎で、いったい、何をしているのだ？』

いきなり戸田課長の怒鳴り声がケータイから聞こえた。

3

戸田課長の小言は、ひとしきり続いた。

北郷はケータイから耳を離し、しばらく戸田の怒鳴るままにした。

「北郷警部補、こちらへ御出《おい》でください」

大村の部下の刑事が呼んだ。

「…………」

北郷は刑事に手を上げ、すぐに行くという仕草をした。ケータイを耳にあてた。

「課長、いまこちらの担当者から呼ばれてます。済みません。詳しい報告は、明日《あした》、署に上がってからいたします」

戸田課長の不機嫌そうな声を無視してケータイの通話を切った。

「3号取り調べ室です」

「ありがとう」

北郷はジャケットを羽織り、若い刑事の後について刑事部屋を出た。首筋に刑事たちの好奇の視線が何本も突き刺さるのを感じた。

取り調べ室は刑事部屋と同じ階にあった。容疑者の供述の裏取りをするのに、いちいち階段を上り下りする労をはぶいている。

若い刑事が3号と書かれたドアをノックした。中から「おう」という野太い声の返事が聞こえた。

若い刑事がドアを開けた。

机と椅子だけの殺風景な小部屋だ。向かい側の壁に、ぼんやりと鉄格子が透けて見える曇りガラスの小さな窓があった。

部屋には、机を挟んで向き合ったワイシャツ姿の大村部長刑事と梶原勇太、その二人を囲むように立った三人の刑事がおり、さらに部屋の隅の机に、記録係の制服警官の姿があった。

梶原は虚勢を張り、不貞腐《ふてくさ》れた態度で椅子にふんぞり返っていた。

北郷は部屋のドアを後ろ手で閉めた。

取り調べ室は、独特の臭いがする。さまざまな運命がぶつかり合って立てる臭気だ。人の体臭や汗の臭い、煙草の煙や吐く息の臭いが塵《ちり》や埃《ほこり》と一緒になって、周囲の壁や天井、床や机、椅子などにこびりついている。

大村は北郷を見ると、椅子を引き、立ち上がった。

「時間は十五分ぐらいでいいですか？」

「うむ。十分です」

「では、どうぞ」

大村はお手並み拝見という態度で窓側の壁に立った。

ほかの刑事たちも、興味津々といった面持ちで、北郷と梶原の二人を取り囲んでいる。

北郷は梶原の向かい側の椅子に座った。

「悪いが、こいつと二人だけにしてほしいのだが」

「誰か立ち会うという約束だったはずですが。大事なマル被なんでね。万一、逃げられでもしたら、えらいことになってしまう」

大村がじろりと北郷を睨《にら》んだ。

階級はおまえの方が上だが、警察の飯を食った年季《メンコ》の数では、おまえのような若造よりも上だぜ、という態度がありありと表れていた。

「こんな大勢が見ている中では、本人も心開いて話すことができない。だいいち、おれにとっては、この男は被疑者ではないから取り調べではない。あくまで任意で事情を聴く、参考人なのでね」

「約束は約束でしょう」

大村は黙したままだった。

「分かった。では、デカ長がひとり立ち会うというのではどうだ？」

「いいでしょう」

大村は同僚の刑事たちに目配せした。刑事たちは何もいわず、大村一人を残して、ぞろぞろと部屋から出て行った。記録係の警官も席を立った。

北郷はあらためて梶原を見据えた。

「梶原勇太だな」

「分かっているんだろう。そこに免許証もあるしよ。本人確認するまでもねえだろ」

梶原は机の上に置かれた免許証を顎《あご》で差した。

「そう突っ張るな。おれはこの署の人間じゃない。そもそも、おまえを捕まえに店に行ったわけじゃないんだ」

「サツに変わりねえじゃねえか。……ざけやがって」

「煙草、吸うか」

北郷は梶原の文句を無視して、ジャケットのポケットからピース・インフィニティの箱を取り出した。箱から一本を出して勧めた。部屋の壁に「禁煙」の貼り紙がしてあった。

北郷は大村にちらりと目をやった。大村は壁に凭《もた》れ腕組みをしたまま、何もいわなかった。北郷はアルミの灰皿を机に置いた。

「さっきまではよ、モク一本も吸わせてくれなかったぜ」

梶原は鼻を鳴らし、箱から煙草を一本引き抜いて銜《くわ》えた。

「それはそうだ。おまえは被疑者だったんだからな。いまは違う。おまえは参考人だ。その立場の違いは分かるな」

「…………」梶原の目が泳いだ。

北郷はジッポを取り出し、火を点《つ》けた。梶原にジッポの火を差し出した。梶原は小刻みに震える手で煙草の先を火に入れ、旨《うま》そうに煙を吸い込んだ。北郷も自分の口元の煙草にも火を点けて吸った。

「おまえの兄貴は、健作《けんさく》といったな。いまどこにいる?」

「なんでえ。突然、兄貴のことを持ち出しやがって」

「どこで働いている?」

「知らねえよ。ある日、突然、蒸発《ふけ》てしまってから会ってねえや」

「ふけたのはいつのことだ？」

梶原はふーっと煙を天井に吹き上げた。

「いまから十二、三年前だったかな。俺がまだ中学に通っていたころだからな」

「そうか。兄貴からの手紙や電話はないのかい？」

「ねえな」

「親父やお袋さんには、一言ぐらい連絡はあったんじゃないか？」

「親父は死んじまったしな。お袋も、そんなこと一言もいってなかった。どこへ消えたかって、心配してたからな。警察に家出人の捜索願を出しても、それっきり、なしのツブテだったしな」

「捜索願を出してあるのか。どこの署だ？」

「あの頃は蒲田に住んでいたからな。蒲田署だったと思うよ」

「兄貴がふけた理由に心当たりはないか？」

「いや、ないね」

「そのころ、梶原、おまえ、学校で番を張ってたそうじゃないか。わけの分からぬただの餓鬼ではなかったはずだ。長距離トラックの運転手をしていた兄貴を、尊敬してたんだろう？」

「突然、なんでえ、兄貴の何が問題なんだ？」

「思い出してほしいんだ。兄貴がふけた前後、妙な男や女が兄貴を訪ねて来なかったかい？」

「……………」

梶原は浮かぬ顔をした。

「兄貴が当時、付き合っていた連中のこと、思い出せないか？　付き合っていた女でもいい」

「なんで、兄貴のことを調べているんだ？」

「もしかすると、おまえの兄さんは、ある事件に関係していたかもしれんのだ」

「何の事件だ？」

「十九年前、蒲田で起こった殺人事件だ」

「兄貴が犯人だということか？」

「そうはいっていない。当時の捜査記録では、一応兄さんはシロだ。だが、いまから思うと、犯人たちのことを知っていたかもしれないんだ。兄貴は犯人たちから逃れるために、ふけた可能性もある」

「……………」

梶原は煙草をすぱすぱ何度も吹かした。

「何か、思い出したか？」

「その頃、兄貴には付き合っていた女がいたんだ。髪が長くて気が優しい女の人だった」

「女の名前は?」

「早苗《さなえ》。早苗さん」

「苗字《みようじ》は?」

「……、片山」

「どんな女だった?」

「丸顔で、十人並みだった。兄貴はその早苗さんと所帯を持ち、俺の姉さんになると思っていた。お袋は反対してたけどな」

「どうして?」

「水商売だったからだ。お袋は、昔気質《むかしかたぎ》でね。息子の健作には、堅気の娘を嫁にしたい、といっていたんだ」

「どこにある店だ?」

「川崎の堀之内《ほりのうち》の飲み屋街だ。何という店だったたっけな。二、三度、内緒で兄貴に連れて行って貰《もら》ったことがあるんだ。そこではじめてビールを飲んで酔っ払ってよ、早苗さんに介抱して貰った。優しい女でさ。本当の姉さんみたいだっていったら、笑っていた。笑顔が素敵な人だった」

「店をやっていたのか?」

「いや、バーのホステスだよ。いまでいうクラブかな。着飾った女たちがいてよ、客の相手をしてくれる店だった」

「店の名は？」

「アイラン、たしかそんな名だった」

「愛蘭？」

北郷は目の端で大村がみじろぐのを見た。

「デカ長、知ってるかい？」

「ああ。そんな店があったな。一時、堀之内で繁昌《はんじょう》していた店だ。いまは潰《つぶ》れてなくなっているが」

大村は腕組みをしたままいった。北郷は梶原に向き直った。

「その早苗には連絡を取れるか？」

「連絡先や住所など俺は知らない」

「不審な連中が訪ねて来たことはなかったか？」

「そういえば、兄貴がふけた後まもなく、刑事たちが車でやって来て、お袋に早苗も消えたという話をしていた。どこへ逃げたって、しつこく聴いていた」

「刑事だって？」

「ああ」

「どうして刑事だと思ったんだ？」

「さっきまで、ここに立っていたような、やくざな風体の連中たちだよ」

北郷は苦笑いした。

仕事柄、やくざな暴力団員や粗暴犯を相手にする刑事たちは、やくざ以上に悪めいた風体になる場合が多い。

「黒い手帳をちらつかせてよ、さも偉そうにお袋に怒鳴り散らしていた」

北郷は大村と顔を見合わせた。

「人相は覚えていないか」

「十年以上も前だものな。覚えてないね。お袋なら覚えているかも知れないが」

「お袋さんは、そんな連中のことは、なんもいってなかったな」

梶原の表情が歪《ゆが》んだ。

「お袋に会ったのかい？」

「ああ。あんまり、お袋さんを困らせるなよ。兄貴がいないいま、おまえだけを頼りにしているじゃないか」

「…………」

梶原はアルミの灰皿に煙草の吸い差しを押しつけて火を消した。

大村が腕時計に目をやった。

「北郷さん、そろそろ……」

「分かった」

北郷は梶原に向いていった。

「梶原、なんか思い出したら、俺を呼んでくれ。デカ長さんに頼めば、俺に連絡してくれるはずだ」

梶原は何も答えなかった。

北郷は立ち上がった。机の上の灰皿を片付けながら、さりげなく梶原の残した吸い差しを摘み上げた。それをハンカチに包みこんでポケットに落とし込んだ。

「おい、終わったぞ」

大村はドアを開けた。廊下に待機していた刑事たちがどやどやっと部屋に入った。

北郷は肩をすぼめ、廊下を歩きはじめた。

4

翌日、北郷は午前十時に蒲田署に上がった。

昨日、当直明けだったので、昼過ぎに出勤すればよかったのだが、昨夜のことがあったので少し早めに出勤して、課長に報告しなければならなかった。

北郷はエレベーターで、五階に上がり、刑事部屋の扉を開けた。

刑事部屋は、盗犯係の刑事たちは出払っていて、残っているのは日直当番の強行犯捜査係の刑事たちだけだった。

刑事たちは、それぞれ手持ち無沙汰《ぶさた》な様子で、ある者はスポーツ新聞を拡げたり、テレビを見たり、ある者は捜査報告書を書いていた。

課長席には、戸田課長の姿はない。署長のところにでも行っているのだろう。

「おはようさんです」

「おはようさんすッ」

強行犯捜査係の班員たちがつぎつぎに北郷に声をかけた。

二列に並んだ机の端から、黒いスーツ姿の女性刑事が勢い良く立ち上がって敬礼した。

先月の人事異動で強行犯捜査係に配属されたばかりの新人の青木奈那《あおきなな》巡査だ。

「おはようございますッ」

新人らしく所作がきびきびとして、元気潑剌《はつらつ》、気合いが軀《からだ》にみなぎっている。

「青木、これを鑑識へ頼んで、科捜研に回してもらい。DNA鑑定してもらってくれ。吸い口に唾液《だえき》がついている」

北郷はポケットからハンカチに包んだ吸い殻を青木刑事に渡した。

「はい。係長」

青木刑事はぽっちゃりした丸顔を少し傾げた。

「何の事案ですか?」

「事案名はなし。内偵中の重要事案だといえばいい。この十数年間の身元不明遺体のDNA鑑定と比較して、ヒットする者がいないかどうかを、調べてほしい」

「了解」

青木刑事は上気した顔でうなずいた。

北郷は自分の席についた。机に部下たちが書いた捜査報告書が積んである。

三日前に管内で起こった郵便局強盗事案と通り魔事件の捜査報告書だ。

通り魔の犯人はまだだが、郵便局を襲った犯人はすでに逮捕済で、供述書も取ってある。あとは身柄を検察へ送るだけだ。

北郷が報告書に目を通しているところに、戸田課長の声がかかった。

「係長。ちょっと来てくれ」

いつの間にか、席に戻った戸田課長が、北郷を手招きしていた。

「はい。ただいま」

北郷は、報告書を机に置き、ゆっくり立った。班員たちの机の間を縫い、課長の机の前に行った。

戸田課長は老眼鏡を押し上げ、北郷を見上げた。

「いくら、時間外だからといって、何をやってもいいというわけにはいかんぞ」

「はい。お騒がせして申し訳ありません」

「だいたい、川崎くんだりで、何をこそこそ調べているんだ？」

戸田は眇《すがめ》で北郷を見上げた。

「内緒で調べているわけではありません」

「そうか？　では、何を調べているのか、いえ」

「はい。殺しです。ただし、すでに時効を迎えてしまっているヤマですが」

「時効ものか？　どんな事案だ？」

「十九年前、蒲田署管内で起こった神栄運送会社蒲田営業所強盗殺人事件です」

「確かに、そんな事件もあったな。わしがまだ葛飾《かつしか》署の盗犯係をしていたころだな。しかし、なんで、そんなヤマを追っている？　警視庁挙げて追い掛けたが、結局、お宮入りになった事案だろう。先輩たちが挙げられなかったホシを挙げて、鼻をあかそうというのか？」

「いえ。そんなつもりはありません。ただ、殺された被害者たちを思うと、犯人たちの逃げ得は許せないからです」

刑事部屋が静まり返っていた。青木をはじめ、班員たちが聞き耳を立てているのが分かった。

戸田課長は渋い顔をした。

「……それは、わしらも、みな同じ気持ちだ。犯人たちが憎い。逃げ得は許せないと思っている。だが、北郷くん、たとえ、事件の容疑者が分かっても、時効成立では立件もできんだろう」

「はい」

「法律で時効がある以上、残念だが、どこかで捜査の区切りはつけねばならない。まして時効になった事案の再捜査に、人を割くわけにいかないし、捜査の費用をかけるわけにもいかんのだ。都民から預かった貴重な税金だ。一円だとて、無駄にはできん」

「はい。分かっています」

「そもそも、我々に、そんな時効になった昔の事案にかまけている暇はないんだ。こうしている間にも、次々に凶悪犯罪が起こり、そちらに人や時間を割かねばならん。それも分かっているな」

「分かっております。ですから、あくまで時間外を利用し、自費で調べています」

「時間外とはいえ、きみは、蒲田署刑事課の強行犯捜査係長であることを忘れて貰《もら》っては困る。時間外には、余計なことをせず、ゆっくり軀を休め、いつ何時起こるかもしれない凶悪事件に備えてほしい」

「ですが、時間外に、ゴルフをするよりは、よほどいいと思いますが」

戸田課長はちらりと窓際の壁に立てたゴルフバッグに目をやった。

「あれはゴルフ好きの署長に付き合ってやっていることだ。上の理解を得るには、日頃の付き合いがものをいうのだからな」

戸田はバツが悪そうに周囲を見回した。刑事たちは知らぬ顔をしながらも顔をにやつかせていた。

「係長、きみも一度ゴルフをやってみればいい。日頃の運動不足の解消にもなるぞ。精神をリフレッシュする上でもゴルフはいいぞ」

「…………」

北郷は返事をしなかった。

ゴルフはキャリア組の警察官僚ならいざ知らず、刑事向きのスポーツではない。

戸田課長は老眼鏡を鼻の上にかけ、話題を逸《そ》らすように、机の上のメモ用紙をめくりながらいった。

「そうそう。昼間、本庁の捜査一課の宮崎《みやざき》管理官から電話があったぞ」

「そうですか。用件は何でしょう？」

「さあ。それは知らん。何もいわなかったからな。ともかく、きみのことをよろしくといっておったが」

管理官の宮崎邦男《くにお》警視は、北郷が下北沢署以来の上司である。

宮崎と知り合ったのは、北郷が下北沢署刑事課の刑事をしていた時だった。下北沢署管内で女子大生が下宿で殺された事件が発生し、所轄署に捜査本部が立ち上げられ、捜査一課が大挙して乗り込んできた。

当時、宮崎はまだ警部で、捜査一課強行犯捜査係長だった。

捜査は捜査一課の刑事と所轄署の刑事が一組になって聞き込み捜査にあたる。

事案は地道な聞き込み捜査で上がって来た被疑者が本ボシだったことで、短期に解決した。その時の北郷の活躍が、宮崎の目に留まったらしい。

宮崎は警視に昇進し、捜査一課強行犯捜査係長から新宿署の刑事課長に異動になると、すぐ北郷を新宿署刑事課に呼んだ。

北郷は宮崎課長の下、強行犯捜査係の班長として捜査し、それまで長年未解決になっていた殺人事案の犯人を割り出して検挙した。

その功績が認められ、宮崎刑事課長は今春の人事異動で、捜査一課に戻され、管理官に抜擢《ばってき》された。

北郷は、宮崎の引きで、捜査一課への異動を打診されたが、北郷は首を縦に振らずに断った。

通常、警視庁では、よほど上から認められ、上司の引きがなければ、本人の希望通りに異動先が決まることはない。

警視庁捜査一課の刑事といえば、警視庁の警察官ではだれもが憧《あこが》れる花形である。

正直、北郷も心が揺らいだ。

だが、捜査一課に行けば、いま個人的に調べようとしている事案に力を割く余裕はなくなる。次から次に起こる凶悪事件の捜査に追われることになるだろう。

それでは、なんのために警察官になったのかが分からなくなる。

北郷は目をかけてくれた宮崎に、感謝しながらも、どうしても自分の手で解決したい事案があるという事情を話し、蒲田署刑事課への異動を希望した。

もし、蒲田署への異動が出来ないようであれば、辞職も厭《いと》わない、とまでいった。

宮崎は呆《あき》れた顔で聞いていたが、北郷に希望通り蒲田署への異動が内示された。

宮崎が総務部の人事課に、どう働きかけたのかは分からない。だが、宮崎が裏で手を回してくれたことは間違いなかった。

後日、宮崎から電話があった。

『おまえの希望は叶《かな》えた。これは試金石だ。おまえの捜査には、私だけでなく、みんなが期待している。時折でいい、捜査状況を報告してほしい。いいな』

試金石？

宮崎管理官だけでなく、みんなが期待している？

それが、どういうことなのかは、教えてくれなかったが、暗黙のうちに、宮崎や上層部の幹部たちは、北郷が未解決事案をどう捜査しようとしているのか、注目しているということだと理解した。

目の前の戸田課長が不審な面持ちで北郷を見ていた。

「係長、きみは、私に何か隠していないか」

「何も隠しておりませんが」

「そうかな。どうも様子がおかしいのでな」

「どういうことでしょう？」

「管理官が、しきりにきみの様子を聞いていた。きみは、直属の上司である私の頭越しに、管理官から何か密命を受けて動いているのではないか？」

「……そんなことはありません」

北郷は頭《かぶり》を振った。

戸田の口調には、本庁の上層部から目をかけられている北郷へのやっかみが、いくぶんか混じっていた。

「ならば、いいが」

戸田は猜疑心《さいぎしん》の混じった眼差《まなざ》しで北郷を見つめた。

「あくまで、きみは蒲田署の刑事課の係長であり、私の直属の部下であるということを忘れないように。いいな」

戸田はこれみよがしに刑事部屋を見回した。刑事たちは知らん顔をしているが、聞き耳を立てていた。

「はい。分かっております。……ほかにご用は？」

「ない。仕事に戻ってくれ」

「はい。では、失礼します」

北郷は戸田課長に一礼して、自席に戻った。

ひそひそ話をしていた部屋長の雨垣喬《あまがきたかし》巡査部長と真崎滋《まさきしげる》巡査部長が話を止め、北郷を見た。

雨垣はわざとらしく背伸びをした。

「シゲちゃん、たばこでも吸いに行くか」

「ああ」

真崎は相槌《あいづち》を打ち、雨垣と一緒に席を立った。

北郷が私的に一人で過去の事件を調べていることは雨垣たちも知っていた。

いま抱えている事件の捜査で手いっぱいなのに、すでに時効になった事件の捜査まで手を出すとは、係長もなんと粋狂なことを、と陰口をきいている者もいた。

北郷は刑事たちの冷ややかな視線を浴びながら、ホワイトボードに「資料保管室」と書き記し、部屋を出た。

5

薄暗い「資料保管室」はむっと蒸し暑く、人気《ひとけ》がなかった。天井の蛍光灯が青白い光を書類棚や本棚に投げかけている。

資料保管室とは名ばかりで、雑然とした物置きだった。これまで蒲田署管内で扱った事案の捜査関係書類が未整理のまま保管されている。麻紐《あさひも》で括《くく》ったり、段ボールに入れて棚に積んである。

北郷はワイシャツ姿になり、棚から降ろした段ボールの中から古い捜査資料ファイルを取り出し、目を通していた。

段ボールには「神栄運送会社蒲田営業所強盗殺人事件」とマジックインキで書かれている。

保管室の壁に「温故知新」という故事を書いた古い紙が貼り付けてある。誰が書いたのか分からない。だいぶ前に貼られたものらしく、紙の端が少しめくれて剝《は》がれそうになっている。

古い資料を調べれば、新しい事実を知ることができるという示唆なのか？

北郷はパイプ椅子に座り、両手を上げて思い切り背伸びをした。

北郷は事件現場の見取り図や現場写真を見ながら、マグカップの温《ぬる》くなったコーヒーを啜《すす》った。

十九年前の神栄運送会社蒲田営業所。

押し入った三人組の強盗たちの手で、営業所で残業していた五人が射殺された。

凶器は自動式拳銃《けんじゅう》。当時、闇社会に出回っていた旧ソ連製軍用拳銃のマカロフと推定された。

茶封筒から被害者たちの遺体の写真が出て来た。

いろいろな殺しの現場で、たくさんの遺体を見てきたとはいえ、知っている人の遺体を見るのは辛《つら》い。まして、親しかった紗織の無惨な死に顔は、見るのも苦痛だった。

それでも北郷は、紗織の死に顔の写真に見入った。

人形のように表情を失った顔をしている。見開かれたままの瞳《ひとみ》は、どこか遠くを見るかのようだった。

額の真ん中に、ぽっかりと弾の射入孔が黒く口を開けていた。

弾丸は脳を貫通し、後頭部から射出している。その時、弾は脳幹や小脳を破壊し、後頭部の頭蓋骨《ずがいこつ》を砕いて抜けている。

北郷は目を瞑《つぶ》り、しばし紗織の面影を偲《しの》んだ。

一緒に殺された大下美代の写真を手に取った。美代も同じ高校に通っていた。

美代は、同じ日に殺された大下真紀の一人娘だ。

吉原紗織は同級生の美代の紹介で、神栄運送会社蒲田営業所で夏休みのアルバイトをはじめたところだった。

二人の仕事は引っ越しの受付や手配、書類整理など簡単な作業だった。

北郷も紗織もクラスこそ違え、文化祭で一緒に実行委員をしていたので、よく知った間柄だった。

吉原紗織。

いまでも、居たたまれなくなるほど、心が疼《うず》く。

なぜ、あの日に限って、心ないことをいってしまったのだろう。悔やんでも悔やみ切れない。

大したことではなかった。

紗織に借りたスティングのＣＤを返してほしい、といわれていた。俺はその日に返すといっていたが、忘れて持って来なかった。

嘘ばかり。口ばかり。

紗織は、そうなじった。

俺は嘘つきなんかじゃない。腹立ちまぎれに怒鳴り返した。

紗織は膨れっ面をし、何も口を利かなくなった。

なんとなく、いじけた紗織に意地悪がしたくなった。

いつまでも、そうしていればいいさ。

そして、さよならもいわずに紗織に背を向け、自転車を漕《こ》いで別れた。

もし、あの時、いつもどおりマックで待っているといったら、きっと紗織は残業せずに店に駆け付けたに違いない。

あの時、意地悪していなかったら、紗織は生きていたかも知れない。

「係長、ありました。例の事件に関する残りの資料がありました。棚の隅に埃《ほこり》を被《かぶ》っていました」

北郷は山崎《やまざき》巡査長の声に、我に返った。

「あったか。ありがとう」

北郷は見取り図と紗織たちの遺体の写真を大型封筒に押し込んだ。

資料保管室係の山崎巡査長が、麻紐で縛っただけの書類の束を机の上に載せた。

一番上の大型封筒に『神栄運送会社強盗殺人事件特別捜査本部関連資料』と、黒々とインクで大書してある。

うっすらと白い埃が封筒の表面に積もっていた。十九年の積年の埃だ。

「五年前でしたか、もう時効になった事件の捜査資料はいらない。焼却処分するように、と上からいわれたのですがね。どうも気になって、あの事件の資料だけは焼却処分できずに取っておいたんです。いつか、こういうこともあるのではないか、と思いましてね。よかったよかった」

山崎は貴重な骨董品《こっとう》でも扱うような手つきで、縛ってある紐を解いた。埃を払いながら、封筒を机の上に番号順に並べた。いずれも、当時の地取り捜査や聞き込み、神栄運送会社の営業実態、従業員たちの素行調査、敷鑑《しきかん》捜査（被害者たちの身辺捜査）、鑑識などの報告書類だった。

山崎巡査長は来年定年を迎える。定年退職時には、長年の勤労賞として、階級が巡査部長に昇級し、退職金もそれに見合った等級の額が支給される。警察一家のお情けである。

山崎巡査長は白髪頭を左右に振りながら、思い出深げにいった。

「本職も、この事件の捜査を手伝いましたのでね」

「ほう。巡査長は、当時、何をしていたのだい？」

「事件当時、本職はまだ三十八歳でしてね、地域課に配属され、蒲田駅前の交番勤務をしていました」

警視庁蒲田署始まって以来の大事件ということで、地域課の山崎も捜査本部に駆り出され、事件現場周辺の住宅地への聞き込みの手伝いをした。

「本職の聞き込みの報告書も、この中のどこかにあるはずなんですがね」

山崎は懐かしそうに、封筒の一つ一つを撫《な》で回すようにしていた。

「本職も、若いころには、係長のような私服刑事に憧《あこが》れたもんです。刑事になって、蒲田の町を肩で風を切って歩きたかった」

「刑事には志願しなかったのか？」

北郷は捜査報告書を抜き出し、一枚一枚、ページをめくった。

山崎巡査長は傍らで笑った。

「ははは。何度も志願したのですがねえ、落ちてしまった。筆記試験が難しくて。どうも、本職は刑事に縁がなかったようです」

警察では、ほかの省庁や普通の会社と違って、刑事になるにも、昇級するにも、必ず試験がある。その試験に通らなければ、警察では部内での出世も、サラリーの昇給もない。

報告書のなかに「真崎滋」の署名があるのに気付いた。

真崎はまだ平巡査の刑事で、所属は暴力犯捜査係とあった。

捜査本部が立ち上げられると、本庁の捜査一課捜査員と、所轄の刑事とが組んで、現場周辺の聞き込みが開始される。

真崎はその時の応援要員だったらしく、神栄運送会社の敷鑑捜査を受け持っていた。

敷鑑捜査は、被害者たちの身辺を洗い、事件との関わりがないか、を調べる捜査である。

真崎も十九年前といえば、まだ二十代の若手刑事だ。

北郷は山崎に顔を向けた。

「ところで、山さん、当時の捜査員で、真崎刑事以外に、いまも署に残っているのは誰かな?」

「もう二十年近く前ですからねえ。当時の事件を担当した捜査員は、ほとんどみんな定年退職してますねえ。現役で蒲田署に残っている人といえば、その報告書を書いた真崎刑事、それと生活安全課の川上《かわかみ》課長、警備課の匂坂《こうさか》係長ぐらいなものですかねえ。しかし、その三人も捜査の中心ではなかったですね」

山崎は考え込んだ。北郷は訊《き》いた。

「この事件を担当した元捜査員で、誰か知り合いはいないかい?」

「かつての捜査担当者に会いたいというのですか?」

「うむ」

「一人、知っています。あの事件を積極的に中心になって捜査していた刑事で、武田勉《たけだつとむ》というベテランがいましたね」

山崎は思い出したようにいった。

「そうそう、武田さんは、本庁の捜査一課の課員たちと、しばしば捜査方針をめぐって激しくやりあってましたよ」

北郷は報告書から顔を上げた。

「ほう。どんなことで、捜査一課員とやりあっていたのだ?」

「犯人たちが、娘さん二人も射殺したのは、なぜか、それが事件を解く鍵《かぎ》だと言っていたと思います」

北郷は武田の主張に興味を覚えた。

「面白い。おれと同じ考えだ」

「娘のどちらか、あるいは両方かもしれないが、覆面を被っていたとはいえ、話し声か何かで、犯人が誰か分かったのではないか、と。それで、犯人は娘たちにばれるのを恐れて殺した。武田さんは、だから、娘さんたちの知り合いの線を洗うべきだと主張していたと思います」

「一課は、その線を調べなかったのかな？」

「さあ。本部に報告書を届けに行った時、武田さんがたった一人で一課員たちを向こうに回して、まくしたてているのを見ただけですから」

「武田さんは、退職後、何をしている？」

「たしか、どこか警備会社に就職したと思いましたが」

「どこの警備会社だ？」

「知りません。だけど、武田さんは硬骨漢でしたからね。いつまでも、大人しくガードマンなんかやっていないのではないですかね」

突然、非常ベルが鳴り響いた。

緊急出動発令のベルだ。

『……発砲事件発生！　至急至急。蒲田四丁目付近の雑居ビルで、ピストルの発砲音を聞いたという一一〇番入電中！』

天井のスピーカーから指令員の乾いた声が流れた。

北郷は報告書のページを閉じた。

「悪いが、この資料、俺の机に運んでおいてくれないか」

「了解。かしこまりました」

山崎巡査長は喜色満面に答えた。

山崎は資料保管室係に配置され、そのまま定年を迎えようとしていたところへ、降って湧いたように北郷の事件捜査の手伝いをすることになったので、喜んでいた。

6

署の駐車場からパトロールカーがサイレンを唸《うな》らせて走り出して行く。

北郷は階段を駆け降り、一階のリモコン室（無線指揮室）に走り込んだ。リモコン室は蒲田署警ら課所属のパトロールカーや交通車両、生活安全課や刑事課の覆面パトカーなどに指令を出す無線指揮所だ。

『本部から各局。現場《げんじょう》は蒲田四丁目三〇の雑居ビル。二階の会社事務所へ、何者かが侵入、発砲した模様。……現場に到着したPM（警官）から、支援要請が入っている。…

…』

警ら課長の渡辺《わたなべ》警部が蒲田署管内の交通道路地図を見ながら、てきぱきと無線指令員に指示していた。

「現場最寄りのPC（パトロールカー）は、全車至急現場へ急行せよ。犯人は銃器で武装している。厳重注意せよ。くりかえす……」

北郷はリモコン室に陣取った指揮官の渡辺警部に挨拶《あいさつ》した。

「あ、ご苦労さん、すぐに出られるようにして待機していてくれ」

「了解」

『……なお発砲した犯人グループは車で現場から神奈川方面か大森《おおもり》方面に逃走中。よって、蒲田署管内に隣接する全警察署に五キロ圏の緊急配備を発令します。くりかえす……』

本庁の一一〇番通信指令室からの続報が流れていた。

『……逃走車両のナンバーは下二桁《ふたけた》が49。白のワンボックスカー。犯人は三人から五人。一部は銃器で武装していると見られる。各局へ、銃器使用に厳重警戒されたし。くりかえす、逃走車両の……』

「よし。五キロ圏緊急配備が出たぞ」

渡辺警ら課長は待ってましたと、傍らの無線指令員に指示し、検問車両の配置場所を割り振っていく。

ホワイトボード上には、ＰＣ１、ＰＣ２、交通などと書かれた磁石付きの駒が配置場所に置かれている。

「本部から蒲田ＰＣ２。ＰＣ２は第一京浜六郷《ろくごう》に検問を張れ。逃走車両は白のワンボックスカー。下二桁は49と判明。絶対に多摩川を渡らせるな」

『ＰＣ２、了解』

「ＰＣ１はどこにいる。現在地知らせ」

『……１３１（国道１３１号線）の大鳥居《おおとりい》駅前。……』

「了解。現在地で１３１の検問を開始せよ」

指令員はボードの駒を大鳥居駅前に移した。

「何ですかね？」

「おそらくやくざのカチコミ（出入り）だ」

渡辺警ら課長はホワイトボードの地図に記した発生現場を指差した。

「最近、この付近に山菱組《やまびしぐみ》が進出し、隠れ事務所を創ったという情報があるからな。地元ヤクザが焦ってカチコミをかけたのかもしれん」

山菱組は警察庁から広域暴力団に指定されたやくざ組織である。

無線指令員が地図の上の駒を動かしながらマイクにいった。

「本部了解。交通１は産業道路大師橋《だいしばし》に検問を張れ。該車両（当該車両）は白のワンボックスカー……」

北郷はリモコン室に顔を出した総務課員に、いった。

「拳銃《けんじゅう》保管庫を開けてくれ」

「了解」

総務課員は急いで部屋に戻った。

「係長、どうなってますか」

駆け付けた部屋長の雨垣刑事がきいた。

後から真崎や近藤《こんどう》、上坂《かみさか》、光安《みつやす》ら班員が一団となって駆け付けた。

北郷は渡辺を振り向いた。

「課長、出ます」

「よし。出動し、移動待機してくれ」

渡辺警ら課長はうなずいた。

北郷は班員たちにいった。

「みな、出動。全員拳銃携行、防弾チョッキ着装だ」

全班員の顔に緊張が走った。

渡辺警ら課長が雨垣たちに地図を指していった。

「現場は蒲田四丁目の道路沿いの、産業会館近くの雑居ビルだ」

「なんだなんだ、昔、うちの署があった場所の近くではないか」

「あんな賑《にぎ》やかなところで、だれが弾《はじ》いたんだ？」

「さあ、行くぞ」

北郷は自ら総務課へ乗り込んだ。総務課員は保管庫を開け、カウンターにそれぞれの拳銃を並べていた。一人ひとりが受領書にサインをして、拳銃を受け取っていく。

スピーカーから続報が流れる。

『……ＰＭから報告が入った。現場は蒲田四丁目三〇の雑居ビル二階マル暴（暴力団）事務所。一一九番要請が出ている。組員に怪我人二名が出た模様。一人は腹部を射たれて重傷。襲撃した犯人側にも、重傷者が出ている。……』

慌ただしく戸田課長も部屋に入ってきた。

「係長、現場の指揮を任せる。絶対に民間人に犠牲者を出さないように注意しろ」

「了解。出動します」

部屋長の雨垣が怒鳴るように叫んだ。

「光安、車両課へ行って覆面ＰＣを二台、いや三台手配しろ」

「はいッ」

光安は防弾チョッキを着込みながら、部室から飛び出した。

北郷も防弾チョッキを着込み、チャックを閉めた。拳銃のホルスターを腰に装着し、みんなを見回した。雨垣刑事をはじめ、真崎たちも手慣れた仕草で準備をしている。

後から顔面を引きつらせた青木奈那が部屋に走り込んだ。

「済みません。遅れて……」

「すぐに着装しろ」

北郷は笑いながら防弾チョッキを青木に放った。

青木は素早く防弾チョッキを羽織り、拳銃をバッグに入れた。

支度を終えた雨垣たちは、一斉に部屋を走り出て行った。青木も慌てて彼らの後から飛び出した。

北郷は腰のホルスターに拳銃を差し込み、地下駐車場への階段に大股《おおまた》で歩き出した。

7

三台の覆面パトカーは連なって、勢いよく地下駐車場から通りに飛び出した。

「係長、どこへ向かうのですか？」

運転席から近藤刑事がバックミラー越しにいった。

「犯人グループにも瀕死《ひんし》の重傷者が出ている。もし、やつらが負傷した仲間を助けたかったら行く先は病院だ。現場から十キロ圏内にある救急外科病院は？」

「待ってください。いま調べます」

助手席の青木がナビをいじった。

「出ました。十ヶ所あります」

「五キロ圏内では？」

犯人たちは緊急配備を避けて、裏道を通って警察の検問を逃がれようとするだろう。もし、まだ五キロ圏内から出ていなかったら、きっと近場にある病院へ重傷者を運び込むに違いない。

「現場から最も至近にあるのは南蒲田二丁目の蒲田総合病院。それから第一京浜沿いの大森西四丁目の東邦《とうほう》大学病院、やや離れた工場地帯にある、大森南四丁目の東京労災病院です」

「よし。われわれは東京労災へ行く。2号の雨垣班は東邦大学病院、3号の真崎班は蒲田総合へ駆け付けるようにいえ」

「了解」

青木が無線マイクを摑《つか》み、2号車と3号車に指示を飛ばした。

途端に後に付いていた二台の覆面パトが赤灯《せきとう》を回し、サイレンを鳴らしながら、左右に分かれて走り去った。

近藤刑事は車の屋根に赤灯を載せ、サイレンを高らかに鳴らしてアクセルを踏んだ。目の前を走る車が左に避《よ》け、覆面パトカーは猛然と追い抜いて行く。

「蒲田1から本部」

青木がマイクにいった。

『本部、どうぞ』

「蒲田1は東京労災病院へ向かう」

『本部了解。まだ該車両の行方は不明。該車両に注意されたし』

「了解」青木奈那が応《こた》えた。

北郷は腕組みをし、後部座席に深く腰を沈めた。

犯人たちは現場から近い蒲田総合病院や、第一京浜沿いのあまりに目立つ東邦大学病院よりも、現場や幹線道路から離れた病院を探すだろう。となると、東京労災病院の可能性がきわめて高い。

覆面パトはタイヤを軋《きし》ませながら、産業道路を突っ走り、呑川《のみかわ》新橋を渡った。大森の工場地帯は大森署管内である。越境捜査になるが止むを得ない。

「サイレン、止めろ」

北郷は近藤に命じた。近藤はサイレンをオフにした。

工場の塀越しに羽田空港へ向からモノレールが見えた。細目に開けた窓からかすかに潮の匂いが流れ込む。

路地を曲がり、通りに抜けると、公園のような緑地帯に出た。灰色の病棟が見えた。

「まもなく病院です」

近藤が告げた。病院の玄関先に白い車体のワンボックスカーが停車していた。

「あたりだ！」近藤が叫んだ。

「係長、あの車」

青木奈那がフロントガラス越しに白い車体を指差した。

で怪我人を運び出していた。

「よし、あの車の前にかぶせろ（止めろ）。発進させるな！」

「了解」

覆面パトはタイヤを軋ませながら、ワンボックスカーの直前に滑り込んで止まった。

北郷は怒鳴り、車が止まるよりも早くドアを開けて、外に飛び出した。

「青木、援護しろ」

バンの運転席に走り寄る。エンジンはかかったままだったが、運転席には誰もいなかった。素早くエンジンを止めて、キイを抜いた。

拳銃を抜いた青木と近藤が覆面パトから駆けて来た。

北郷は身を翻し、病院の玄関先に駆けた。腰から特殊警棒を抜いて一振りして延ばした。三人の男たちはストレッチャーで負傷した仲間たちを運び込み、ほっとした表情で戻って来るところだった。

「警察だ！　逃げるな」

北郷は叫びながら一番体格がいいダークスーツの大男に駆け寄った。特殊警棒を男の鼻先に突きつけた。

大男はサングラスをかなぐり捨て、スーツの懐に手を伸ばした。

「畜生！」

大男は怒声を上げ、自動拳銃《けんじゅう》を抜いた。北郷は特殊警棒を男の右手首に力一杯叩《たた》き込んだ。骨が折れる鈍い音が響いた。

「…………」

大男は呻《うめ》き声を上げ、自動拳銃を取り落とした。すかさず、北郷はその拳銃を遠くへ蹴《け》り飛ばし、振り向きざま大男の鳩尾《みぞおち》に警棒の先を叩き込んだ。

大男は北郷に摑みかかったが、右手が使えずにいた。北郷は大男の背広の襟を摑んだ。気合いもろとも、腰車に乗せてコンクリートの床に投げ飛ばした。

北郷は俯《うつぶ》せに這《は》いつくばった大男の背中を膝《ひざ》で押さえ、左腕を捩《ね》じ上げて、手首に手錠を掛けた。

「銃刀法違反容疑の現行犯で逮捕する！」

北郷は残る二人に目をやった。

大男と一緒にいた二人の男たちも、それぞれ、近藤と青木に捕まっていた。

青木奈那も一人を、その場に捩じ伏せ、後ろ手錠をかけていた。

「わかった？　女を舐《な》めると痛《い》い目に遭うわよ」

「わかったわかった。痛てててて。姐《ねえ》さん、勘弁してくれよう」

チンピラはわざと悲鳴をあげていた。女刑事を侮ってやられた照れ隠しだった。青木は女ながら柔道三段剣道二段の猛者《もさ》である。

北郷は大男を引き起こし、転がっていた自動拳銃を拾い上げた。

ロシア製の軍用拳銃マカロフだ。

「このハジキは誰から手に入れた？」

大男は嘲笑《あざわら》い、無言で答えなかった。

「どこの組の者だ？」

「どこだろうが、サツ（警察）には関係ねえだろ」

大男は嘯《うそぶ》いた。

「時間はたっぷりある。あとでゆっくり聴こうじゃないか」

北郷は大男を覆面パトカーへ連行した。

あちらこちらの通りからサイレンを唸《うな》らせながら、パトロールカーが何台も病院前に駆け付けて来た。

8

北郷は紙コップのコーヒーを啜《すす》りながら、捜査資料に目を通した。

コーヒーは出涸《でが》らしの番茶のような味だ。

机の上には資料保管室にあった捜査資料の束が山積みになっていた。

全部で大型封筒は十六通あった。いずれの大型封筒も埃《ほこり》だらけで、紙が黄ばんでおり、ところどころ破れていた。

大型封筒には捜査報告書や捜査資料が無造作に突っ込んであり、はち切れそうに膨らんでいる。

封筒の表には、一番から十七番まで順番に番号が振ってあった。

北郷はもう一度、封書の数を確かめた。

最後の封筒は十七番となっているのに、十六通しかない。六番の封書がなかった。

机の上のほかの資料に紛れていないか調べたが、六番の封書はない。どうやらはじめからなかったらしい。

北郷は受話器を取り上げ、内線番号を押した。

『はい。資料保管室』

山崎巡査長の声が返った。北郷は山崎に礼をいい、六番の封筒が届いていないが、と聞いた。

『そうなんです、係長。昨日、席にお届けした時に本職も気付いたのですが、どうしてか、六番資料が欠番なのです。それで、もう一度、資料棚を調べてみたのですが、やはり見当りません。六番の封筒だけ、どこかに紛れこんでいるかもしれません。見付け次第、お届けします』

「済まないが、頼む」

北郷は受話器をフックに戻した。

一番から五番までの封筒には、現場の見取り図、被害者の身辺捜査の報告、被害者たちの遺体解剖所見、地取り捜査などの報告書などのコピーが入っていた。

七番の封筒には鑑識結果の資料が、八番から十番は敷鑑捜査や目撃情報の洗い出しなどの報告書が入っていた。

十一番から十七番までの封筒には捜査会議の会議録をはじめとする、その他の資料が入っていた。

ないとなると、却《かえ》って気になるものだ。

いったい、六番の封筒には何が入っていたというのだろうか？

誰かが、六番の封筒を抜いたまま戻さなかったというのか？

青木奈那が北郷の席の前に立った。

「係長、昨日のカチコミで使用された銃弾の鑑識結果が届きました」

「うむ。で？」

「回収した弾は全部で七個だったそうです。いずれも過去の事案の弾と線条痕《せんじょうこん》が一致したものはなかったそうです。拳銃は未使用のものです」

科捜研には、これまで犯罪で使用された銃器の弾丸が記録されている。弾丸の線条痕は人間の指紋同様にそれぞれの銃器特有の特徴を示し、同じものはない。

「そうか。初ものだったか。で、男の身元は？」

「稲山《いなやま》会系小山《おやま》組の助っ人で、松田《まつだ》というヒットマンでした」

「なんだ。川向こうじゃないか？」

蒲田の遊興街や大井《おおい》の港湾を縄張りにしているのは、広域暴力団稲山会系の本田《ほんだ》組だ。同じ稲山会系小山組は川崎を根城にしている。本田組は、山菱組の蒲田進出に危機感を覚え、わざわざ川向こうの兄弟組に助っ人を要請したものと思われる。

「組織犯罪対策課から、本格的な抗争になるかもしれないので、刑事課にもあらかじめ応援を頼みたい、とのことです」

「あちらさんもたいへんだな」

北郷は伸び上がるようにして、机に山積みした資料越しに組織犯罪対策課の席に目をやった。

マル暴（暴力団）担当刑事たちが課長席の周りに集まり、何事かを話していた。

「拳銃の入手経路を自供したか？」

「口が堅くて難航している様子です」

北郷は組織犯罪対策課の課長席に目をやった。渡利《わたり》課長は苦虫を嚙《か》み潰《つぶ》したような顔で、何事かを部下たちに指示していた。

「渡利課長は機嫌が悪そうだな」

「うちが先に捕った犯人だったので、あまりいい顔していませんでした」

発砲事件を扱うのは銃器対策係がある組織犯罪対策課だ。それを北郷たち刑事課に先を越されたので渡利課長は不機嫌なのだった。

青木は自分の席に戻った。

雨垣喬刑事と真崎滋刑事が話しながら部屋に帰って来た。

北郷は手を上げて、真崎刑事を呼んだ。

「デカ長、ちょっと」

真崎は雨垣とちらりと顔を見合わせ、戸惑った顔をした。

「何か？」

「ちょっと聴きたいことがあるのだが、いま、少し時間はあるかい？」

「いいですよ。何でしょう？」

北郷は「神栄運送会社強盗殺人事件特別捜査本部関連資料」と書かれた大型封筒を真崎に見せた。

「デカ長は、十九年前、この事案の捜査を担当していたそうだね」

真崎はじろりと大型封筒に目をやった。

「ええ。といっても地取り捜査の応援要員でしたが」

地取り捜査は現場周辺への聞き込みのことだ。

「時効前の再捜査には参加したか？」

「はい。参加しました」

「情報の洗い直しをしたのだな？」

「ええ。再度、事件の情報提供を呼び掛けて、寄せられた情報を調べるのと、以前の情報に見落としがないか、を徹底的に調べました」

「寄せられた情報に、何か目新しいものはあったのかい？」

「いや、なしでしたね。あっても、勘違いだったり、あやふやな記憶のものだったり。一応、全部を潰しましたが、いずれも無関係でした」

「昔の情報の調べ直しは？」

「以前に上がったマル対（要調査対象者）についても、再度調べ直しましたが、全員、アリバイがあり、シロとなって、また振り出しに戻っています」

真崎刑事はため息混じりにいい、肩をすくめた。

「自分もかかわった殺しでしたから、なんとしてもホシを上げたかったのですがねえ。なんとも厄介な事案でした。まるでチャイニーズ・ボックスのような事案で」

「チャイニーズ・ボックスだって？」

「ええ。そういったのは自分ではなく、当時、捜査にあたっていた武田さんでしたが」

「デカ長は、武田さんを知っているのか？」

「もちろんです。当時、武田さんは刑事課の部屋長でしたからね」

「で、チャイニーズ・ボックスは、どういう意味なのだ？」

「一つの箱の蓋《ふた》を開ければ、中から別の箱が出てくる。その箱の蓋を開けると、中からまた小箱が顔を出す。その小箱の蓋を開ければ、さらに小さな箱が中に納まっている。そうやって、箱をいくつ開けても、エンドレスで真相が見えて来ない。まるでチャイニーズ・ボックスみたいなものだというんです」

「たしかロシアの人形にも、そんなのがあったな」

「マトリョーシカですね。この事案は、最初は従業員の給料強奪強盗殺人事件だと思ったら、どうも、それだけではない疑惑が出てきたんです」

「ほう。どんな疑惑なのだ？」

北郷も、一応、神栄運送会社蒲田営業所強盗殺人事件についての全容は知っている。だが、それはあくまで公表された捜査報告で、捜査の機微に触れる内容のものではない。

ましして、捜査方針が揺れた事案については、実際に捜査に携わった者しか知らない事情が多々あるのだ。

真崎はいったん口をつぐみ、考えをまとめながらいった。

「ホシたちは、奪った運送会社のトラックを乗り捨てた際に、荷台にあった積み荷一個を運び去っていたのです。それが、偶然なのか、初めから給料以外に狙っていた物なのかが分からない」

「その積み荷というのは？」

「積み荷の中身は、書類上では精密機械となっていたのですが、送り主は大阪の架空の実体がない幽霊会社で、荷受人は大田区の小さな貿易会社の社長。捜査本部が照会したら、初めは相当慌てたらしいですが、積み荷の中身は高額な電子機器で保険を掛けてあるから、大丈夫だといっていた」

「保険金ねえ。いくらの？」

「たしか三億円だったでしたかね」

「電子機器の部品に三億円の保険金が掛かっていた？　では、保険金詐取がらみの強盗殺人事件の線もあるのか？」

「捜査本部も、新たな展開に色めき立ち、捜査方針も、いったん保険金詐取事案も視野に入れた捜査に切り替えようとしたのですが、上から待ったが掛かったんです」

「何だって？」

「五人も犠牲者が出ているのだから、本筋の給料強奪強盗にからむ殺人事案として犯人逮捕に全力をあげろ、という指導でした。本筋を解決した後に、保険金詐取事案の線も追えというものでした」

「それはそうだ。動機はどうあれ、まず五人が殺された殺しだ。本筋の殺しのホシを追わずに、余計な枝葉に捜査員を分散させると、事件が滑り（空振り）かねない」

「上からといっても、どうやら公安からの横槍《よこやり》が入ったらしいんです」

「公安から？」

北郷は顔をしかめた。

なぜ、公安が殺しの事案に、わざわざ口を出して来たのだ？

「襲われた神栄運送会社の社長が郭栄明《かくえいめい》という華僑《かきょう》で、横浜では神栄商事という貿易会社も経営しており、中国をはじめ、東南アジア諸国、北朝鮮、ミャンマーとも手広く取引している男だったのです。上司の話では、どうも、その社長を外事がマークしていたらしい」

「外事が乗り出していたということは、その社長がスパイ工作か何かに関係していたというのかな？」

「秘密主義の公安ですからね。上は事情を聞いているらしいが、下っ端の我々は聞かされていない。ともかく余計なことに手を出すな、ということだったらしいのです」

同じ警察組織の中にあって、刑事警察と公安警察は、それぞれ命令系統も予算も別になっていて、お互いに何を捜査しているのか、まるで分からない。

捜査手法の違いもある。刑事捜査は足を使っての地道な聞き込みや地取り捜査、証拠集めが主だが、公安捜査は情報捜査を主にしている。

「まだほかにも、いろいろ余計な事情が出て来たのです」

「どんな？」

「殺された会計係長の斎藤篤夫は競輪や競艇にはまっていて、ヤクザにつながりがある闇金融からだいぶ借金していた。そのため、斎藤は金に困っていた。そこで斎藤がヤクザに頼んで、会社を襲わせたが、何かの手違いで、ホシたちに殺されたのでは、という線もあった」

「………」

「さらに営業所長の甲田晋と会計課員の大下真紀は不倫の関係にあったのも分かった」

「ほほう」

「その大下真紀は、郭社長の元愛人だったが、甲田に横取りされた。それで郭社長はかんかんに怒っていて、甲田と大下真紀を殺してやるとか、周囲に洩《も》らしていたという話もある」

「なるほど、恨みの線もあるのか」

「ともかく、調べれば調べるほど、いろいろな線が出て来たのです。それらの交通整理をするだけでもたいへんだったのですがね」

「……なるほど、込み入った事案だな」

北郷は頭を振った。

真崎はにやっと笑った。

「そのきわめつけは、甲田の乗用車のトランクから、微量の覚醒剤《かくせいざい》が見つかったことです。どうやら、甲田は殺される前に、トランクにかなりの量の覚醒剤を隠し持っていた。それが消えていた。覚醒剤がらみの線も出て来た」

「そうか。ホシたちは甲田を締めあげたが、覚醒剤の隠し場所を教えなかったため、見せしめに殺したのかもしれんな」

「そういう線もあるかもしれないということです。ともかく死人に口なしで、謎また謎の事案だった」

「なるほど。チャイニーズ・ボックスだな」

北郷は机の上に積まれた大型封書の山を指した。

「これは知っているな」

「もちろんです。とっくに廃棄処分になったかと思いましたが」

「資料保管室に眠っていた」

「そうでしたか。主な捜査資料はほとんど本庁の一課が持って行ったんですけど、うちにもコピーは残っていたんですね」

「ところが、不思議なことに、この中の六番の資料が消えている。何の資料だったのか、ざっと見て分かるかい？」

「六番の資料がないんですか？」

真崎は一つひとつの封筒の中身を抜き出しては、また戻して、封筒を調べはじめた。

「ところで、当時、武田さんが本庁の一課員なんかと激しくやりあったという話を聞いたが、どういうことだったのだ？」

真崎刑事は封筒を調べる手を休めて、目をしばたたいた。

「ああ、あの件ですね。それは、武田さんはマル害（被害者）たちの身辺捜査を担当していたのですが、マル害の中にいた二人の女子高生の交友関係を調べたいといっていたのです」

「なぜ？」

「二人はアルバイトで、会社の業務の事情には詳しくない。それなのに、ホシたちは二人に目隠しをした状態で、拳銃《けんじゅう》を額に押しつけ、処刑するように殺している」

うのです。ホシたちの中に二人の女子高生の知り合いがいたのではないか、とい
うのです。ホシたちの声を聞いて、女子高生たちが誰かの名前をあげて命乞《いのちご》いをしたの
ではないか、と考えた。だから、ホシたちは、口封じのため、被害者たち全員を射殺し
た」

北郷はうなずいた。
おれと同じ考えだ。当時も、そう考えた捜査員がいたのだ。
真崎は続けた。
「本庁の一課長は、翌日が給料日であり、前日に事務所に従業員の給料を金庫に収める
という事情をよく知っている内部の者が共犯者としていると見て、その人物を洗い出す
ことに全力を上げろ、といっていたのです。現役の従業員か、あるいは内部事情に明る
い元従業員をリストアップし、全員の身辺捜査をしろ、とね」
「うむ」
「それに対して武田さんは、給料を強奪するだけなら、五人全員を殺す必要はなかった。
なぜホシは五人全員を殺したというのか？　それにこだわっていたのです。これは給料
強奪に見せ掛けた殺しだ。手がかりは二人の女子高生の交友関係にあると主張して、怒
鳴りあったのです」
「結果は？」

「捜査本部の捜査方針に従えという命令で、武田さんは不承不承、従業員の身辺捜査をしていた」

「武田さんの連絡先は分かるかい？」

「ええ。知ってます。ちょっと、待ってください」

真崎は自分の机に戻り、本立てから名刺入れを取り出した。ページを何枚かめくるうちに、一枚の名刺を抜き出した。

「これです」

真崎は名刺を北郷へ差し出した。

武田勉。東日本警備会社総務課主任。

電話番号や携帯電話番号が並んでいた。

「武田さんは、ここも辞めたはずです」

「辞めた？」

「上司と喧嘩《けんか》をして会社に辞表を叩《たた》きつけ、いまはどこかのパチンコ店の警備員をしているそうですよ。あいかわらず、臍曲《へそまが》りの頑固者だから」

「ありがとう。この名刺、貰《もら》って、いいかな？」

「どうぞ、どうぞ」

北郷は名刺をポケットの中に入れた。

真崎は封筒を一通り調べ終わった。

「係長、分かりました。六番の資料は公安が持って行ったものですよ。ここには公安関係の捜査報告書が一通もありませんからね」

「そうか。公安が持って行ったか」

北郷は公安のやりそうなことだ、と思った。公安は、刑事事件でも自分たちの好きなようにやる。

「係長、完全時効になった事件を調べて、いったい、どうするんですか？　たとえ、ホシをあげても起訴できないのに」

「……決着をつけたいんだ」

「決着？」

「ああ。そうしないと、殺された人たちはなぜ自分が殺されたのか分からず浮かばれないだろう」

北郷はそういいながら、俺の真意は真崎刑事に分からないだろうな、と思った。

上着のポケットから一個のひしゃげた真鍮《しんちゅう》製の弾丸を取り出し机の上に転がした。

この弾が吉原紗織の命を粉砕したのだと思うと、北郷の胸はいつも熱くなるのだった。

「…………？」

真崎が顔をしかめて弾を見た。

「犠牲者の中に知り合いがいたんですか？」

「ああ、アルバイトをしていた女子高生の一人は親しい友達だった」

「そうっすか」

真崎は事情を察知した様子だった。

「何かあったら、いってください。手伝いますよ」

「ありがとう。だが、いい。あくまで個人的にやっていることだからな」

北郷はゆっくりと弾をポケットに戻した。

第二章　闇に消えた男

1

北郷は火の点《つ》いていない煙草を口に銜《くわ》え、刑事課の部屋の窓辺に立ち、蒲田の繁華街の街並をぼんやりと眺めていた。

窓の下には、環状八号線が走っている。京急《けいきゅう》線の踏み切りの遮断機が下り、電車が過《よぎ》って行く。下り電車に続いて上り電車も通過する。

遮断機の前には、見る見るうちに車が詰まり、渋滞の列が出来た。電車が通り過ぎると、車はのろのろと流れ出す。

それも束の間、また信号機が点滅しはじめ、電車の接近を告げ、遮断機がゆっくりと下りて行く。車の列が詰まりはじめた。

踏み切りの上には、架橋工事の足場が組まれている。足場に作業員たちの姿が見える。高架線が完成すれば、環状八号線の踏み切りがなくなり、渋滞はだいぶ解消されるだろう。

昨夜はあまり眠っていない。

家に持ち帰った神栄運送会社強盗殺人事件についての膨大な捜査資料読みに没頭していたからだ。

真崎のいっていた通り、事件の捜査はさまざまな雑音のために難航していた。

事件の解決には事件発生から四十八時間の初動捜査が勝負である。

四十八時間以内に被疑者を特定できないと、事件は長引く。一週間経っても被疑者を割り出せないとなると、事案の解決はかなり難航し、何年もかかることになる。最悪の場合、未解決事件になる可能性が大きい。いわゆる、迷宮入りのコールドケースである。

作業場の従業員たちが、自力で手足の縄を解いて、一一〇番通報したのが、午後の十時十二分。その時刻は通信指令室に記録されている。

目出し帽を被《かぶ》った犯人三人が作業場に押し入ったのは、その一時間半前の午後八時半ごろ。三人とも拳銃で従業員たちを威嚇し、一ヶ所に集め、後ろ手に縛り上げた。目隠しをし、声を出せないように猿轡《さるぐつわ》もかませている。

それから犯人たちは二階の事務室に駆け上がり、何人かの怒鳴り合う声が聞こえたかと思うと、五発の銃声が響いた。

やがて作業場に戻った犯人たちはトラックを奪い、出て行った。

第一報を受けた警視庁は、直ちに現場を中心に半径十キロメートルに緊急配備し、主要道路の検問を実施したが、犯行グループはすでに検問を潜り抜け、逃走した後だった。

その後の聞き込みで、事件が起こる前に、営業所の近くの路上に不審な乗用車が一台駐車していたのを付近の住民が目撃していた。証言はまちまちだったが、黒塗りのセダンということで一致。車種はトヨタクラウンと見られ、横浜ナンバーと分かった。

横浜ナンバーのプレートは一週間ほど前に神奈川県内で盗まれたものと判明している。犯人たちは、その乗用車で現場に乗り付けた可能性が高く、奪ったトラックが出てきた時、その乗用車がトラックを先導するようにして走り去った。

乗用車を運転していた運転手を入れれば、犯行グループは少なくても四人ということになる。

乗用車は逃走用に用意されていたらしいが、犯行グループは、逃走の際に、乗用車を使用せず、大阪から到着したばかりのトラックを強奪していた。

犯人たちは現場から十数キロ上流の多摩川河川敷にトラックを放置し、姿をくらましていた。

あとは真崎刑事が話していた通りだった。

トラックから積み荷一個が消えているのが判明し、捜査本部の中には、犯行グループの狙いは金庫の給与分一千六百万円の現金よりも、その電子機器の荷物を奪うことが主眼ではなかったか、という見方をした捜査員もいた。

従業員によれば盗まれた荷物は頑丈に梱包《こんぽう》された段ボール一個ほどの大きさで、かなりの重量があったという。

荷受人の貿易会社社長は、「電子機器はアラブの某産油国の王族が注文した石油探査用器材の部品で、なぜ、そんなものが強奪されたのか分からない」と事情聴取に答えていた。

結局、捜査本部は捜査方針を変えることなく、給与強奪強盗殺人を本線として捜査が進められた。

「係長、神奈川県警川崎署刑事課の大村さんから、お電話です」

青木奈那が大声でいった。

「回してくれ」

北郷は自分の席に戻り、受話器を取り上げ耳にあてた。

『北郷さんですね』

聞き覚えのある大村の濁声《だみごえ》が聞こえた。

『梶原が係長に、ぜひ、お話ししたいことがあるというんですが』

2

大村に連れられ、取り調べ室に入ってきた梶原勇太は留置場で規則正しい生活をしているせいか、前よりも血色がよかった。

「元気そうだな。留置場生活が身に合っているようだな」

「……ちわ」

梶原はきまり悪そうな顔をして、ちょこんと北郷に頭を下げた。

「ま、座れや」

大村が無愛想にパイプ椅子を用意し、梶原を促した。

梶原は素直に椅子に腰を下ろした。

北郷は机の上に載せた手を組み、正面から梶原の顔を見た。

「何か思い出したことでもあるのか？」

「……その前にさ、ちょっと一服させてくれませんかね」

梶原は人差し指と中指で煙草を挟んで吸う仕草をした。

「こいつ、モク吸いたさ一心で、係長さんを呼びつけたんじゃねえだろうな」

大村が梶原の頭をこつんとこづいた。

「……そんなことしないっすよ」

北郷はにやにやしながら大村にきいた。

「デカ長、いいかい？」

「最近、署内もうるさくなって、ここも禁煙になったんですがね。ま、一本ずつぐらいなら、目を瞑《つぶ》りましょう」

大村はアルミの灰皿を机の上に置いた。

「話を聴こうか」

北郷はポケットからピース・インフィニティの箱を出して、梶原に勧めた。

「すんません。ごっつぁんです」

梶原は片手で拝み、口に銜えた。

北郷も一本を口に銜え、ジッポの火を梶原に差し出した。梶原は煙草の先を炎の中に入れ、うまそうに煙を吸った。

「思い出したことがあるんだ。健作兄貴とあねさんがふける直前のことだけど」

「あねさん？　誰のことだ？」

「早苗義姉《あね》さんのことだよ。前は用心していわなかったけど、兄貴はお袋の反対を押し切って一緒になったんだ」

「で？」

「その頃、兄貴とつるんでよくヤンチャしていた暴走族仲間《ゾツキー》の平沢晋《ひらさわしん》という弟分が、ある晩、それも真夜中に、密《ひそ》かに兄貴を訪ねて来たんだ」

「それで？」

「普段なら、どこかへ兄貴を呼び出すんだけど、その夜は居間で、酒を飲みながら、こそこそ話をしていた。俺、隣の部屋で寝ていたんだけど、眠れなかったんで、聞くとはなしに襖《ふすま》越しに兄貴たちの話を聞いてしまったんだ」

「どんな話をしていたのだ？」

「何を話しているのか、詳しいことは聞き取れなかったけど、誰かと分け前をめぐって揉《も》めているという話だった」

「何の分け前だ？」

「それは分からない。ともかく、二人で誰かにかけあおうと。もっと分け前を寄越さなかったら、サツにたれ込むぞ、と脅かそうってね」

「……どっちがいったのだ？」

「平沢だよ。健作兄貴は、そんなことをしたらマジやばい、ただじゃ済まないと止めた。そうしたら、平沢はじゃあ自分一人でやるからいい。兄貴は度胸がねえとののしったんだ。俺、健作兄貴を嘲笑《あざわら》われて腹を立てていた」

「…………」

「そうしたら、分かった、俺も一緒にやるよと、兄貴も折れた。それから二人で仲直りだといって酒盛りになった。飲みながら、兄貴は平沢に一人ではやつのところへは行くなとしつこくいっていた。万が一の場合に備えて、平沢は兄貴にこれをどこかに隠しておいてほしいって、何かを渡したんだ」

「何を渡した？」

「襖の隙間から覗《のぞ》いたんだけど、何なのかはよく見えなかった。だけど黒い包みだったのだけは覚えている」

「それから？」

「それだけだ」

北郷は少し気落ちした。もっと重要な情報かと思っていた。

梶原は口を尖《とが》らせた。

「兄貴のことで何でもいいから、思い出せたことをいえ、といったじゃないか」

「ま、そうだな。悪かった。ほかに何か思い出したら、教えてくれ」

「うん。思い出したらな」

「ところで、平沢晋という男は、いま何をしている？」

「それからまもなく死んだ」

「死んだって？」

「川崎港で溺死体《できし》となって発見された」

「殺されたのか？」

「多分。新聞では何者かに手足を針金で縛られて海に放りこまれ、溺死したらしい、とあった。いま思えば、それからまもなく兄貴とあねさんがふけたんだ。きっと兄貴は誰かに命を狙われていたんだ」

「兄さんと平沢が分け前を上げるようにかけあおうとしていた相手は誰だったか、思い出せないか？」

「思い出せといわれてもなあ」

梶原は短くなった煙草の吸い差しを灰皿に押しつけて消した。

「名前でなくてもいい。渾名《あだな》とか、ボスとか、なんでもいい、二人の会話に出てこなかったか？」

梶原は人差し指と中指で煙草を挟む仕草をした。

北郷は煙草の箱をそのまま梶原に出した。梶原は箱から一本を抜き、耳に挟んだ。もう一本を抜いて口に銜《くわ》えた。

「こら！　梶原、調子に乗るな」

大村がいきなり梶原の口の煙草を叩《たた》き落とした。梶原は、ひっと悲鳴を上げ、身を引いた。

大村は梶原の胸ぐらを掴《つか》んで締め上げた。

「もったいぶらずに、係長さんにさっさと知っていることをいうんだ！」

「苦しい。放してくれよ。ほんとに、デカ長さんは、短気なんだから」

北郷は苦笑しながら促した。

「何か聞き付けたのだな？　いったい、どんな名前だ？」

「名前じゃないんだ。兄貴たちは、たしか班長が、どうのといっていた」

「班長だと？　たしかか？」

「二人とも族上がりだから、番長の聞きまちがいかと思ったけど、たしかに班長といっていた」

「班長というのは？」

「ほら、兄貴が勤めていた運送会社は配送地方別に班を作り、運転手の乗務ローテーションを決めていたから、その班長ではないかな」

「おまえの兄貴が担当していた配送先は、たしか関西方面だったね」

「そう。だから、しょっちゅう東京、大阪神戸の間を往復していた」

「事件が発生した時刻には、おまえの兄貴は助手とともにトラックで東名《とうめい》高速を大阪へ向かっていた。トラックが大阪の営業所に到着して事件を知ったそうだ。それで、おまえの兄貴はアリバイがあり、シロとなった」

「そうなんだ。兄貴は事件には、まったく関係ないんだ」

「だが、もし、事件に直接関係がなかったとして、何か事情を知っていた可能性はある。いまの話は、じつに興味深い。情報を提供してくれて、ありがとうよ」

北郷は煙草を一本梶原に渡し、ジッポで煙草の火を点《つ》けた。

壁に凭れ掛かっていた大村が身を起こした。

「係長さんは、十九年前の神栄運送会社強盗殺人事件を洗い直しているのかい？」

「うむ。事件のことはデカ長も耳にしていたろう？」

北郷は大村に顔を向けた。

大村はうなずいた。

「聞いている。俺が、ちょうど巡査を拝命したばかりで、この川崎署に配属された頃の事案だ。川を挟んだ対岸で起こった五人も殺された凶悪事件だ。連絡を受けて我々も緊急配備をした」

「そうだったか」

「お宮入りになったと聞いて、天下の警視庁がいったいどうしたんだ、とみんなで呆《あき》れたよ」

「…………」

どういわれようとも犯人逮捕に到らなかったのは、警視庁の責任だったのは事実だった。反論は出来ない。あれこれと言い訳すれば、もっと惨めになる。

「あの事件はとっくに時効になったんじゃないのか？」

「法的には時効になった。だが、俺にとっては、まだ時効になっていない。犯人が許せない」

「それで、たった一人で再捜査しているというのかい？」

「俺もしつこい性格なんでね」

「なんか、理由がありそうだな」

大村はじろりと北郷を一瞥《いちべつ》した。

北郷は答えなかった。答えても、大村には自分の気持ちは分かるはずがない。

大村は肩をすくめた。

「係長さん、こいつの尋問は、もういいかね？」

「ああ、いい」

大村は梶原の肩をぽんと叩いた。

「梶原、いつまで煙草を吸っている。立て。房へ戻す」

「ちょっと待って下さいよ」

梶原は立ち上がりながら、指を焦がすほど短くなった煙草の吸い差しを、まだ名残惜し気に吸い、最後に灰皿に押しつけて、火を揉み消した。

大村は梶原に打った腰縄を握った。

「じゃあ」

梶原はぺこりと北郷に頭を下げた。

大村は梶原の背を押し、取り調べ室の戸口から廊下に出した。室外にいた警察官に連れられ、梶原は留置場へ戻って行った。

北郷は連行されて出て行く梶原の後姿を見送った。

3

JR蒲田駅西口前のサンライズ・アーケード街は、土曜日の夕方に行われる商店街恒例のバーゲンセールで、いつもよりも買い物客の親子連れで賑《にぎ》わっていた。

餃子《ギョーザ》屋の前に人だかりが出来ていた。羽根つき餃子が名物の店だと幟《のぼり》に大書してある。

北郷はドトール・コーヒーショップに入り、店員にブレンドを注文した。

商店街の通りが見える席に腰掛け、コーヒーを啜《すす》っていた。しばらくしてのっそりと野球帽を被《かぶ》った短躯《たんく》の年寄りが入って来た。

薄汚れた作業用のジャンパーを着込み、よれよれのチノパンを穿《は》いている。男は店内に入るとつるりと帽子を脱いだ。頭が天頂まで禿《は》げ上がり、柔和な顔をしていた。外見は中小企業の社長か小売店の店主を思わせる。

武田勉だ、と北郷は思った。

かすかに見覚えがある。高校生時代に聞き込みに来た刑事だった。

定年退職してだいぶ経つのに、目付きがまだ鋭く、軀《からだ》から只者《ただもの》ではないという気を発している。

刑事は死ぬまで刑事を辞められない。

武田は辞めても刑事の臭いを立てている典型的な元刑事だ。

北郷はコーヒーを飲むのを止め、スツールから立った。

元刑事は店内をじろりと一瞥した。すぐに北郷に目を留めた。

そちらへ行く、とうなずいた。

武田はカウンターの女性店員に、ブレンドコーヒーを頼んだ。

やがて男はコーヒーカップを載せた盆を持ち、立っている北郷の方へ歩き出した。

肉体労働でもしていたかのように胸板は厚く、腕まわりも太い。年の割に屈強な体付きをしている。

「武田さん、お忙しいところ、お呼びたてして、申し訳ありません」

北郷は改まって武田に頭を下げた。

武田はスツールに腰を乗せながら、北郷が差し出した名刺をちらりと見ただけで受け取らなかった。

「あいにくだが、わしは忙しくない。死ぬほど退屈している一人暮らしの年金生活者だ」

「おひとりですか」

武田は顔をくいっと上に向けた。

「ばあさんはとっくの昔にあっちへ逝《い》っちまった。以来、わしゃ独居だ」

「息子さんか、娘さんは？」

「子供はいない。作る暇もなかった」

武田はふっと自嘲《じちよう》的な笑みを浮かべた。

「一人で寂しくないですか」

「……寂しさなんて言葉は忘れたね。とっくの昔に」

武田は湯気が立ったコーヒーをふーふーと息を吹き掛けながら啜った。

「わしの身の上を聴いて、どうするんだ？」

「失礼しました。昔のことで少々伺いたいことがありまして」

「まず、あんたの黒パーを見せてくれんか？」

「黒パー？」北郷は訝《いぶか》った。

「警察手帳だよ。名刺は誰でも作れる。最近は、偽刑事《にせでか》が多いんでね」

「はい」

北郷はポケットから、警察バッジを取り出して、武田に見せた。金メッキのバッジと一緒に顔写真と階級や職掌が記してある。

武田はふーんと鼻を鳴らし、顔写真と北郷を見比べた。

「昔と違い、最近はアメリカの警察のように、そんな金メッキのバッジになったんかいな」

「だいぶ前からですが」

「…………」

武田は何もいわず、コーヒーを啜った。

「警備会社を辞めた後、パチンコ店の警備員になっていると、お聞きしたんですが」

「どっちもすぐに罷《や》めた。わしのような年寄りには向いておらん」

武田は自嘲するように笑った。

「さっそくだが、あんたの用向きを話してくれんか。まさか、現職の刑事課強行犯捜査係の係長が、わしの定年後の身の上相談を聴きにきたわけじゃあるまいに」

「二十年近く前の事案ですが、当時デカ長として武田さんが担当した捜査について伺いたいことがあって」

「何の事件だい？」

「神栄運送会社蒲田営業所強盗殺人事件です」

「ありゃ四年前に時効になったんじゃねえのか？」

「昔、武田さんは殺しに時効なしっていっていたと聞きましたが」

武田はふっと笑い、横を向いた。

「何を聴きたいんだ」

「本庁の捜査一課と武田さんは、捜査方針をめぐって揉《も》めていたそうですね」

「誰がそういったのか知らないが、揉めたのは捜査方針をめぐってではない。ただ、捜査の方向をめぐって、目のつけどころが違うんじゃねえのって一課長に文句をつけただけのことだ」

「被害者の女子高生二人が殺された点について、その交友関係をもっと洗うべきだと主張なさったそうですね」

「ああ。そんなことをいったかもしれん」

「なぜ、事案に関係がなさそうな女子高生二人が殺されたのか、犯人たち三人のうちに、彼女たちが知っている声の男がいたのではないか、と。彼女たちは目隠しをされていたけど、思わずそいつの名前をいってしまった。それで、犯人たちは足が付くのを恐れ、本当なら殺さなくてもいい彼女たち二人を含めて五人全員を殺してしまったのではないか、と」

「たしか、そうだった」武田はコーヒーを啜りながらうなずいた。

「私も、そこに犯人たちに辿《たど》り着く糸口があったと思うんです。武田さんは彼女たち二人の敷鑑捜査をしたのでしょう？　その報告を読みましたがおざなりのものになっていた。実際、どうだったのか、お聞きしたかったのです」

武田はにやっと笑った。

「で、なにかい。蒲田署の刑事課が、それを聞いて、また事件を再捜査しようというのかい？」

「……これは私個人が行っている調査なんです。本格捜査ではない」

「おまえさんの個人的な調査だというのかい？　おまえさんは時効切れになったお宮入りのヤマをほじくりかえし、いったいどうするってんだい？」

北郷は武田の顔をじっと見つめた。この元刑事はどういう考えなのだろうか、とやや不安になった。

「時効は法律で勝手に決めたものです。殺された被害者やその家族にとって、終生、事件を忘れることは出来ないし、犯人を許せない。犯人が捕まって裁かれない限り、彼らの思いは晴らせない。殺された被害者たちも浮かばれない。自分は時効で逃れようとする犯人たちが許せないのです。殺しには時効がない、ということを犯人たちに思い知らせてやりたいのです」

「ふーん。あんた、変わったデカだな。で、もし、犯人が分かったら、どうするつもりなのかね？　時効になっているから捕まえることができないぜ」

「捕まえたら、被害者と同じ目に遭わせてやります。同じような恐怖を抱かせてやり、責任を取らせます。たとえ、時効であっても、許されないものは許されないのだ、ということを思い知らせてやります」

武田は頭を振りながら笑った。

「おいおい、まさか、犯人を捕まえたら、検察に送らず、おまえさんがその手で殺すっていうんじゃねえだろうな？」

「……殺すかもしれません」

「本気かよ」

武田は目を丸くした。北郷はうなずいた。

「本気です」

「おまえ、仮にも警察官なんだぜ。法の番人だ。その法の番人が自ら法を破っちまってはいかんだろう」

北郷は静かにうなずいた。

「分かってます。だから、その時に、私は警官を辞めようと思っています」

「おもしろいことをいうデカだな。それじゃあ、まるで復讐《ふくしゅう》じゃねえか。まさか、おまえさんは、あの事件の被害者の親戚縁者《しんせき》とか身内なのかい」

「身内でも親戚でもありません」

武田は北郷をじろりと見つめた。

「……待てよ。そういえば、おまえさん、前に見たことがあるな。ちょっとさっきの名刺、もう一度見せてくれんか」

北郷はもう一度名刺入れから名刺を抜いて、武田に手渡した。

武田は名刺と北郷の顔を何度も比べるようにして見た。目を細めた。

「北郷雄輝か。昔、わし、おまえさんに会ったことがねえか」

「あります。武田さんは私の家に、事件のことで聞き込みに来ましたね」

十九年前に会った時も、武田は坊主頭だった。あまり容貌《ようぼう》は変わっていない。

「そうか。やっぱり。敷鑑捜査で会ったのかい？　じゃあ、殺された女子高生の友達かなんかだったのかな？」

北郷はうなずいた。

「殺された吉原紗織は自身の友人でした」

友達以上の存在だった、と北郷は心の中で呟《つぶや》いた。

「そうかいそうかい。あのお嬢さんの友達が刑事になったというんかい。ほんとに時間が経つのは早いもんだな。俺も年を取ったものだぜ」

武田は禿《は》げ上がった頭を手で撫《な》でた。

「もしかして、あの娘は、おまえさんが惚《ほ》れた娘だったのかい？」

「…………」

北郷は答えずにコーヒーを啜《すす》った。

武田はじろりと北郷の顔を睨《にら》んだ。

「それで、おまえさんは警官になったんだな。犯人を捕まえようと」

「…………」

「ま、いいさ。どういう動機であれ、警官になろうというのはいいことだ」

「……当時の捜査のことを教えていただけませんか」

武田はうなずいた。

「うむ。いいよ。だけど、うろ覚えでしか答えられないな。家に帰って、当時の手帳を調べてみよう。何か思い出すかも知れない」

武田は子供連れで入ってきた家族に目をやった。

「こんな場所で話す内容ではないな。夕方にでも、出直そうや」

「分かりました。では、どちらへ？」

武田はポケットから、飲み屋のマッチを取り出した。

バー黒猫。

「バーボンロードの黒猫といえば、すぐ分かる」

バーボンロードは蒲田駅前からガード沿いに延びた飲み屋街だ。

「黒猫へ来てくれ。夕方六時過ぎでどうだ」

「はっ、六時に。ただ、何かあったら……」

「分かっている。刑事の予定は未定に等しいというのは分かっている。そん時は、黒猫へ電話をくれ。わしは待っている」

武田はにっと笑い、コーヒーの残りを飲み干し、帽子を被《かぶ》り直した。

「じゃあ、後でな」

武田はちょっと手を振り、店から出て行った。

4

北郷は産業道路を川崎方面に向け、車を走らせた。

産業道路はいまでは片側四車線の大道路に改修されだいぶ流れがよくなったが、朝夕のラッシュ時には、多摩川を渡る大師橋付近で、いまだに大渋滞になる。

朝は川崎から東京へ向かっての上り線が橋を越えた大鳥居駅前の十字路手前で、夕方には反対に東京側から川崎への下り線が橋の手前で渋滞になるのだ。

かつては狭い大師橋がネックだったが、いまは東京側では京急大鳥居駅前の交差点で、環状八号線と交わり、交通量が増えるのと、産業道路の先が片側四車線から二車線になるので、どうしても車の流れが滞りがちになる。

あちらを正せば、こちらがおかしくなる。そうやって不都合なところはなかなか直らない。世の中、一事が万事、そういうものなのだろう。

昼過ぎのまだ早い時刻ということもあって、渋滞はなく、車の流れはスムーズだった。

北郷は大師橋の手前の交差点を右折して、産業道路から市街地の道路に車を走らせた。

左手に中学校や高校の校舎が陽に照らされている。

この付近は昔は多摩川の河川敷を埋め立てした造成地だったので、公園や学校、公共施設、中小企業の工場が多い。

北郷は車窓から外の風景を眺めながら、路地を左折し、多摩川の堤に車を向けた。

小学校の敷地が終わると、中小企業の工場や会社が建ち並ぶ地域になる。

堤に沿って走る通りは、出入り口に車止めがあり、遊歩道となっていて、一般車両の進入が禁止されている。

北郷は遊歩道から一本市街地に入った細い道路をゆっくりと車を流した。

現場百遍。

捜査の鉄則だ。犯行現場へ何度も通えば、以前には気付かなかったことで、大事な手がかりを見付けることがある。

本羽田《ほんはねだ》二丁目に小さな猫の額のような公園があり、その隣に更地にされた空き地がある。かつて神栄運送会社蒲田営業所があった場所だ。

事件の後、オーナー社長の郭栄明は、五人も殺された場所だから、縁起が悪いと営業所を閉鎖してしまった。バブルがはじけ、運送業も不況になったせいもある。

更地にされた後、売りに出したが買い手がつかず、一時、時間貸しの駐車場になった。いまでは駐車場も止めて、ただの空き地のまま放置されている。

北郷は空き地と公園の間の道路に車を止めて降りた。

空き地では近所の子供たちがサッカーボールを蹴《け》って遊んでいた。

神栄運送会社の蒲田営業所の建物があった頃は、もっと敷地が大きかったような気がする。大型トラックや中型トラックが作業場に何台も並び、営業車のバンや乗用車が何台も駐車できるスペースがあった。

こうして更地にしてしまうと、小さな公園とあまり大差がない狭い空き地に見える。

北郷は、昔の蒲田営業所の建物を頭の中に描いた。

荷物を出し入れする一時保管庫が作業場の奥にはあり、その作業場の二階部分が事務室になっていた。

作業場の右手に階段があった。犯人たち三人は、作業場にいた運転手や助手、作業員の三人を縛り上げ、ガムテープで目隠し、猿ぐつわをしてから、事務室へ侵入した。

二階事務室の左手には、普段は使われない鉄製の手摺《てす》りの非常階段もあったように思う。

高校生の夏休み、予備校の帰りに自転車に乗って、この営業所の前の公園に来て、アルバイトが終わる吉原紗織を待っていたものだった。

夕陽が《あかね》あたりを茜色《いろ》に染め上げていた。営業所の階段をにこやかに、笑顔で手を振りながら駆け降りてくる紗織の姿は、いまも目の奥に焼き付いている。

紗織は母一人子一人の貧しい母子家庭だった。紗織はアルバイトをして、パートの仕事をしている母親の負担を少しでも楽にしようとしていた。

なぜ、あんな心優しい、母親思いの娘が、理不尽な凶弾に倒れなければならなかったのだ？

長い黒髪で走るとポニーテイルが肩の上で躍っていた。笑うと右の頰に笑窪《えくぼ》が出来る。愛くるしい赤い唇。白い健康そうな歯。黒目がちの大きな目。広い額に吹き出たニキビ。白いルーズソックスを履いたやや太い脚。なにもかも可愛らしくて魅力的だった。

二人でよく多摩川の堤を歩いた。

遠くに小さく富士山が見えた。真っ赤な太陽が西の空を染めて沈んでいく。

俺は自転車を押し、紗織と並んで歩いた。

ただ紗織と二人でいるだけで幸せだった。紗織はユーミンの「ひこうき雲」が好きだった。

空に憧《あこが》れて
空をかけてゆく
あの子の命はひこうき雲
……

ウォークマンのイヤフォンを二人で分け合って、ユーミンを聞きながら、暮れていく空にかかったひこうき雲を眺め、手を握り合った。

あの時、永遠があると思った。

柩《ひつぎ》の中で、紗織はたくさんの花に飾られて眠っていた。

紗織の柩には、二人でよく聞いたウォークマンとユーミンのカセットを入れた。斎場には「ひこうき雲」の唄《うた》が静かに流れていた。

煙草の吸い差しを落とし、靴先で踏み消した。

母親の吉原佳子《よしこ》は、紗織を亡くした後、すっかり生きる気力を失い、五ヵ月後のクリスマス・イブの日に、JR蒲田駅構内の線路に飛び込んだ。遺体は胸に紗織の遺影をしっかりと抱いていた。

北郷はポケットの中の弾をきつく握った。

目の前にサッカーボールが転がった。

「おじさーん。蹴ってよー」

空き地から男の子たちが手を振った。

「…………」

北郷は気を取り直し、サッカーボールを靴先で蹴った。

ボールはふわっと浮き、男の子たちの頭上を越えて、空き地に飛んだ。

男の子たちはボールを追ってわっと駆け出した。

「ありがとー」

足元で踏み消した吸い殻に目をやった。

ふと捜査資料に、外で待っていた乗用車の付近に何本もの煙草の吸い殻が落ちていたとあった。それを収集し、鑑識に回したとあった。

鑑識の分析報告では、二種類の煙草の吸い差しがあったとある。外国製煙草で、ケントとモアだった。

モアには口紅の跡があったとも。

もし、煙草が犯人グループのものだったら、外で待っていた車には、女と男が乗っていた可能性がある。

しかも、いまなら、DNA鑑定に回しているだろうが、十九年前では無理だった。煙草の吸い殻はすでに廃棄処分にされている。

現場では吸い殻ひとつでも重要な手がかりとなる。

北郷は思い直し潰れた吸い殻を拾い上げて、携帯灰皿に詰め込んだ。

子供たちはまたボールを蹴り、追い回しはじめた。

覆面パトカーの無線のブザーが鳴りだした。ドアを開け、マイクを摑《つか》んだ。

「何だ？」

『係長、バイクに乗った二人組によるひったくりです』

部屋長の雨垣喬刑事だった。北郷は感傷を振り払った。

「現場は？」

『新蒲田三丁目のこどもの家前付近』

「被害者は？」

『買い物帰りのお年寄りの女性です。後ろから来たバイクにバッグをひったくられ、そのはずみで路上に転倒、頭を打った模様です。救急搬送されています』

「犯人たちはどっちへ逃走した？」

『西六郷方面。いま緊急手配しました』

「よし。至急に現場へ人を出してくれ」

『すでに近藤と上坂を急行させました』

「おれは署へ戻る」

『了解』

無線を切った。

北郷は子供たちが遊ぶ空き地に向かい、黙礼した。

子供たちが北郷の仕草に気づき、顔を見合わせた。子供たちは慌てて北郷にお辞儀を返した。

北郷は車に乗り込み、ゆっくりと出した。バックミラーに、子供たちがきょとんとした顔で北郷の車を見送っているのが見えた。

北郷は子供たちに手を振り、車を署に向かって走らせた。

5

通信指令室からの指令が天井のスピーカーから、ひっきりなしに流れていた。

北郷が刑事部屋に戻ると、青木奈那が立ち上がった。

「係長、川崎署の大村さんから何度も電話が入っています。電話がほしいそうです」

「ありがとう」

北郷は自分の席に戻り、受話器を取り上げた。川崎署の番号を押した。

すぐに男の声が出た。名前を名乗り、大村巡査部長の名を告げた。

受話器を通して、あちらの署内の喧騒《けんそう》が聞こえてくる。どこもかしこも、事件が起こっている。

やがて大村の声が返った。

『北郷さん。川崎港に溺死体《できし》であがった平沢晋の死体検案書や関連捜査資料を用意してありますが見に来ますか、それとも送りましょうか？』

「ありがとう。夜にでも、そちらへ回ります。途中、寄るところがあるので、少し遅くなるかも知れないが」

『そうですか。あまり遅くなるようだったら、電話をください。じゃあ、待っています。自分も係長が追っている事案には関心がありましてね。当時、こちらが調べていたことについてお話ししますよ』

「ありがとう。よろしく」

北郷は受話器をフックに戻した。

青木が電話を終わるのを待っていた。角封筒を机に置いた。

「係長、先程、科捜研から、この前の煙草の吸い殻に付着した唾液《だえき》のＤＮＡ鑑定結果が届きました」

封筒から鑑定書類を抜き出した。

鑑定書に比定鑑定書が一通付いていた。

「身元不明死体の一体と、そのサンプルのＤＮＡ配列が酷似しているそうです。遺体とＤＮＡのサンプルの主は両親が同じ兄弟姉妹であろうといってました」

「そうか」

北郷は内心、やはりと思った。

サンプルは梶原勇太の唾液のＤＮＡである。梶原勇太と同じＤＮＡ配列の遺体は、兄の梶原健作だとほぼ断定できる。

「このＤＮＡが一致した死体は、どこで見つかった？」

「神奈川県足柄下《あしがらしも》郡の山林に遺棄されていた身元不明の遺体です」

「いつ発見されたって？」

「昨年夏です。山菜採りの地元の住民が、土中から白骨化した手足が露出していたのを発見したとのことです」

「遺体は、どのくらい前に埋められたものだといっていた？」

「三、四年は経っているらしいです」

「発見されたのは、何体だ？」

「はい。一体だけです。神奈川県警が死体遺棄事件として捜査中です」

「うむ。ご苦労さん」

「いえ。このくらいは」

青木奈那刑事は、うれしそうに笑みを浮かべた。

6

夕闇が街を覆っていた。街にはネオンの光が燦然《さんぜん》と輝き、まるで昼間とは別の世界に変貌《へんぼう》している。

JR蒲田駅南口には、東急多摩川線の駅もある。その高架線沿いに、くいだおれ横丁と飲み屋街バーボンロードがある。

武田の行きつけの飲み屋「黒猫」は、バーボンロードの高架線側の中程にあった。古ぼけた飲み屋で、板の看板に蝶《ちょう》ネクタイをした黒猫が澄まして座っている姿が描かれており、色褪《いろあ》せた赤いペンキでBarと書いてあった。

一見、中世のロンドンの裏街にでも足を踏み入れたような錯覚を覚えさせる、古びた木製の扉がついていた。扉に曇りガラスの入った小さな格子窓がついている。店内の明かりが点《つ》いている。

扉を引き開けた。年代もののカウンターの席とボックス席が二つ、暗がりに沈んでいた。

「いらっしゃい」

カウンターの中から白髪のバーテンダーが北郷を出迎えた。

カウンターの奥に、丸い背を向けた武田の姿があった。ほかに客はいない。店内には、もうもうと煙草の煙が立ち籠《こ》めていた。

オスカー・ピーターソンのピアノ曲が静かに流れていた。季節外れの「マイ・ファニー・ヴァレンタイン」だった。

カウンターの奥の武田だけに、天井からのピンスポットの明るい光があたっていた。

武田はその明かりの下で、手帳を覗《のぞ》き込んでいた。

「お待たせしました」

「お、来たか」

武田は振り向いた。分厚い老眼鏡を鼻にかけていた。ピノキオのゼペット爺《じい》さんを思わせた。

「いい雰囲気の店ですね」

北郷は武田の隣のスツールに座った。

まるで時間が昔のまま止まってしまったような店だった。一度も入ったことがないのに、見たことがあるような懐かしさを覚える。

既視感《デジャブ》に襲われた。

若いころ、名画座で見た往年の映画『カサブランカ』や『ガス燈《とう》』に出てくるような古い趣のあるバーだった。

「古さだけが取り柄の店ですよ」

白髪のバーテンダーがグラスを磨きながら笑った。

「何にしますか？」

カウンターの棚には、ずらりとシングルモルトの壜《びん》が並んでいた。

「マッカランのロックを」

バーテンは何もいわず棚からマッカラン18年ものの壜を下ろした。栓を開けて、ショット・グラスに注いだ。

「武田さんの飲み屋だから、和風のスナックか、パブかと思った」

「この店はわしに似合わんというのかね」

「意外だと思っただけです」

「わしゃひねくれ者で通っているからな」

武田はにっと笑った。

「紹介しよう。マスターの白石《しらいし》さん。この通りの主のような人だ。わしと同じロートルだが、やくざの地回りにも屈しない根性がある年寄りだ」

「武田さんにはかないませんよ。ただ店を持続しているというだけです。よろしく」

白石が微笑した。

北郷は名刺を渡した。

「ほう。現役の警部補さんですか」

武田は頭を振った。

「被害者の一人吉原紗織の親しい友人関係の筆頭に、あんたの名があった。当時、紅顔の美少年だったが。それが、いまは武骨な警部補どの」

北郷は何もいわなかった。

「手帳をくっているうちに、思い出した。葬儀の時、あんたが一人、死んだ娘さんの母親にずっと付き添っていたな。てっきり息子さんかと思ったほどだった。あの母さんも亡くなったんだよな。気の毒にな」

懐旧の思いが過去の世界の扉を開けて、北郷に押し寄せてきた。

白石が丸い氷を入れたグラスを北郷の前に置いた。壜を傾け、琥《こ》珀《はく》色《いろ》の液体をグラスに注いだ。

北郷はマッカランを口に含み、静かに飲んだ。

白石が黙ってチェイサーを北郷の前に出した。

「当時、被害者たちの交友関係を洗った結果は、どうだったんですか？　何か出て来てたのですか？」

「わしが考えたのは、犯人が大下美代、吉原紗織二人の共通の知り合いなのか、それとも、どちらか一人の知り合いだったかだが、どちらにしても、かなりの数に上った」

「……………」

「それで、二人の交友関係の中から、まず同じ高校の非行グループを中心に、生徒たちの間柄を調べてみた。あんたも一応リストの中に入っていたな」

「それで聞き込みに来たのですね」

「うむ。もし、被害者たちが犯人の声を聞いただけで、誰かと分かるとすれば、顔見知り程度ではなく、ある程度親しく付き合っていた間柄か、親しくはなくても、二人の周囲をうろちょろしていた男ということになる」

「……………」

「大下美代、吉原紗織、それぞれ、そういう友人を調べると、ざっと百人以上ずつになる。これが、そのリストだ」

武田はコピー用紙にずらりと名前が並んだリストを北郷に見せた。

「あんたも大森南の同窓生だから、このリストには知っている者がたくさんいるのではないか？」

「ええ」

北郷はリストにある名前にざっと目を通した。

武田は溜《た》め息を洩《も》らした。

「わし自身がこれらの一人一人にあたるつもりだったが、ほかの捜査にかまけて、結局、全員にはあたれなかった。わしや部下があたった者で、当日のアリバイがはっきりしている者については、すべてバツ印をつけてある。丸印は、アリバイがないか、不明な者の印だ。再度調査要だな。それら潰《つぶ》した者を除くと、無印の、まだあたっていない者は、このリストだけでざっと四、五十人はいる」

北郷は自分の名前にバツが付いているのを見付けた。

あの日は、前日に紗織と些細《ささい》なことで口喧嘩《くちげんか》をしたこともあり、電話もかけずに、友人たちとマックで時間を潰していた。

「ああ、こいつらも、あの日、私と一緒にマックにいたから、アリバイはあります」

北郷は無印だった三人の同級生にボールペンでバツ印をつけた。

「犯人が高校の同級生とか、同窓生とは限らない。それ以外の二人の友人関係のリストがこれだ」

武田はもう一枚のリストを北郷の前に置いた。

「大下美代、吉原紗織、それぞれ三、四十人ずつほどある」

そのリストにも、無印、バツ印や丸印が付けられている。

見覚えのない名前ばかりがずらずらと並んでいた。

「どういう友人、知り合いですかね」

「こちらは、幼なじみとか、中学時代の同級生とか、これまでバイトで知り合ったとか、近所の人だとか、親や兄弟姉妹を仲立ちにした知人とかだ。なかには、どこで知り合ったか分からないが聞き込みで分かった知人関係もある」

北郷はリストに見入った。

武田は新しい煙草を銜《くわ》え、ガスライターで火を点けた。煙を吹き上げながら、リストをとんとんと指で叩《たた》いた。

「こちらも、およそ八割方は潰した。これまであたった人は協力的でね。しかし、もう二十年近く前のことともなると、アリバイなど分からなくなった人もいるだろうから、これから聞き込んでも、いい情報が手に入るとは思えないな」

「これらのリスト、頂けますか？」

「ああ、いいよ。役に立てばいいが」

「いや、役に立たせます」

「あたってみるつもりなのかい？」

「ええ」北郷はうなずいた。

「わしも手伝おうか？」

「いえ、大丈夫です。これは自分がやらねば、と考えているものですから」

「実は、わしにとっても、神栄運送会社強盗殺人事件は、心残りな事案なんだ。ぜひ、手伝わせてくれないか？」

「手伝っていただければ、それに越したことはないのですが、報酬も経費も出せませんよ」

「金なんか、いらない。どうせ、わしは暇なんでね。ロートルではあるけど、まだ、いまのおまえさんたち現役に負けないつもりだ。わしにも元刑事としての意地がある」

武田はそっぽを向いていたが、こめかみがぴくぴく動いていた。

武田は年老いたとはいえ、やる気満々だった。嫌々やる仕事はうまく行くはずがない。おざなりに仕事をする人間が十人いても、やる気十分の一人に敵《かな》わないものだ。ましてや武田は事件をよく知る元捜査員だ。手伝ってくれれば、こんな心強いことはない。

「お願いできますか？」

「よろこんで。係長」

武田はグラスを掲げた。北郷もグラスを掲げ、武田とグラスを合わせた。

二人はグラスのスコッチを一気に飲み干した。

「では、係長には吉原紗織関係をあたって貰《もら》おう。わしは大下美代と母親大下真紀の周辺をあたってみる」

「お願いします」

バーテンダーの白石がマッカランを二人のグラスに注いだ。

「武さん、係長さん、およばずながら、私も応援しますよ」

「被害者たちの無念を晴らすために」

武田はグラスを掲げた。北郷もグラスを掲げ、乾杯した。

7

北郷雄輝が神奈川県警川崎署にタクシーを乗り付けたのは、夜の九時を回った時だった。

刑事部屋には、当番の刑事たちだけが待機しており、課長席も係長席も空いていた。部下の刑事と話していた大村刑事は北郷の姿を見ると立ち上がった。

「お疲れさんです」

「遅くなって申し訳ない」

「いや、こっちもやることがあったので、ちょうどよかった。ここではなんですから、あっちの部屋で」

大村は応接室を手で指した。

応接室に入ると、大村は若い刑事を呼んで、お茶を持ってくるように頼んだ。

「これですわ」

大村は低いテーブルの上に死体検案書と何枚かの書類を置いた。

北郷は死体検案書を取り上げて目を通した。

解剖所見によれば、平沢晋の肺には大量の海水が入っており死因は溺死《できし》と断定されていた。顔面や腹部、両手両足など軀《からだ》のあちらこちらに打撲傷を負っており、生前、寄ってたかって殴られ、拷問を受けた様子だった。

両手首には針金が幾重にも巻き付けられてあったともある。

写真が何十枚も添付してあった。

布袋《ほてい》様のように膨張した遺体や、針金が皮膚の奥まで食い込んだ手首、胴体や背中などに青黒く残っている皮下出血痕《こん》などの写真だ。

「検視官によれば、発見された時、平沢は全裸で、針金で後ろ手に縛られ、両足首に鉄アレイが括《くく》り付けられていたとのことです。その状態で岸壁から海へ放りこまれた」

平沢の溺死体が発見されたのは、一九九七年十月二日となっていた。

いまから十三年ほど前になる。梶原勇太が中学三年のころだ。

梶原勇太の話では、平沢の溺死体が発見されてから、まもなく兄の健作と早苗が姿を消した。

「発見者は？」

「釣り人ですな」

大村はテーブルの上の捜査報告書を目で指した。北郷は捜査報告書にも目を通した。

溺死体は時間が経って腐敗が進むにつれ、ガスでぱんぱんに膨れ上がり、浮力を増す。平沢の死体も、そうなって海面に浮かび上がったのだろう。

「身元の確認は？」

「平沢には自動車ドロの前歴があった。それで記録と指紋や血液型が一致した。さらに歯科医に残されていた平沢のカルテにあった歯形と遺体の歯形が一致した」

「それで、誰が平沢を殺したのかは？」

「分かっていない。かなり平沢の周辺や仲間、対立する暴走族を洗ったが、結局、誰が殺《や》ったか分からず、継続捜査になってしもうた」

「デカ長は、この捜査には加わっていたのかい？」

「いや。当時、自分は一課のほかの班にいて、別の殺しを担当していた。この事案は隣の班の担当だった」

「ところで、この前の梶原勇太の証言は県警の捜査一課に報《しら》せたのか？」

「もちろん。重要な手がかりですからね。すでに、一課の捜査員が梶原健作と早苗の行方を調べ始めている」

「ひとつ分かったことがある。おたくたちにも関係があることだ」

北郷はポケットから四折りにしたDNA鑑定書を取り出して、大村に手渡した。

「梶原勇太のDNAを科捜研に送って調べて貰った。その結果が戻った」

「ほう？」

「警察庁にある身元不明死体のファイルで調べて貰ったら、昨年夏、神奈川県の足柄下郡の山中で発見された身元不明の男性死体のDNA配列と酷似していることが分かった。兄弟か親子かのDNAだった」

「ということは、梶原健作だというのですかい」

大村はＤＮＡ鑑定書を指でぱちんと弾《はじ》いた。北郷はうなずいた。

「勇太の兄貴にほぼ間違いない」

ドアが開き、若い刑事がお盆に載せたお茶を運んで来て、テーブルの上に置いた。

北郷は若い刑事に礼をいい、茶碗《ちゃわん》のお茶を啜《すす》った。火傷《やけど》をしそうなほどに熱いお茶だった。

大村は若い刑事に科捜研のＤＮＡ鑑定書を渡した。

「佐伯《さえき》、足柄下郡で見つかった身元不明死体について、県警本部に問い合わせてくれ」

「はい。デカ長」

佐伯と呼ばれた刑事はＤＮＡ鑑定書を見ながら、部屋から出て行った。

「梶原勇太に、もう一度会って話を確かめたいのだが」

「いまからかい？」

大村は壁に掛かった時計に目をやった。

時計の針は午後十時を指そうとしていた。

「ま、いいか。梶原勇太は容疑不十分で、明朝、釈放することが決まったところでしてね」

大村はのっそり立ち上がり、ドアを開いて、部下の刑事に梶原を留置場から連れてくるようにいった。

「容疑不十分で釈放か。申し訳ない。俺が何も事情を知らずに、あの店に勝手に踏み込んだせいだな」

「ま、終わったことだから、気にせんでください。ともあれ、あの梶原については、何もブツを持っていなかったので、送検できないし、これ以上梶原を留めておくわけにもいかんのです」

ドアが開き、佐伯刑事がノートパソコンを抱えながら入ってきた。

デカ長、ありました。「去年の夏に見つかった男性の白骨死体ですね」

「そう、それだ」

北郷はうなずいた。

「去年の夏か。覚えているぞ。ちょうど別の事案のことでおれは課長とやりあって捜査一課から外され、ごたごたしていた時だ」

大村は吐き捨てるようにいった。

「それで、発見場所はどこだって？」

「足柄下郡の湯河原町《ゆがわらまち》の郊外です」

「たしか殺人と死体遺棄事件として小田原署に捜査本部《ちょうば》が立った事案だな」

「殺し？」北郷は訝《いぶか》った。

「ああ。検視で分かったのだが、死体の頭の額に一発銃弾を食らった痕《あと》があった。佐伯、そういう事案だろう？」

「はい。そうです」

佐伯はノートパソコンをテーブルの上に置き、ディスプレイを見ながらいった。

「頭の額部分に銃で撃たれた弾痕《だんこん》があったとあります」

「額を撃たれていた？」

大村と北郷は一緒にノートパソコンを覗《のぞ》き込んだ。半ば腐乱して髑髏《どくろ》になった頭蓋骨《ずがいこつ》の写真が映し出されていた。額の部分に、もう一つ眼孔のような暗い穴がぽっかりと開いていた。

北郷は大村と顔を見合わせた。

「手口が似ているな」

神栄運送会社強盗殺人事件の処刑のような殺しの手口にそっくりだった。

北郷は佐伯に訊《き》いた。

「死体から弾は見つかったか？」

「貫通銃創なので頭蓋骨の中には残っていなかったそうです。発見現場にも弾丸は残されていなかったので、おそらく、どこか他の場所で射殺され、現場に運ばれたのだろうとなっています」

至近距離から拳銃《けんじゅう》で頭を撃たれたら、いくら固い頭蓋骨でも貫通し、弾丸が残ることはまずない。

大村はノートパソコンの画面を覗きながら訊いた。

「推定年齢は？」

「臼歯《きゆうし》の減り具合や骨の様子から、三十代前半から四十代前半にかけての日本人男性と見られます」

「どうやら、間違いなさそうだな」

大村はぎろりと目を剝《む》いた。北郷もうなずいた。
四、五年前なら、梶原健作はまだ三十代半ばだ。
「発見者は？」

「地元住民です。手足の骨が見えたので、ブルで道路脇の盛り土を削ったら、土中から死体が出てきた」

「場所は湯河原町のどこだ？」

「湯河原町といっても、町の中心部からだいぶ離れた郊外です。湯河原町よりも真鶴町《まなづるまち》寄りの山中で、カントリー倶楽部《クラブ》ゴルフ場へ向かう一本道の道筋です」

佐伯刑事はディスプレイに表示された湯河原町近郊の地図の一ヶ所を指で指した。現場だった箇所に×印が入っている。

北郷は顎《あご》を手で撫《な》でた。

現場に近いカントリー倶楽部には、以前、車で何度か行ったことがある。

真鶴道路からJR真鶴駅に出て、東海道線の踏み切りを越えてから蜜柑《みかん》畑や雑木林の中を走る九十九《つづら》折りを登って行く。

ゴルフ場は低い丘陵地帯の尾根伝いに広がっており、そこへ出入りするには車しかない。ゴルフをする人以外にはあまり使わない山道だ。死体の遺棄現場はゴルフ場手前のくねくね道のカーブの一つだった。

「死体を遺棄したのは、きっと土地鑑のあるやつだな。夜ともなると、ここは人ひとり通る道ではない」

「そうですね。この地図によると、付近に人家が見当らない」

佐伯が画面の地図を眺めながらいった。

「最近のデカは地図でもなんでも、みんなコンピューターで調べるからな。確かに便利だが、どうもテレビゲームの画面を見ているみたいで現実感がないな。現場主義の我々の時代とだいぶ違うわな」

大村は嘆きながら頭を振った。佐伯は笑った。

「デカ長、そんなことをいっていると時代遅れになりますよ」

「だがいいか、佐伯。パソコンがいくらできても、そこに入っているデータは人間の誰かが入力するんだ。その人間が入れるデータに間違いがあったら、あるいはいい加減なものだったら、そんな情報をいくらあさっても役には立たないだろうが？」

「それはそうですが」

佐伯は不満げだった。北郷は佐伯に訊いた。

「遺留品は何かあったのだろうか？」

佐伯はキイを叩《たた》き、捜査報告書を出した。

「死体は全裸にされて遺棄されていたとみられ、衣類、腕時計、財布、ケータイなど身元に繋《つな》がる遺留品は見つかっていません」

「全裸にされていたというのか」

大村は目をぎろりと剝き、北郷の顔を見た。

「手足は縛られていなかったか？」

「縛られていました。死体の手首に錆《さ》びた針金が巻き付いていたそうです。死体は後ろ手に縛られて、うつぶせに穴に入れられていた」

「おそらく平沢を殺したやつらと同じ連中だな」

大村は唸《うな》った。

北郷はパソコンの画面を覗き込んだ。

「見つかった死体は、その一体だけだった？」

「はい。周辺を掘り返して調べたが、ほかにはなかったとあります」

梶原健作と一緒にいたはずの早苗は、まだ生きている可能性がある。

北郷は大村と顔を見合わせた。

「その後、捜査に何か進展があったのか？」

「そもそも死体の身元が不明だったので、行き詰まっていました。死体発見の二、三ヵ月前に、付近の路肩に駐車していた不審車両の目撃情報が何件か寄せられていますが、まだ有力な手がかりにはなっていません。デカ長、このDNA鑑定書の情報を報《しら》せれば、きっと捜査本部も色めき立つと思いますよ」

佐伯は大村を見た。大村はじろりと北郷に目を向けた。

「うちが仕入れた情報ではないんでな……」

「ここで入手した手がかりだ。デカ長から捜査本部に報せてやってくれ」

「いいんですか？」

「もちろんだ。デカ長には借りがある」

「いいでしょう。佐伯、さっそく一課の担当に通報してくれ」

「はい。了解」

佐伯は応接室から飛び出して行った。

入れ替わるように、古参らしい刑事が顔を出した。

「デカ長、留置人を2号取り調べ室に入れときました」

「おう。ご苦労さん。いま行く」

大村は北郷に行こうと促した。

8

2号取り調べ室のドアを開けると、椅子に神妙な顔で座っている梶原勇太の姿があった。

北郷の顔を見るとすぐににこやかな顔になった。

「すんません。またモクを一本、頂けますか？　なんせ、ここの刑事さんたちは渋くて、シケモク一本吸わせてくれないんッすよ」

大村が机の上をばんと叩いた。

「甘えるな！　おまえ、何も話さんだろうが。そんな非協力的なやつに、だれが親切にできるか」

「これだもんな。あんなにいろいろな情報を話したのに」

「おまえの話は、いい加減な推測やガセばっかりじゃねえか。おかげで、こちとら、いろんなところへ走らされて、往生した」

梶原勇太は首をすくめた。北郷は梶原勇太の向かい側の椅子に座った。

「ちょっと聴きたいことがあるんだ。おまえの兄貴のことだ」

「またですか？」

「血が繋がった兄弟は何人いる？」

「健作兄貴と俺の二人だけど」

「間違いないか？　隠し子の兄弟なんか、いなかったか？」

「いないいない」

「従兄弟《いとこ》は？」

「あまり親戚《しんせき》付き合いしてないのでよく分かんねえけど、いても女の従姉妹《いとこ》だなあ。ほんと、なんでそんなことを訊くんす？　何かあったんすか？」

　梶原勇太の顔に不安の影が過《よぎ》った。

「実はな、きみのＤＮＡ配列とほとんど同じ配列の死体が発見されていた」

「同じＤＮＡ配列？　それがどうしたんす？」

　梶原はきょとんとした。大村が脇から口を出した。

「おまえの兄貴の遺体ということだよ」

　梶原は笑い出した。

「そんな馬鹿な。脅かさないでくださいよ」

「嘘ではない。気の毒だが、まず間違いない。おまえの兄さんの遺体だ」

「そんなはずはねえ。やだなあ。いくら白状しないからって、人の生き死にの話をするなんてひでえ。俺を脅かして、何か喋《しゃべ》らせようっていうんでしょ。冗談きついよ」

　梶原はにやにやしながらいった。だが、目は笑っていなかった。

「冗談ではない。おまえの兄さんの遺体が去年の夏、足柄下郡の山中で発見された」

「どうして兄貴だと……？」

「だから、ＤＮＡ鑑定で分かったんだ。平沢晋と同じように身元がすぐに割れないように全裸にされて殺された。今度は射殺されていた」

「射殺？」

　大村が梶原勇太の額に人差し指を向けた。

「こうやって、額のど真ん中をズドンと一発やられていたんだ」

「ま、まさか」

「神栄運送会社強盗殺人事件の時と同じなんだ。犯人は被害者たちの額を一発ずつ撃って殺している」

「殺しの手口が同じなんだよ。おそらく、平沢殺しも、おまえの兄さん殺しも同じ犯人なんだ」

「いつ見つかったって？」

「だから去年の夏だ」

「そんなはずはねえ。死体は兄貴んじゃない」

梶原勇太は机の上に載せた両手をぎゅっときつく握り締めた。

「どうして兄さんではないというんだ？」

「だってよ。つい先だって、電話があったばかりだぜ」

北郷は大村と顔を見合わせた。

「なんだと？　嘘をつくな。ほんとにおまえの兄貴からの電話だったのか？」

大村が梶原を怒鳴りつけた。

梶原は困惑した顔になった。

「うん、確かに兄貴だった……と思う。風邪を引いたとかいっていて鼻声だったが、俺のケータイに電話があったんだ」

「ほんとに兄さんだったのか？　振り込め詐欺犯たちも、風邪を引いたとかいって鼻声を使って息子のふりをして親を騙《だま》すが、それと同じ手口ではないか？　ほんとに兄さんだったのか？」

「だってよ。早苗義姉さんも一緒だった」

「早苗さんも電話に出たというのか？」

「うん。声は小さくて聞きとりにくかったけど、あれは確かに早苗義姉さんだった」

北郷は煙草の箱を取り出し、梶原に差し出した。梶原はぺこりと頭を下げ、ぶるぶると震える手で一本を摘み出した。

「その時、兄さんは電話で何といってきたのだ？」

北郷はジッポの火を点《つ》けた。梶原は煙草の先を入れ、すぱすぱと何口も煙を吸い込んだ。

「だからよ、元気にしている。オレのことは心配するなって」

「それから？」

「それだけだ」

梶原はおどおどしていた。目を合わせようとしない。

「梶原、何か隠しているな？　それだけってことねえだろ！」

大村が梶原をどやしつけようとした。北郷は手で大村を制した。

「まあ、ゆっくりと話を聴こうじゃないか」

北郷はアルミの灰皿を梶原の前に置き、正面から梶原を睨《にら》んだ。

「電話はいつかかってきた？」

「だから、捕まる前日だよ。捕まってしまったから、予定が全部狂ってしまった」

「予定？　何の予定だ？」

「だからよ、ほんとは兄貴たちと会う予定だったんだ。電話がかかって来たら、会うことになっていたんだ」

「どこで？」

「知らねえよ。兄貴が指定するところへ行く予定だった。兄貴も命を狙われているから、ってかなり用心していた」

「兄さんから、何か頼まれただろう？」

「……なんも頼まれてねえよ」

梶原勇太は上目遣いにちらりと北郷を見て、慌てて目を伏せた。北郷は強い語調でいった。

「嘘をつくな。何か持って来いといわれただろう？」

「何のことだい？」

「前にいっていたではないか。おまえの兄さんと平沢晋がひそひそ話をしていた時、平沢が何か黒い包みを兄さんに手渡したって。それを持って来い、といわれたんだろう？」

「知らねえよ、そんな十年以上も前のことをよ」

「梶原、正直に話してくれ」

「ほんとに知らねえよ。そんなもん、どこかに行ってしまった。何人も俺んとこへ来て、兄貴から何か預かったろう、と脅したりすかしたりしたけど、ほんとに俺は知らねえんだ」

大村がどんと大きな手で机を叩《たた》いた。アルミの灰皿が衝撃で飛び上がった。

「何人もおまえのところへ来ただと？　なぜ、そんな重要なことを黙っていた？」

梶原勇太はおどおどしながら、煙草の火を灰皿で揉《も》み消した。

「だってよ。そんなこと、訊《き》かなかったじゃねえか」

「どんな連中だ？」

「おたくたちの仲間の刑事だよ」

「刑事だと？」

北郷は大村と顔を見合わせた。大村は頭を左右に振った。

「なんだよ、ここ数年、しょっちゅう来てたじゃねえか。引っ越しする度にガサ入れしたりよ。ある時には、おふくろまで逮捕するぞって脅したり、俺を尾行したりしてたじゃねえか」

「どこの署の刑事だ？」

「知らねえよ。あんたらはバッジを見せて、警察だ、というだけで、どこの署から来たなんて誰も名乗りやしねえ」

「名刺は？」

「そんなもの置いていかねえ。もし、置いていったって、すぐごみ箱行きさ」

「そいつら、偽刑事だな」

「だけど、人相は悪いし、なかにはやくざ風に見えるやつもいたが、ぱりっとスーツを着たやつもいて、どいつもこいつも刑事の臭いをぷんぷんさせていたぜ」

梶原勇太は嘲笑《あざわら》った。北郷は大村と顔を見合わせ、梶原に訊いた。

「そいつらの顔は覚えているか？」

「多分。会えばすぐ分かる」

「連中はおまえの家で何を探していた？」

「知らねえ」

「何度も来たというのは、まだ見付けていないということだな」

「そんなの分かんねえよ」

北郷は静かにいった。

「おまえ、兄さんから何か預かったものを、どこかへ隠した？」

「なんだ、あんたらも、同じことを訊くじゃねえか。そうだよな、同じ刑事だものな」

「……………」

「そいつらも、俺を責め立てたぜ。ある時には、路地裏に連れ込まれて、ぼこぼこにされた。だけど、知らねえものは知らねえ、といい続けたんだ。そうしたら、あきらめて引き上げて行った。それでしばらく来なかったんで、俺も安心していたら、今度はあんたらだものな」

梶原勇太はようやく落ち着きを取り戻した様子でいった。

北郷は、梶原勇太が今夜はもうこれ以上何を聴いても喋《しゃべ》らないだろうと判断した。

梶原勇太は何か肝心なところを隠している。きっと、兄の梶原健作から預かった黒い包みをどこかに隠し持っている。

「刑事さん、知らねえことはいくら訊かれても答えようがない。どうせ、訊くならほかのことを訊いてほしいな」

北郷は大村を見た。大村は肩を竦《すく》めた。

北郷は話を戻した。

「さっき、兄さんからケータイに電話があったといったな？」

「うん、まあ」

大村が動いた。取り調べ室のドアを開け、外にいた刑事に何事かを指示した。

「相手は兄さんのケータイ番号だったのか？」

「……いや、違ったと思う」

梶原勇太は怪訝《けげん》な顔をした。

「では電話相手の番号は誰の番号だった？」

「たぶん、早苗義姉さんのケータイだったと思う。俺のケータイに義姉さんの番号が登録してあったはずだからな」

「梶原、おまえ、前に会った時には、連絡先は知らないといっていたじゃないか。あれは嘘だったのか。いい加減なことをいって」

「義姉さんを巻き込んでしまってはまずい、と思って、嘘をついたんだ」

「いい加減なことをいいやがって」

大村は梶原の頭をこつんと拳《こぶし》で叩いた。

北郷はにこやかにいった。

「まあ、いいだろう。ところで、おまえのケータイを調べさせて貰《もら》っていいか？」

「いいよ。だけど俺のケータイは、没収されたままだぜ。いまはここにはない」

大村がにっと笑った。

「いま、証拠の保管室からおまえのケータイを持って来させよう」

大村はドアを開け、外にいた刑事に大声で梶原の所持品のなかからケータイを持って来るように指示した。

ほどなく刑事の一人がドアを開けて入ってきた。手にしたケータイを大村に渡した。

大村は北郷にケータイを差し出した。

「着信履歴を見ていいか？」

「だめといっても見るのだろう？」

北郷は何もいわず、ディスプレイに出てきた着信履歴を調べた。

留置中にも何本もの電話がかかっていた。

「どれが、兄さんの番号だ？」

梶原勇太は無言のまま、アドレスの中の番号の一つを指した。

北郷はその番号に電話をかけた。相手の名前は記されていない。

電話をかけると、すぐさまコンピューターの合成音声で、「現在、この電話は使用されていません」という応答があった。

「かかって来たという早苗さんの電話番号は？」

「これだ」

梶原勇太は着信履歴の一つを指した。たしかに「片山早苗」の名前が登録されている。

北郷はケータイをかけた。

「ちゃんと苗字《みようじ》も片山と登録されているじゃないか。手間を取らせて」

「…………」

呼び出し音が聞こえた。だが、いくら呼び出しても応答がない。留守電機能もない。

北郷は自分のケータイを取り出し、梶原勇太のケータイの番号を転記した。

「協力、ありがとう」

「……ああ」

「梶原勇太、特別にいい知らせを教えよう」

大村は梶原を上から見下ろした。

「おまえは、明朝釈放だ」

梶原勇太は、ほっとした表情になった。

9

北郷はマンションに帰ると、遮光カーテンを引き開け、窓ガラスも開けた。深夜の街の灯が拡がっている。

一日留守にしていた部屋の中は、昼間の熱気がまだ残っていた。

窓の外に蒲田の街並が広がっていた。黒い呑川の流れが鈍く光を反射している。

どこからか、緊急車両のサイレンが聞こえた。大通りを赤色灯を点滅させたパトカーが走って行く。また街のどこかで、犯罪が起こったのだろう。

窓の下に工学院通りの明るい街灯が見える。深夜なのにまだ人通りがあった。酔っ払いのだみ声が聞こえた。

向かいの日本工学院専門学校の建物は夜の闇に黒々と身を沈めていた。

冷蔵庫から冷えた缶ビールを取り出し、プルトップを引いて開けた。喉《のど》にビールを流し込むと、眠気が少し遠退いていった。

ベッドに寝そべり、元刑事の武田から貰ったリストに目を通した。紗織の交友関係として上がった人物リストだ。

ほとんどが北郷と共通の友人知人だった。

そのうちの一人に目が留まった。

旧姓・久川《ひさかわ》未彩《みさ》。

紗織が親友だと、北郷に紹介した同級生だった。リストには、聞き込みをしたという×印がつけてあった。

未彩には苦い思い出がある。

紗織は親友だと未彩を信用していたが、北郷には、そう思えなかった。北郷が紗織と親しく付き合っているのを知りながら、未彩は紗織には内緒で、何度も北郷を映画に誘ったり、逢《あ》いたいといって来た。

北郷は紗織に、それとなく未彩の背信を告げようとしたが、紗織は、かえって、なぜ親友の未彩の悪口をいうのかと、北郷に文句をいって責めた。

その久川未彩も、いまは人妻となり、姓も高村に変わっている。

北郷は起き上がり、本棚から高校時代の卒業アルバムを抜いた。二十年前の自分たちが、そこには眠っている。

卒業生名簿のページを開いた。

缶ビールを呷《あお》るようにしながら、アルバムのページを一枚一枚めくった。

生徒会活動のページでめくる手が止まった。

ひまわりのように輝く笑顔の紗織と、照れた顔の北郷が二人中央に並んで座っていた。その周囲を取り囲んで、生徒会の役員たちが集まり、指でVサインを作ったり、アイドルよろしく手を拡げてポーズを取ったり、思い思いの格好でカメラに向いていた。

いつ見ても気恥ずかしいスナップ写真だった。

その役員たちの中に未彩の姿があった。未彩は放送委員をしていた。

写真を見ているうちに、未彩と会ってみたくなった。

北郷が未彩とのデートを断った時、未彩は吐き捨てるようにいった。

「あなたは、紗織の本当の姿、知らないのよ」

未彩は、なぜ、別れ際にあんなことを口走ったのだろうか？

いまさら紗織の本当の姿を知ったとしても仕方がないことではあるが、一度、未彩と会って、話を聴いても無駄ではない、と思った。

第三章　記憶の迷路

1

車は閑静な住宅街の通りに入った。

左右に住宅やマンションが建ち並んでいる。強い陽射しに照らされた通りには、自転車に乗った通行人や買い物帰りの主婦、杖《つえ》をついた老人の姿があった。

「係長、この辺ですかね」

光安刑事が覆面パトカーを道の端に寄せて停めた。ナビの画面に、池上《いけがみ》七丁目が表示され、目的地の赤いピンが立っている。

「うむ。ゆっくり流してくれ」

北郷は街並に目をやった。

車は曹禅寺《そうぜんじ》の門前にさしかかった。境内に古風な禅寺の佇《たたず》まいが見えた。鬱蒼《うっそう》とした木立の下で、子ども連れの母親たちが三、四人立ち話をしている。

一ブロック先に徳持《とくもち》小学校の白い校舎が見える。

「停めろ」

北郷は車を停め、シートベルトを外した。助手席のドアを開け、車外に降りた。

「すぐに終わる。この辺にいてくれ」

北郷は手帳をポケットから取り出し、もう一度、高村未彩の現住所を確かめた。

未彩には署を出る前に電話を掛けてある。

突然の電話に未彩はひどく驚きはしたものの、懐かしがった。高校卒業以来、未彩には一度も会っていない。

紗織のことで尋ねたいことがある、と告げると、未彩は喜んで協力すると答えた。

北郷は一方通行の道を南へ歩き出した。

未彩が住むマンションは一ブロックほど行った角を曲がった路地にあった。

メゾン池上。

五階建ての古いマンションだった。

マンションのドアを押し開け、狭いロビーに入った。

管理人の受付はあるが、窓口に人影はなかった。セキュリティも緩い、昔ながらの庶民的なマンションだ。

玄関先の壁に「警察官立寄り所」と「防犯連絡所」のパネルが、まるで泥棒除《よ》けのお札まがいに掛かっていた。

北郷は突き当たりのエレベーターの前に進んだ。自動ドアが開き、北郷は乗り込んだ。

「ちょっと待って。すみませーん」

女性の声が聞こえ、後から幼児を連れた若い母親らしい女が慌ただしく駆け込んできた。

「四階を押して下さい」

北郷はうなずき、四階と五階のボタンを押した。母親は礼をいい、幼児を抱いて四階のフロアで降りた。

五階のフロアに着いた。

吹き曝《さら》しの廊下に五、六軒のドアが並んでいた。手前から三軒目のドアに高村の名札が付いていた。

ドアの前でインターフォンのボタンを押した。ドアの背後から呼び出しのチャイムが響いた。

「はい。どなた？」

女の声がインターフォンから聞こえた。

「北郷です……」

北郷は警察バッジをインターフォンのカメラの前にかざした。警察だと名乗ってもよかったが、隣近所の人が聞き付けたら、何事かと思われて迷惑だろう。こうした集合住宅では、他人の噂について口さがない。

「少々お待ちを」

ドアの背後に人の気配がし、ドアのチェーンの外れる音がした。ドアが開き、丸顔の女が北郷を迎えた。少しばかり歳は取ったが、まだ色艶《いろつや》がある見覚えのある顔だった。

「しばらくです」

「まあ、北郷さん。ほんとにお久しぶり」

慌てて化粧を直した顔だった。未彩は縮れ毛の髪を隠すように毛糸の帽子を被《かぶ》っている。

高校生時代よりも軀《からだ》の線が丸くなり、年相応に太っていた。くるぶしが隠れるようなロングスカートを穿《は》き、緩めの長袖《ながそで》シャツを着込み、赤いカーディガンを羽織っていた。

未彩の顔の肌は艶々として張りがあった。

「あら、やだあ。北郷さんは、昔のままじゃないの。私は、こんなに太ってしまっているのに」

「いえ、そんなことない。未彩さんこそ、少しふくよかになったぐらいで、顔も話振りも、あまり昔と変わらないではないですか」

北郷は慰めるようにいった。相手を傷つけない嘘ならいくらでもつける。

「まあ、お上手ねえ。さあ、上がって。狭くて汚いけど」

「いえ。ここで結構です。お話を聴いたら、すぐに帰らねばならないので」

「こんな玄関先で話していたら、却《かえ》ってご近所の人たちに変に思われるから」

「そうですか。でも、ご主人は、おられないのでしょう？」

「いないわよ。会社に決まっているじゃないの。さあ、遠慮しないで上がって」

「…………」

北郷は玄関先に入った。足の踏みどころもないように靴やサンダルが乱雑に並んでいる。

三輪車やサッカーボールも混じっていた。

「ほんとに散らかし放題で、ごめんなさいね。ちゃんと掃除をしておけばよかったんだけど、ちょっとやることがあって」

未彩はスリッパを並べ、北郷の腕を取るようにして上がるように促した。

「さあさ」

「では、失礼します」

北郷は靴を脱ぎ、スリッパに履き替えた。

部屋はエアコンがかかり、生暖かかった。かすかに獣の臭いがした。

ソファの座布団に寝ていた太った猫三匹が、のっそりと起き上がり、北郷を警戒するように見ながら逃げていく。

「いま、お茶を出すから座ってて」

未彩は台所に入り、お茶の用意をしていた。

北郷は長椅子に座り、部屋の中を見回した。

質素な居間だった。硬いソファ・セットにガラスの飾り戸棚、それに擦り切れた絨毯《じゅうたん》の上に、三十七インチの薄型ハイビジョンテレビが鎮座している。

戸棚には、ゴルフ・コンペの優勝カップがいくつも並んでいた。ゴルフ・ウエア姿の男が大勢に祝されている写真が飾られている。

小学生ほどの男の子二人と並んだ夫婦の写真もあった。未彩が指でピースマークを作っている。

未彩が居間に戻った。

「さあ、どうぞ。粗茶ですが」

お盆に載せた湯呑《ゆの》み茶碗《ぢゃわん》を北郷の前のテーブルの上に置いた。未彩は低いテーブルを挟んで向かい合うようにソファに腰を下ろした。

「北郷さんが警察官になったというのは、噂に聞いていたけど、ほんとだったのね」

「ええ、まあ。さっそくですが紗織について、お聞きしたいことがあるのですが」

「まあ、あらたまって、なんですの？」

未彩は小首を傾げた。そうするのが男を引き付ける魅力的な仕草だと、若いころの未彩が思っていた癖だ。

「未彩さんは、昔、あなたは紗織の本当の姿を知らない、といっていたよね」

「そんなことといったかしら？」

未彩は遠くを見つめる顔をし、ふと小さなため息を洩《も》らした。

「わたしも若かったのね。おバカさんで。あのころ、わたし、あなたを紗織から奪おうとしていたから」

「嘘だったのか」

北郷は若かった未彩の顔を思い出した。

「……ふふふ。嘘というわけではないけど、いまさら、死んだ紗織を傷つけることになるからいいたくないわ」

未彩は左右に顔を振った。

「これは殺人事件の捜査なんだ。もしかして、紗織の交友関係が手がかりになって、犯人に結びつくかもしれない。だから、紗織について、何でも知っていることを話してほしい」

「どうして、いまになって、そんなことを調べているのです？」

「犯人たちは被害者たちの知り合いか顔見知りだった可能性がある。そのため、口封じに殺されたのかもしれない」

「口封じですって？」

未彩は眉《まゆ》をひそめた。

「それで被害者の知人や交友関係をあらためてあたっている」

「分かったわ。……いまだからいうけど、紗織には、あなた以外に親しく付き合っていた男の人がいたのよ」

北郷は不思議に平静に聞くことができた。心のどこかで覚悟していたことでもある。

あんないい女の子に、ほかの男子が惹《ひ》かれないはずがない。

「どんな男だった？」

「紗織は親友のわたしにも教えてくれなかった。毎週土曜日になると、紗織はお母さんにも内緒で、いそいそと、その男に会いに出掛けていた」

「お母さんにも内緒で？」

北郷は思い出した。

紗織は毎週土曜日に、母親の仕事の手伝いがあるので、北郷と会えないとこぼしていた。

あれは嘘だったのか。

「あなたは心外でしょうけど、たしかに相手は男だった」

「………」北郷はお茶を啜《すす》った。ぬるいが香りのいいお茶だった。

「どうして、そういうのか、というのでしょう？　わたし、ある土曜日、悪戯《いたずら》心を起こして、仲良しのアッコを誘って紗織の跡をつけたのよ。どんな男と付き合っているのだろうって」

「アッコって？」

「剣道部の浅田《あさだ》敦子《あつこ》よ」

剣道部の浅田と聞いて思い出した。浅田敦子は美人だが、男勝りの性格の大柄な女の子で、インターハイの剣道大会で個人優勝したことのあるスポーツガールだった。

「そうしたら紗織はJR横浜駅で根岸《ねぎし》線に乗り換えた。いったい、どこへ行くんだろうって隠れながらなおもつけていたら、紗織は新杉田《しんすぎた》で電車を降り、モノレールの金沢シーサイドラインに乗り換えた。それで、ははあん、八景島でデートなのねって」

北郷は思い出した。紗織と最初のデートは八景島だった。遊園地で遊んだ後、人工海浜の公園の浜辺に並んで座り、真っ赤な夕焼けを黙って見つめていた。

「アッコとどきどきしながら、後ろの車両に乗り込んで、紗織を見ていたら、紗織は案の定、八景島駅で降りたの」

「………」

「すぐに私たちも降りたらホームは見通しが良すぎて見つかってしまう。それでそのまま乗り越して次の駅で降り、折り返しのモノレールに乗って戻ったの」

「うむ。なるほど」

「すぐに八景島の遊園地に行こうと駅の階段を降りたら、なんと紗織が若い男性と親しげに話をしながら、八景島へ向かってゆっくりと歩いている姿を見付けたのよ」

「ほう」

「どうやら、八景島の駅で、その男と待ち合わせていたらしいのね」

「それで？」

「おしまい。それ以上、紗織について回ったら、二人の邪魔をしているみたいで、厭《いや》じゃない。二人の微笑ましい証拠写真も撮ったので、それを戦利品にして引き揚げたというわけ」

「写真を撮った？　その写真は？」

「とっくに無くしてしまったわよ。もう二十年以上も前のことよ。もっともアッコのカメラだったから、もしかしてアッコが写真を持っているかもしれないけど。アッコ、紗織に、その写真を突き付けて、誰だったのかと白状させるって騒いでいたけど、その後、どうなったか、忘れてしまったわ」

「どんな男だった？」

「背丈はあなたくらいかしら。ジーンズに白いスポーツシャツ姿で、足が長く、格好いい男だった。たぶん、紗織よりも二つ三つ年上だったと思う。細顔のイケメンで、紗織を見つめる目が優しくて、紗織も本当に楽しそうに見返して笑っていた。ほんとに二人はお似合いのカップルだったわ」

「…………」

「紗織はあなたとその人の二股《ふたまた》をかけていたのに、あなたは気付かずに紗織ばかり見ていたから、それで、ついわたしの方を向かせようとして告げ口してしまったのよ」

未彩はふっと笑った。昔の悪戯そうな少女の面影になっていた。

「男の名前は聞いていない？」

「聞いていない」

「その男は紗織の葬儀に来ていた？」

もし、その男が通夜か葬儀に来ていれば、当時の参列者名簿に記帳しているはずだ。

名簿が残っていれば名前も分かる。

「そういえば、その人の姿は通夜でも告別式でも見かけなかったわ。わたし、ずっと受付にいたから分かるけど。もしかして紗織が死んだことを、誰も知らせなかったのかもしれない」

「…………」

「北郷さんは知らなかった方がよかったのではなくって？」

たしかに知らない方がよかったかもしれない。だが、いつまでも知らないでいて、後で突然に真実を知らされるよりも、自分から進んで聞き込んで真相を知った方がはるかに気が楽だ。

北郷は黙って湯呑みのお茶を飲み干した。お茶はすっかりさめていた。

「ところで、紗織と一緒に殺された大下美代さんの交友関係について何か知っていることがある？」

「どうして紗織は美代なんかと付き合っていたのかって思っていた。でも、バイトで一緒だったのね。後で分かった」

「未彩さんは美代さんと仲良しではなかった？」

「美代は何かと噂のある子だったから、わたしたち、紗織に忠告したことがあるくらい。付き合うのもほどほどにしておいたらって」

「噂って？」

「美代は校外の非行グループと付き合っていたのよ。可愛い顔していたけど、結構生意気で、暴走族のバイクの後ろに乗って走り回っていたって聞いた。母親がお父さんと離婚して、美代は母子家庭だった。それで、美代はグレたらしいわ。同じような母子家庭だった紗織は美代にひどく同情していたみたい」

「そうか」

紗織らしい、と北郷は思った。紗織は他人の心の痛みを分かる女の子だった。

「紗織のお父さんも葬儀に現れなかったわね。どんな事情があったのか分からないけど、せめて娘の葬儀くらいは来ても良さそうなものだけどね」

「紗織のお父さんは死んだって聞いていたけど」

「紗織もお母さんからそう聞かされていたけど、実はそうではなかったらしいのよ。紗織のお母さんもお父さんと離婚したそうなの。お父さんは生きていて、別にちゃんとした家庭を持っているということが、どういうことか、偶然に分かったらしいのね」

初耳だった。紗織の話をすべて信じていた。だから、てっきり父親と死別したとばかり思っていた。なぜ、隠していたのだろう？

それにしても、自分がいかに紗織のことを知らなかったのか。

離婚しているなら、戸籍の除籍簿を調べれば、父親の名前と旧本籍地ぐらいは出てくるだろう。だが、事件に関係ないのに、そこまで調べるのはためらわれた。

ケータイが振動した。北郷はケータイのディスプレイを見た。光安刑事からだった。

『係長、至急に署へ戻れとのことです』

「分かった。迎えに来てくれ」

北郷はメゾン池上の名を告げ、通話を切った。

「私の話、お役に立った？」

「もちろん、ありがとう。では、これで」

北郷がソファを立ち、玄関から辞そうとした時、未彩が呼び止めた。

「そうそう。思い出した。男の名前はタケオだったわ。たしかアッコがタケオさんだといっていた」

「タケオ？　……いまアッコさんはどちらに住んでいる？」

「しばらく会っていないけど、たしか月島の高層マンションに住んでいるわ。アッコにも会って話を聞く？」

「できれば」

「ちょっと待って」

未彩は引き返し、住所録を持って来た。

「アッコはバツ一。いちど結婚したけど数年前に離婚した。また浅田姓に戻っている。これが住所とケータイの番号」

未彩は住所録を北郷に見せた。北郷は手帳に住所と電話番号を書き記した。

「仕事は何をしているんだろう？」

「新聞社の記者」

「ブンヤか」

「アッコ向きの仕事らしい。男たちに混じってばりばり仕事をしているそうよ」

ブンヤは扱い難い。敦子にあたるのは考えものだった。

北郷は名刺を未彩に手渡した。

「これ、俺の名刺。何か思い出したら報《しら》せてほしい」

「もちろん、そうする。ところで、あなた、奥さんは？」

「いない。まだ独り身なんだ」

北郷はドアを離れた。未彩が見送ってくれた。北郷は手を振り、踵《きびす》を返して歩き出した。

紗織が付き合っていたタケオ？　どんな男だったのだろう？

北郷は無性に寂しくなった。心が空虚感でずきずきと疼《うず》いた。紗織を自分だけの彼女だと思っていたのが愚かだったのだ。

2

コンビニの店内で何人もの鑑識課員たちが刷毛《はけ》を手に指紋採取を行っていた。鑑識の仕事が現場では最優先される。

「同じ手口だから、同一犯でしょうね。監視カメラに映っているのも似たような二人組だし、バイクで逃走する方法も同じ」

雨垣喬刑事が腕組みをしたままいった。

店内で何度もフラッシュが焚《た》かれた。

このところ、毎日のように蒲田署管内や隣接署管内のコンビニ店を狙った強盗事件が連続していた。

胸のポケットでケータイが振動した。

ディスプレイに大村源次郎の名前が表示されていた。

北郷はケータイを耳にあてた。

『係長、タマが動き出した。今度はまかれない』

大村刑事が囁《ささや》いた。

「そうか。動き出したか」

大村たちは釈放した梶原勇太を泳がせて身辺を監視していた。

北郷が大村たちの内偵捜査を邪魔してしまったため、一時中断されていた捜査が再開され、大村たちは密《ひそ》かに梶原勇太に纏《まと》わり捜査をかけていた。

大村たちは、これまでヤクとハジキの密売ルートを追っていたが、新たに平沢晋殺しや梶原健作殺しの犯人捜査も兼ねることになっていた。

平沢殺しや梶原兄殺しの犯人たちは、北郷が追っている事案の犯人に重なっている。

梶原勇太は蒲田署管内のアパートの自室に戻っていた。そのため、今度は大村たち川崎署の捜査員たちが密かに蒲田署管内に足を踏み入れているのだ。

もちろん、大村も警視庁の捜査共助課や蒲田署に話を通していない。

「俺は臨場している。こちらを済ませたら、そちらへ向かう」

『係長、心配しないでくれ。ただタマが動いたということを連絡しただけだ』

「どこへ向かっている？」

『バイクで京浜に入った。南へ向かっている。川を越えて、うちの管内に入った。アパートを出る前、ケータイで誰かと話をしていた。誰かに会いに行くのだろう』

「了解、源さん、後はよろしく頼む」

『分かった。どこで誰と会うのか、後で連絡する』

通話が終わった。

雨垣刑事と話をしていた光安刑事が北郷に顔を向けた。

「係長、店員の事情聴取が終わりました」

「やはり二人組か？」

「一人は長身の男で、一八五センチ以上。痩《や》せ形。もう一人は中肉中背。どちらも男です。ともにつなぎの青い作業服を着ていたそうです」

「作業服だと？」

前の事件では作業服ではなく、ジーンズに革ジャンパーだった。雨垣がいった。

「どこかで着替えたんでしょう、きっと。変装したつもりだ」

「何か店員が気付いたことは？」

「長身の方の男がレジ係の店員にナイフを突き付け、マネーマネーと叫んでいたそうです」

「外国人か？　それとも外国人を装った日本人か」

「中肉中背の男がちらつかせていた拳銃《けんじゅう》は、どうも見かけからしてモデルガンではないかとのことでした」

「何を盗《と》られたか？」

「レジの現金だけです。およそ十二万円ぐらいではないかといってました」

ジュラルミンのケースを持った鑑識課員たちがぞろぞろと引き揚げて行く。通りすがりに村尾《むらお》係長が北郷に軽く手を上げた。

「後で鑑識結果を送るけど、あまり収穫はないな。店員によると、二人とも手袋をしていたので犯人たちの指紋は出そうにない」

「分かった。ほかに遺留品は？」

「ゲソ（靴）の跡と、毛髪を若干採取したが、ホシのものか不明だ。感触だが、前の二件と同一犯だろうと思う。ま、詳しくは後で」

「お疲れさん」

北郷は村尾係長を労《ねぎら》った。村尾係長は軽く手を上げ鑑識車両に戻って行った。

入れ代わりに雨垣や光安たち捜査員たちがコンビニの店内に入って行く。制服警官が立ち入り禁止のロープを張り直していた。北郷もビニール手袋を両手にはめながら、ロープを跨《また》ぎ、店内に足を踏み入れた。

3

バー「黒猫」のカウンターには、先に来た武田がマスターの白石と話し込んでいた。煙草の煙が店内に立ち籠《こ》めていた。ほかに客はいない。

「お待たせしました」

北郷は武田の隣のスツールに腰を下ろした。

「お、来たか」

「この前のを」

北郷は白石にいった。白石は酒棚からマッカランの十八年ものを下ろし、氷を入れたグラスに目分量で注いだ。

「そっちはどうだ?」武田が訊《き》いた。

北郷は紗織が付き合っていた男の話をした。

客観的に話したつもりだったが、どこかに感傷が紛れていたらしい。武田は慰めるような口調でいった。

「わしは説教できる立場ではないんだが、女ほどわからぬものはない。女と男とは、同じ人間ではあるが、まったく違う種族だ。女はわしら男にはまったく理解できない考えで行動するんだ」

「武さんは、昔、亡くなったかみさんに、しょっちゅう悩まされていたものな」

白石はグラスをナプキンで磨きながら、にやにやと笑った。

武田は頭をぼりぼりと掻《か》いた。

「ま、俺の少ない経験からいえば、女ほど厄介な手合いはいない。これまで、大勢の女の容疑者を取り調べて来たが、女が十人いれば、十人十色。共通していることといえば、女はみんな嘘つきだってことだ」

「……嘘つきねえ」

北郷はマッカランを啜《すす》った。熱い刺激が喉元《のどもと》を下って行く。

「男だって嘘つきは多いが、たいてい見えすえた嘘だ。すぐにぼろを出す。ところが、女の嘘は、芸術品だ。ついている本人ですら、嘘だと思わなくなってしまう」

「…………」

「ま、わしがいえることではないが、あまり女を信じないことだな。信じてろくなことがない。はじめから信じてなければ、真相が分かっても、それほどショックではなくなる」

北郷はうなずいた。

紗織も嘘をついていたのだろうが、もう、済んだことだ。いまさら、嘘を暴いたところで何の意味もない。

武田はメモ帳を取り出した。

「ところで、大下真紀、美代母子の交友関係だが……」

武田は指を舐《な》め舐め、メモ帳のページを繰った。

「大下真紀の元亭主は黒川則雄《くろかわのりお》といって、横浜でも札付きのバッテン野郎（やくざ）だった」

「稲山会系の構成員ですか？」

「うん、横浜は稲山会の本拠だからな。黒川は稲山会系小山組の下っ端だった。真紀に惚《ほ》れて一緒になったものの、かなりの暴力亭主だった。いまでいうDVだな。真紀は年中生傷が絶えなかったそうだ。警察にも何度も厄介になっていた。そんな亭主に真紀は愛想をつかし、幼い娘の美代を連れて家出し、大阪へ逃げた」

「……いつのことですか」

「事件が起こる七、八年前だ」

「美代がまだ九歳か、十歳ぐらいの時か」

「黒川は真紀にかなり未練があったらしい。協議離婚したのは黒川が警察に捕まり、殺人や銃刀法違反など計五つの罪で、懲役十八年の実刑をくらって刑務所に収監された時だった。家裁の調停で、ようやく黒川が離婚の判を捺《お》し、真紀は離婚することができた。

黒川が当分獄中にいるということで真紀親子は東京に戻った。真紀の実家は川崎にあるので、多摩川を挟んだ対岸の蒲田に居を求めたわけだ」

「事件が起こった時は、黒川は塀の中だったわけですね？」

「そうだ。それで捜査本部は捜査対象から黒川を外していた。ここまでは以前の捜査で分かったことだ。その黒川のことで、新しいことが分かりそうなのだ」

「…………？」

「刑期を満期まで務め上げた後、黒川は十年前に横浜に戻って来た。黒川は組の親分のために、人を殺したのだから、小山組では務め帰りの組員ということで幹部の兄貴分に昇格し、大事にされたらしい。だけど、いつまでも食客として遊んで暮らすわけにいかず、仕事をするため正業についたそうだ」

武田はスコッチをくいっとあおった。

「正業って？」

「ブローカーだ。あくまでブローカーが正業だとしてだが」

「何をやっているのです？」

「一種のバッタ屋だな。倒産した工場の製品をただ同然で買い入れ、右から左へ売り捌《さば》く。中国や東南アジアで安く仕入れた物を輸入して国内で捌いたり、そのまま国外のどこかで捌く。そんな仕事らしい」

「……裏がありそうですね」

「尻尾《しっぽ》を出していないが、きっと密輸にも手を出しているだろうがね。連中にとっては、国境なんてあってなきが如しだからな。金儲《かねもう》けになりさえすれば、どんなことでもやる」

武田はマスターに空になったグラスを差し出した。チェイサーの水を一気に飲み干した。

「情報屋によると、最近、その黒川が蒲田の飲み屋街に現れ、ひどく酔っ払って息巻いていたというんだ。十九年前の事件の犯人たちが分かった。きっと女房や娘の仇《かたき》を討つんだといって泣き喚《わめ》いていたというのだ」

「ほんとですか。ぜひ、黒川にあたる必要があるな。その黒川は、いまどこにいるのです？」

「黒川は、最近起こしたカチコミで腹を撃たれ、病院に運び込まれたそうだ。一時、危篤状態になったということだが、最近、蒲田署管内でカチコミがなかったか？」

北郷は思わず叫ぶようにいった。

「あ、ありました。蒲田に進出した山菱組の事務所に、稲山会系小山組の助っ人たちがカチコミをかける事件が」

「そう、それだ。その時、捕まったうちの一人に黒川がいるはずだ」

北郷はケータイを取り出し、蒲田署に電話を入れた。刑事課には当番の誰かがいる。

『はい、刑事課』

上坂刑事の声だった。

先日のカチコミで負傷し、身柄を確保してある被疑者の中に、黒川という男はいないかを訊いた。

北郷は上坂の返事を聞き、武田にいった。

「東京労災病院に運ばれた男が黒川でした。黒川は腹を撃たれて意識不明の重傷になっている」

「そうか。やはりな。もう一つ分かったことがある。大下美代の交友関係を洗い直したところ、美代は暴走族連中にもだいぶ幅を利かせていたそうだ。元仲間の話では暴走族グループ蒲田連合会の会長の彼女だったと聞いた」

「蒲田連合会の会長？　誰です？」

「現在稲山会系本田組若頭の金山《かなやま》吾郎《ごろう》だ。暴走族上がりの金山は、どういうわけか、組長の本田や稲山会長に可愛がられ、この二十年の間にとんとん拍子で出世して、筆頭若頭にまで伸《の》し上がった。いまでは本田組の事実上のナンバー2として、だいぶ羽振りがいいらしい」

「ほほう」

「それから古い仲間の話では、金山は蒲田連合会の会長のころ、紗織にもちょっかいを出そうとしたらしい。見事に振られたらしいが」

「紗織も暴走族仲間と付き合っていたというのですか？」

「付き合うというか、美代に連れられて、何度かギャラリーとなって顔を見せたらしい。紗織は清楚《せいそ》な雰囲気の女の子だったので、みんなから注目された。金山をはじめ、いろんな連中が紗織に言い寄ったが、美代が紗織を守って近付けなかったそうだ」

北郷はまた紗織の新しい顔を知った思いだった。

「わしがまだ定年退職する前だったが、川崎港で若い男の溺死体《できし》が上がった。その男も蒲田連合会の一人で、美代や紗織とも顔見知りだったそうだ。うちの管轄の事案ではなかったので、捜査しなかったが」

「それは平沢晋の事件だ」

北郷は思わず叫んでいた。

4

廊下の椅子に座って、のんびりしていた警官は北郷を見ると、慌ててマンガ週刊誌を背後に置きながら立ち上がった。北郷に挙手の敬礼をした。

「ご苦労さんです」

「黒川は、どこにいる？」

「治療室です」

警官は後ろの観音開きの扉を指さした。

突然、表の自動ドアが開き、白衣の一団が風を巻いて走り込んだ。

ＩＣＵ（集中治療室）のドアの前の廊下は、たちまち医師や看護師たちの慌ただしい動きに騒然となった。

「どいてどいて」

女性看護師が怒鳴り、北郷や警官を押し退けた。その後を救急隊員がストレッチャーを押しながら入って来る。

ストレッチャーには血塗《ちまみ》れの女の患者が横たわっていた。看護師が点滴液のチューブを高く持ち上げ移動する患者に付き添っている。

患者の傍らで、医師がてきぱきと看護師たちに指示を出しながら、同時に患者に「大丈夫ですからね」と声をかけている。

ＩＣＵのドアが両側に開き、ストレッチャーを囲む白衣の一団は室内へ姿を消した。ドアが自動的に閉まり、医師たちの声が聞こえなくなった。

しばらくして、救急隊員たちがほっとした表情で、空になったストレッチャーを押しながら出て来た。

「黒川は入って一番右側のベッドです」

警官が告げた。

北郷は隊員たちと入れ替わるように、ドアを押し開いてＩＣＵの中に入って行った。

室内には、ビニールのカーテンに仕切られた四つのベッドが並んでいた。

運び込まれたばかりの救急患者のベッドでは、何人かの医師や看護師が集まり、蘇生《そせい》術が施されている様子だった。

医師が患者の胸を両手で押し、必死に心臓マッサージを行っている。別の医師がマウス・ツウ・マウスの人工呼吸を行っている。

北郷は一番右側のベッドに寝ている男に歩み寄った。

壁の白板に手書きで「黒川則雄」とあった。黒川は点滴や酸素吸入器の管に繋《つな》がれていた。傍らの計器類が心搏《しんぱく》数や呼吸数、血圧などを表示していた。電子音が規則正しく、途切れなく鳴り響いていた。

黒川は目を閉じていた。不精髯《ひげ》が頬や顎《あご》にびっしりと生えていた。北郷は黒川に顔を近付けた。

「黒川、聞こえるか？　あんたのかみさんだった真紀さんと娘の美代さんを殺したのは、いったい誰なんだ？」

黒川は身じろぎもしなかった。意識がまったくない様子だった。

北郷は諦《あきら》めずに耳元に囁《ささや》いた。

「黒川、警察だ。聞こえるだろう？　真紀さんと美代さんたちを殺した奴は誰なんだ？」

黒川はぴくりとも動かない。

「おまえの仇を俺が討ってやる。俺の好きだった紗織も、おまえの娘の美代さんと一緒に殺されたんだ。誰が殺《や》った？」

はじめて黒川の唇がかすかに動いた。北郷は黒川の口元へ耳を近付けた。

黒川の口は半開きになったままだった。

「誰が殺った？　あの世に行く前に教えろ。俺がきっと仇を討つ」

「困りますねえ。無断で入っては」

背後から女性看護師の声が響いた。振り向くと背の低い、太めの婦長らしい看護師が両手を腰にあてて、胸と腹を突き出し、北郷を睨《にら》んでいた。

「すぐ出てください。警察を呼びますよ」

北郷は警察バッジを婦長に見せた。

「尋問は無理ですよ。ずっと意識不明なんですから」

婦長は北郷の腕を取り、外に連れ出そうとした。

「それに担当医師の許可を貰《もら》ってからにしてください」

「ちょっと待って。一言でいい、こいつに聴きたいことがある」

「だめですよ。どうなるか分からない危篤状態なんですから」

「…………」

黒川の唸《うな》る声がした。同時に計器類が不規則な電子音を発しはじめた。

北郷は驚いて黒川を見た。

黒川はかっと両目を開き、点滴の針が刺さった右腕を上げ、宙に浮かぶ何かを掴《つか》もうとしていた。

「…………」

黒川は声を振り絞り、唇を震わせていた。

婦長が黒川のベッドに寄り、素早く脈拍や心搏数の計器をチェックした。

「黒川さん、しっかり。いま先生を呼びますからね」

婦長は太った軀《からだ》を揺すり、慌ただしく医師を呼びに行った。

「先生！　来てください。患者さんの容体が変わりました」

北郷は婦長に替わり、黒川の口元に耳を近付けた。黒川の血走った目が北郷を見ていた。顔に死相が現れていた。

「黒川、いったい誰が真紀さんや美代さんを殺ったのだ？」

黒川は口をもごもごさせた。

「……の……」

「誰だって？」

黒川は激しく喉仏《のどぼとけ》を上下させた。喉からごろごろという音が聞こえる。

「あんた、そこをどいてどいて」

駆け付けた若い医師と婦長が北郷を除《の》けようとした。北郷はベッドにすがりつきながら叫んだ。

「黒川、いえ。だれだ？」

「…………」

黒川は大きく息を吸い込み、吐き出しながら、何事かをいった。

「あんた、どきなさい。死んでしまうじゃないか！」

「うるさい。黙れ」

北郷は医師や婦長の手を振り払った。北郷は黒川が最後に息を振り絞りながらいう言葉を聞き取った。

「アサヒ会……マ、チ、ダ……」

「分かった。マチダだな？　旭会のマチダだな？　黒川、たしかに聞いたぞ。安心しろ」

黒川は安堵《あんど》したのか、目を閉じた。

「さあ、出て出て」

北郷は男の看護師たちに両腕を掴まれて、ＩＣＵの外に押し出された。

黒川のベッドの方から心搏計の電子音がピーッと鳴り響いていた。心臓が停止した音だった。

北郷は廊下に出ると、玄関に向かって歩き出した。

「アサヒ会」というのは、最近蒲田に隠れ事務所を作った山菱組系の旭会に違いない。

旭会のマチダ？

北郷は玄関に立った。

駐車場から覆面パトが玄関先に滑り込んだ。

北郷はケータイを耳にあてながら、車に乗り込んだ。

『はい、刑事課』

真崎滋刑事の声が返った。

「ああ、デカ長、悪いが組織犯罪対策課に問い合わせてほしい」

北郷は旭会のマチダという名を告げ、通話を終えた。

「どちらへ行きます」

運転席の光安がきいた。

「署へ戻ってくれ」

「了解」

光安は車を急発進させた。覆面パトは勢い良く、病院前の通りに走り出て行った。

5

北郷は刑事部屋に戻った。

「あ、係長」

待っていたように真崎刑事が手を上げた。

「さっきの件、分かりました。旭会の若頭の待田《まちだ》純郎です」

「そうか。で、そいつの居所は分かるか？」

「組織犯罪対策課が身柄をキャッチして留置してあります」

「逮捕容疑は？」

「例のカチコミを受けて、旭会も拳銃《けんじゅう》を使用し、黒川たち小山組の組員に重傷を負わせた傷害致傷容疑です」

北郷は隣の組織犯罪対策課のフロアに目をやった。

渡利課長は課長席で部下と打ち合せをしている。

「デカ長、ちょっと一緒に来てくれ。待田を尋問する。青木もだ」

「はいッ」

青木がびくっとして立ち上がった。

真崎は訝《いぶか》った。

「何の容疑です？」

「傷害致死容疑だ。さっきマル害の黒川が入院先で死んだ」

「そうですか。死んだのですか」

真崎は頭を振った。青木はきょとんとしていた。

「待田純郎が予《あらかじ》め殺意をもっていたら、殺人容疑に切り換える。そうなったら、うちの管轄だ。待田をあちらでやるか、うちでやるか、話し合う必要がある」

「了解です」

真崎はうなずいた。

北郷は真崎と青木を従え、組織犯罪対策課のフロアに入って行った。北郷を見て、渡利課長が部下との話を止めた。

「係長、何かね?」

渡利課長は顔を上げ、北郷を見つめた。

「渡利課長、そちらで勾留《こうりゅう》している待田の尋問をさせてください」


取り調べ室に連れて来られた待田純郎は、坊主頭の精悍《せいかん》な顔付きの男だった。痩《や》せ形ではあるが、顔立ちといい、目付きといい、腹が据わった人物に見えた。

待田純郎は、さすが旭会の若い衆を率いる若頭の風格を備えていた。少しも悪怯《わるび》れた様子もなく堂々としている。

「この俺が黒川の元女房や娘たちを殺ったって? 黒川がそうほざいていたのかい。冗談じゃねえ。俺は殺《や》ってねえ」

「黒川は死ぬ間際の供述だ。嘘とは思えない」

「お門違いもいいところだぜ。十九年前といえば、俺はまだ二十代の命知らずの若造だったし、確かにやんちゃもたくさんやった。組のため殺しもやった。それで長いお務めにも出た。だが、あの事件だけは絶対にやってねえ」

「あの事件の時、どこにいた?」

「ちゃんと調べてくれよ。あの事件が起こった時、俺は塀の中に入っていたんだぜ。俺は刑務所《ムショ》を出てから、事件のことを聞かされたのだからな」

北郷はちらりと青木刑事に目配せした。青木は黙って部屋を出て行った。

「じゃあ、なぜ、黒川はおまえさんの名をいったのだ？」

「それは死んだ黒川に訊《き》いてほしいな。黒川は連中に騙《だま》されているんだ」

「騙されているだと？」

「ああ、あの事件を起こしたのは、本当は本田組だよ」

「どうして、本田組だというのだ？」

「神栄運送会社社長の郭栄明は、山菱組と深い関係があった。郭栄明の神栄商事は山菱組の企業舎弟と手を結んで、やばい商売にも手を出していた」

「どんな商売だ？」

「それは、あんたたちの方が詳しいんじゃないの。ともかく当時、郭栄明の経営する神栄商事は、山菱組をバックにして、やばい取引相手とビジネスをやっていたんだ」

「やばい相手というのは？」

「北だよ。北朝鮮」

「ほう」

北郷は真崎刑事と顔を見合わせた。真崎が脇から訊いた。

「覚醒剤《かくせいざい》だな？」

「二十年近く前の話だ。もう時効だろう？　いまはわしらは関係ないぜ。だから、正直にいうんだが、あの頃、山菱組が関東に進出するためには、かなり違法なことでも、資金稼ぎのために何でもやった」

取り調べ室のドアが開いた。青木が入って来た。青木は北郷に耳打ちした。

「確かに、事件当時、待田はムショの中にいました」

「…………」

北郷はうなずいた。青木は真崎にも首を左右に振った。

待田は目ざとく、青木の様子を見ていった。

「な、そうだろ？　俺は塀の中だったろ？　嘘をついてなかったろうが？」

「しかし、なぜ、黒川はおまえが殺《や》ったと思ったのだろう。おまえを殺そうとカチコミまでしたのは、なぜだ？」

「だから、いったろう。黒川は騙されているんだ。きっと本田組の若頭の金山あたりに吹き込まれたんだ」

「若頭の金山？」

「ああ、金山吾郎という極道よ。いまじゃ、本田組の押しも押されもしない筆頭若頭だが、昔は暴走族蒲田連合会の会長だった男だ。武闘派でな、関東連合とか、横浜連合などの強力な暴走族を敵に回して、暴れ回っていた男だ。蒲田連合会は稲山会の息がかかっていて、稲山会の予備軍みたいなものだった。大半が稲山会系の組に引き抜かれて組員や準組員になった。金山吾郎は蒲田に住んでいたこともあって、本田組長に早くから目をかけられていたそうだ。金山は、いろいろやばいことに軀《からだ》を張り、みるみるうちにのしあがった男だ」

「なぜ、金山はおまえの命を狙うのだ？」

「俺があの事件の真相をおおよそ知っているからさ。いまでこそ思うが、金山こそ犯行グループの一員だと思うんだ」

「金山吾郎が真犯人だというのか？　証拠はあるのか？」

「証拠だって？　裁判じゃねえんだ。証拠なんかなくても、わしらの間で、あいつが犯人だといえば犯人なんだ」

「乱暴な話だな。黒川は、それで何の証拠もなく、おまえの命を取ろうと狙っていたのか？　刑務所に入っていたというアリバイがあるのも知らずに」

「ヤクザの世界では、親が白といえば黒でも白になる。だから、黒川は金山か本田組長から、俺が元女房や娘を殺した男だといわれて信じていたはずだ」

「黒川は蒲田の飲み屋街で、仇《かたき》を討つといって騒いでいたそうだが」

「ああ、騒いでいたらしいな。俺も無用な出入りは避けて、うろつかなかったので、やつと顔を合わせることはなかったが」

「それで黒川は隠れ事務所にカチコミをかけたのか？」

「たぶん、金山は業をにやして、黒川たちにカチコミをさせたんだ。俺を口封じし、ついでに後で黒川の口も封じようとしたんだ。そうは問屋が卸さないがね」

待田はふっと不敵な笑いを浮かべた。

「どうして、十九年前の事件の真相を知っていると命を狙われるんだ？」

「あの事件は法律的には時効になっているかもしれないが、わしら極道の間では、まだ時効にはならないんだ。まだ事件は生きているんだ」

「事件は生きているだと？」

北郷は真崎と顔を見合わせた。

「どういう意味だ？」

「おとしまえがついていないってことさ」

「何のおとしまえだ？」

「それをいっちまったらおしめえだ」

待田はにやにや笑った。

北郷は謎めいた意味深な笑いに、事件が考える以上に奥深い何かを潜めているのを感じた。

真崎がどんと机を叩《たた》いた。

「待田！　知っていることを全部吐け。でないと、あることないこと、全部おまえにおっ被《かぶ》せて、いやというほどムショ生活をさせるぞ」

「おお、恐《こ》わ。脅されても、いえないことはいえん。俺も任侠《にんきょう》の世界で飯を食っている一員だ。仁義ってものがある」

「この野郎！　警察を舐めやがって」

真崎は待田に殴りかかろうとした。

北郷は真崎を止めた。

「デカ長。こいつは脅しで落ちるようなタマではない」

「俺のことを分かっているじゃねえか」

「事件に何がからんでいるのか、そんなことは俺にはどうでもいい。あの事件で、二人の娘を殺したやつが許せないんだ。その野郎は誰なのか、教えてくれ」

「……教えた見返りは？」

「何もない」

「ない？　やけにあっさりいうねえ」

待田は笑いながら頭《かぶり》を振った。

「日本では司法取引が許されていない。だから、見返りに減刑するとか、不起訴にするといったことはできん。もちろん、謝礼の金も出ない」

「ま、俺もそんな見返りは期待していない。正直いって、俺も誰が犯人なのか知っているわけじゃない。ただ、犯人の一人はあたりがついている」

「それは誰だ？」

「平沢という元暴走族《ゾク》上がりのチンピラだ。口封じで殺されちまったが」

「平沢晋か？」

「そうだ」

北郷は息を呑《の》んだ。

「やはりそうか」

「なんだ、あんたも知っていたのか？」

「いま平沢晋について洗い直しているところだ。なぜ、平沢晋が犯人の一人だというのだ？」

「……平沢の元彼女《カノ》から聞いた話だ。だから、間違いない」

「元彼女？　誰だ？」

「女の名前を教えたら、警察で女を守ってくれるか？　もし、本田組の連中に情報が漏れたら、きっと女は殺されてしまう。俺は当分出られんだろうし、うちの若いのは信用ならんのでな」

北郷は待田純郎の顔を見つめた。目が真剣だった。女はただの女ではない、と直感した。

「分かった。俺がなんとかしよう」

「約束するか」

「俺が約束する」

「よし、信用しよう。麻里《まり》だ。和泉《いずみ》麻里という女だ」

北郷は真崎の顔を見た。

「自分が知るかぎり、聞き込みでは上がってない名前です」

北郷は待田に向き直った。

「その女は、どこに住んでいる？」

「蒲田だ」

「住所は？」

青木がメモ用紙とボールペンを出した。

待田はボールペンでメモ用紙に住所を書いた。

「東口駅前の繁華街にカラオケスナック『渚《なぎさ》のシンドバッド』がある。女に、その店をやらせている。そこへ行けば必ず会える」

「もしかして、おまえの女か？」

待田は坊主頭をつるりと撫でた。

「まあ、そんなもんだ。いまは俺の女《スケ》だが十三年前は、平沢晋の女だった」

「いつからの付き合いだ？」

「十数年前から知っている」

「彼女は平沢晋とどこで知り合ったのだ？」

「麻里は十三年前には、蒲田のソープランドで働いていた。平沢はその頃の客だろう。俺もそこで彼女の客になり、気に入ったんで請け出した。そんで店を任せた」

「彼女から話を聴くことはできるか？」

「まともに行ったら何も話さないだろうな。口が堅い女だ。俺が手紙を書く。会いに行く時、持って行けばいい。そうすれば、知っていることを話すだろう」

北郷は青木に目配せした。青木は部屋を出て行った。

「いま便箋《びんせん》と封筒を持って来る」

北郷は胸のポケットから万年筆を抜き、待田の前に置いた。

「ところで、梶原健作という男の名は聞いたことがないか？」

「梶原健作？　どこかで聞き覚えがあるな。そいつ、どこの組だ？」

「本田組だ。平沢晋とつるんで走っていた暴走族仲間《ソッキー》だ」

「……本田組のチンピラでは分からねえな。……ところで、刑事さんよ」

待田はにやっと笑った。そして小声でいった。

「あんたに、もう一つ、あの事件の裏の事情を教えようか？」

「裏の事情？」

待田は嘯《うそぶ》いた。

「あの事件を仕組んだのは、おたくのお仲間かもしれんぜ」

「仲間だと？」

「神栄運送会社のオーナーだった郭栄明社長は神栄商事の社長でもあったわけだが、当時、おたくらの外事にマークされていたんだ。いまもマークされていると思うがね」

「なぜ公安の外事がマークするというのだ？」

「郭栄明は香港マフィアの『神の手』の盟員だったからだ」

「神の手？」

北郷は訝《いぶか》った。真崎も知らないと首を左右に振った。

「おたくたちは知らなくても、あんたらの仲間の外事は知っているはずだ。『神の手』は、香港、マカオ、シンガポール、ミャンマー、バンコクなど手広く取引先を持ったシンジケートで、北朝鮮とも密貿易をしている。『神の手』のエージェントである郭栄明は大阪ミナミに縄張りを持つ金龍《きんりゅう》組と手を結んで、北との取引をしていた」

金龍組は聞いたことがある。山菱組直系の在日のヤクザで、組員こそあまり多くないが、いまも過激な武闘派として悪名高かった。組員の結束が堅く、組をまとめているボスは金城《きんじょう》という在日朝鮮人ヤクザだ。

「同じ山菱組系列なんだが、金龍組は特別な組でな。やつらは地元に兄弟組がいても、おかまいなしに乗り込んで来て、勝手に自分たちの拠点や縄張りを作ろうとする。その金龍組が郭栄明を陰で支援しているというので、蒲田に神栄運送会社が営業所を開いた時、もしかすると金龍組が乗り込んでくるのではないか、と旭会もだいぶ用心していたそうなんだ。何をするか分からない連中だというのでね、親分も困っていたのを見たことがある」

「金龍組は郭栄明とつるんで何をしていたんだ？」

「さっきもいっただろうが。北に内緒で金を送っていたんだ。それも、金龍組は親の山菱組本家から厳禁されていたシャブ（覚醒剤《かくせいざい》）やハジキ（銃器）の密売まで、破門覚悟でやっていたんだ。郭栄明も手伝っていたはずだ」

「なるほど、それでは、公安が目をつけるはずだな」

待田は、にやっと笑いながらいった。

「あんたら刑事は公安と仲が悪いそうだな」

「仲が悪いわけではない。ただ、捜査方法が違う。公安は時に陰険な汚い手を使うので、われわれと少々反りが合わない」

北郷は頭を振った。待田は不安気な顔をした。

「じゃあ、公安の悪口はいえないな。あんたら、互いにツーカーの仲なんだろう？」

「そうではない。公安と我々とは立場が違う。あんたから聞いた情報を、簡単には公安に流すことはない。公安がわれわれに情報を回さないようにな。同じ警察署にいるのにお互い何をやっているのか分からないことが多いんだ」

「それを聞いて安心したよ。じゃないと、俺は喋《しゃべ》ったおかげで消されかねないものな」

「大丈夫だ。あんたから聞いたということは誰にも話さない。デカ長も青木も、いいな」

北郷は真崎と青木の顔を見た。二人とも、うなずいた。

「公安が事件にどう絡んでいるというのだ？」

待田は声を低めた。

「情報屋から聞いた話では、公安は本田組の本田龍治《りゅうじ》組長に協力を求めたそうだ。本田組は山菱組の関東進出を恐れて、情報を集めていた。公安はそこにつけこんだらしい」

「ほほう」

「ギブ・アンド・テイクというやつだ。公安はうちら山菱組の情報を本田組に流し、本田組は公安のために、金龍組がついている神栄商事や神栄運送会社の内部に協力者を仕立て上げ、郭栄明や金龍組、中国黒社会『神の手』の動きを探っていた」

「…………」

北郷は半信半疑の思いで聞いていた。

「本田組は『神の手』に対抗して、同じ黒社会の14Kと手を結んでいた」

「複雑だな」

「そこに例の事件だ。事件を起こしたのは、さっきいったように本田組の息がかかった連中だった。そのうちの一人が平沢晋だった」

「犯行グループのほかのメンバーは？」

「ことを実行したのは、金山だと思う」

「なぜ、そう思うんだ？」

「事件後、金山はとんとん拍子で出世をした。いまでは本田組ではナンバー2の筆頭若頭だ。あの若さで、先輩の年長者たちを追い抜いて筆頭若頭にのし上がるには、何か組へ特別な貢献をしてなければなれない」

「あの殺しの事件が、どういう貢献になるんだ？」

「情報屋によると、あの事件の本筋は別だ。殺しは予定外だったというのだ」

「予定外だと？」

「本筋の狙いは、あるブツだったそうだ」

「従業員の給料が狙いではなかったのか？」

「そんなもの、せいぜい一千六百万円の現金だろう？　そんなものでは済まない。本当の狙いは、金ではないはずだ」

「いったい、何だというんだ？」

「それも二つあった。一つは、金龍組が流そうとしていたシャブ二〇キログラム、末端価格十億円にもなる量だ」

「甲田晋の車のトランクに入っていたらしいシャブのことだな」

真崎が唸《うな》るようにいった。待田は続けた。

「それだけではない。もう一つ隠された狙いがあったというのだ。当時、郭栄明は何か大事なブツを関西から関東へ運び込んだ。それを犯人たちは横取りしたというのだ」

「そのブツとは何だ？」

「情報屋もそれが分からないというんだ。きっと全部を知っているのは公安だよ。公安は本田組に事件を起こさせ、そのブツを手に入れようとした」

「…………」

北郷は真崎と顔を見合わせた。真崎は腕組みをし、首を傾げていた。

「いくら公安でも、五人の殺しまでやらせるとは信じられない」

「情報屋にいわせれば、公安も本田組に騙《だま》されたというんだ」

「何だって！」

「本田組は公安にブツは見つからなかったと報告した。そんなことはないだろう、と怒る公安に対して、本田組は逆に公安を脅した。五人を殺してしまったのも、金やシャブを強奪したのも、全て公安の指示でやったことだとばらしてもいいのか、とね」

「本当かね。信じられないな」

北郷は思わず呟《つぶや》いた。

「信じなくてもいいぜ。だが、結果だけいえば、金龍組は、それで大量のシャブを失ったし、肝心のブツも奪われた。その上、親の山菱組からシャブを扱ったことで破門され、いまは組員たちはちりぢりばらばらになった」

「…………」

「郭栄明は従業員やアルバイトの五人も殺され、神栄運送会社は畳まざるを得なくなった。一時は北の信用も失い、取引も無くなり、『神の手』からも除名されかけた。いま、ようやく郭栄明は復権しているが、昔日の面影はない。息子に会社の経営を譲り、ようやく神栄商事は昔ながらに繁盛しているが、そうなるまで十年以上の歳月がかかっている」

北郷は、そこまで事件の裏を知っている情報屋に興味を覚えた。

「その情報屋というのは誰なのだ？」

「それはいえないな」

待田は頭を左右にゆっくりと振った。

「俺の今後を左右する命綱だからな」

待田はにたりと頬を歪《ゆが》めた。

6

時効とは何なのだと時々、北郷は考えることがある。

犯人からすれば時効は、見えない時の壁だ。その時の壁を越えれば、罪を清算した気分になるし、警察や人の目を気にせずに、普通の生活をしていける。人並みに幸せを求める人間的な生き方ができる。

だが、時効が廃止されれば、凶悪犯は刑務所で罪を償わない限り、一生追われる身になり、常に警察や世間の目を恐れてびくびくしながら、目立たないように、したいこともできず、日陰で生きていくことになる。

犯罪者は警察に捕まらずとも、時の刑務所に囚《とら》われたまま、一生普通の人間として生きて行けない終身刑を科せられたも同然になる。

だから、もし、国会で刑法が改正され、強盗殺人などの凶悪犯罪の時効がなくなることになったら、まだ不満はあるが、少しは溜飲《りゅういん》を下げる思いがする。

だが、殺された紗織の無念さを思えば、それではまだ犯人を許せない。

銃を額に突き付けられ、死の恐怖に脅えながら殺された紗織の無念を思えば、なんとしても真犯人を捕まえて、同じ恐怖と苦痛を味わわせてやりたい。

新聞やテレビで、犯罪者の人権を守れなどと主張する弁護士や評論家がいるが、何をいっているのか。

まだ犯罪者だと確定していない被疑者にも確かに人権はあろう。

だが、犯罪者の人権を擁護する人たちは、一度でも被害者の身になって考えたことがあるのだろうか。被害者の人権を考えたことがあるのか？

犯罪被害者からすれば、人の命を奪い、その人の人生を中途で断ち切ったのみならず、その人の家族や周りの人々の生活や人生を目茶苦茶に破壊した犯人は、とうてい許せない。自分たちの人権はどうしてくれるのか？

身勝手な金銭欲や欲望、あるいは理不尽すぎる理由や動機で、人を殺した人間は、それ相応の罰を受け、己れの罪を贖《あがな》うべきである。

北郷はこうも思う。

人殺しという人権否定の罪を犯した凶悪犯を、同じ人権の名の下に許せるものではない。罪を憎んで、人を憎まず、といわれるが、俺はそんな聖人君子にはなれない。まして、警察官は神様ではない。悲しみや憎しみ、怒りや喜びといった普通の感情を持った生身の人間である。簡単には、人を殺した凶悪犯を許すことはできない。

殺人犯には、死なせた被害者を生き返らせ、すべてを元の状態に戻せ。それができるなら、まだ許すことができよう。

犯罪被害者の多くは人の命を奪うことなど考えたこともない、普通の良識を持った平和な人たちだ。

たとえ、凶悪犯を自分の手で殺したいほど憎んでいても、それを実行に移せないのが、善良な普通の市民だ。

だからこそ、彼らに代わって凶悪犯を罰する国の司法がある。俺たち司法警察官が法に基づいて、犯罪者を逮捕検挙して裁判所に送るのだ。凶悪犯を裁判にかけ、法の裁きを受けさせる。それ相当の重い刑罰を科し、犯罪者たちに自分が犯した罪の重大さを反省させるのだ。

そうでもしなかったら、殺された被害者の魂は浮かばれないし、遺族や被害者と親しかった者も納得が行かない。遺された者たちは怒りや哀しみの持って行き場がないではないか。なんとしても凶悪犯を捕らえて、裁判にかけ、殺された被害者の無念を晴らす。

正義を執行し、社会の治安を守る。

それが俺たち警察官の使命ではないか。

俺たち警察官がやらずに、いったい誰がやるというのだ？

北郷は新聞の社会面の事件記事を読みながら、遅い昼食のラーメンを啜《すす》っていた。署の食堂はランチタイムもだいぶ過ぎ、閑散としていた。コーヒーを飲みながら雑談している数人の交通係の警察官の姿しかなかった。

「おい、北郷係長、さっきから何をぶつぶつ文句をいいながら、ラーメンを食っているんだ？　胃腸の消化に悪いぞ」

背後から声がかかった。振り向くと、生活安全課の川上一博《かずひろ》課長のかぼちゃ顔が笑っていた。

「あ、川上課長」

「そっちへ行っていいか？」

「どうぞ」

「ああ、疲れた疲れた」

川上課長はカレーライスの皿を載せたトレイを北郷の前に置き、パイプ椅子を引いて座った。

やや突き出たお腹のために、制服のボタンがはち切れそうに見えた。

北郷は新聞を折り畳んで脇に置いた。

「振り込め詐欺対策でな、町内会のお年寄り巡りをしているんだが、なかなか説明が難しくてな。お年寄りに分かりやすくいうというのは、なかなか難しいもんだな」

川上課長はスプーンをコップの水に浸けて洗った。

「課長、ちょうどよかった。お聞きしたいことがあったんです。何度か生安の方へお訪ねしたんですが」

「ああ、部下から聞いた。係長は、十九年前の時効になった神栄運送会社強盗殺人事件を再捜査しているんだってな」

川上課長はテーブルにあったソースのビンを取り上げると、黄濁色のカレーにソースをたっぷりと掛けた。

北郷はラーメンを食べる手を休めて見ていた。

「わしら世代の者は子どもの頃から、こうやってソース味にしたライスカレーを食うのが好きでな。わしらの貧しい時、ライスカレーは大のご馳走《ちそう》だった。カレーのルーとソースが微妙になじんで旨《うま》いんだな、これが」

川上課長は目を細め、スプーンでカレーライスをぐるぐると掻《か》き混ぜた。混ぜ合わせて黒ずんだ色になったカレーをスプーンで掬《すく》い、口に運んだ。

「課長は、当時の事案で、何を担当されたんです？」

「消えたシャブの捜査だったな」

「営業所長の甲田の自家用車のトランクに積まれてあったとかいうシャブですね」

「そう。鑑識が調べたら、微量だがシャブの粉末が検出された。それで、おまえ、捜査しろっていわれて着手した」

「二〇キログラムもあったらしいとか？」

「それは後で分かったことだがな」

川上課長は頬張ったライスカレーを旨そうに口をもぐもぐ動かして食べた。

「どうして、そのシャブが盗まれたと分かったんです？」

「最初は分からなかった。本筋は金庫の給金だとなっていたからな。それから、大阪から送られた精密機器とやらでさ。まさか、覚醒剤《かくせいざい》まで持って行かれたとは、捜査本部も分からなかったから、捜査方針が乱れて、大混乱になっちまったんだ」

川上課長は胸のポケットから丸い黒縁の老眼鏡を取り出して掛けた。改めてカレーライスの様子を見、小皿にあった福神漬やラッキョウをカレーライスに載せ、スプーンで掻き混ぜた。

「これで、さらに旨くなる。で、何の話だったっけ」

「大混乱になった」

「そうそう、捜査方針がぶれて、結局捜査は滑ってしまった。だって、おかしいだろう？　従業員の給料は一千六百万円だったか、精密機械は正確には分からないが、たしか三億円の保険がかかるしろものだった。はじめは給料強奪事案、それが一転して精密機器を狙った線となり、一番最後に分かったシャブ二〇キロ、末端価格十億円が出たとなって、シャブ狙いの線かとぶれた。だが、結局、最初に戻って、本筋は従業員の給料を狙った線になった。後は行き掛けの駄賃ではないか、となった」

「公安が横槍《よこやり》を入れたって聞きましたけど」

「公安？　ううむ。そうだったかな。もし、そうでも、あの事案は五人も殺された凶悪な刑事事件なんだから、たとえ公安が脇から何かいったとしても、刑事部長も一課長も耳を貸さなかったろうよ」

「課長は、シャブは本筋ではないというのですか」

「うむ。捜査を担ったおれとしては、そういいたいところだったが、押し入った三人の強盗は金庫を開けさせた後、殺しをやってとんずらした。目撃者情報を集めると、甲田の車なんぞに目も向けなかった。あの三人が盗んだわけではない」

「じゃあ、誰が」

「目撃者の情報では、車道で待機していたアベックの男女二人が駐車場にあった甲田の車のトランクを開け、荷物を自分たちの車に移していたっていうのだな。本筋の三人は別の車で逃走し、そのアベックの車は非常用だったらしく実際には使用しなかった。で、本筋は金庫の金を狙ったもので、甲田の車のシャブはたまたまあったように見える。だろう？」

「なるほど。そうですね」

「で、捜査本部では、われわれは本筋の捜査体制から外れて、独自の捜査に入ったんだ」

川上課長はコップの水を飲んだ。

「捜査結果はどうだったのです？」

「そのころ、山菱組系の金龍組が蒲田や川崎に乗り込み、地元に金川組を創って、シャブを密売していた。その金川組を叩《たた》いて締め上げたら、その日、二〇キロのシャブが入荷することになっていたというんだな。それが関西の金龍組が北から密輸したシャブの一部だと分かった。それを甲田が個人的に受け取り、金川組に回そうとしていたのを、誰かに横取りされたというわけだ」

「甲田が個人的にやったというのですか？　会社ぐるみじゃないんですか？」

「社長の郭栄明は知らぬ存ぜぬでな。甲田が個人的にやったことだ、の一点張りだった。実際、会社や郭栄明の家、従業員の家までガサ入れ（家宅捜査）したが、証拠は見つからなかった」

川上課長はスプーンでカレーライスの残りをきれいに掬い上げて平らげた。

「そのシャブを横取りしたカップルは、誰だったのか、分かったのですか？」

川上課長は軽くゲップをした。

「二人組のアベックか？　これは、という男女が何組か上がったが、結局、全部シロということで終わった」

「本筋の三人については、誰か分かったのですかね」

「怪しいのもずいぶん上がったのだが、結局だめだったらしいな。私は、シャブ関連の捜査をやっていたので、本筋は捜査していないんだ」

「ありがとうございました」

北郷は礼をいって立ち上がった。

「なんか思い出したら連絡するよ。ところで、噂を聞いた。本庁では刑訴法改正で、時効が無くなるのに備えて、コールドケース専門の専従捜査班を創るそうだな」

「そうらしいですね」

「他人事《ひとごと》のようにいって。おまえさんは、そのテストケースとして、神栄運送の事件を再捜査しているんだろ?」

「そういうことでは……」

「隠すな。極秘のミッションなのは分かっている。再捜査はたいへんだろうが、がんばってくれ。そうそう、一課の管理官になった宮崎警視にお会いしたら、よろしくいってくれ。いずれ、きみもあっちへ上がるんだろう。そうなったら忙しくなるな。応援するぞ」

北郷はほうほうの体で引き揚げた。

どうやら川上課長は、北郷が個人的に捜査しているのでなく、警視庁捜査一課の未解決事案捜査班のテスト版として、神栄運送会社強盗殺人事件の再捜査をしていると思い込んでいるようだった。

階段を上がりながら、北郷は川上課長が、二人連れをアベックといっていたのを思い出した。

「古いな」と思い出し笑いをした。

7

北郷は刑事部屋に戻った。

青木奈那が音を立てて椅子から立った。

「係長、課長がお呼びです」

「……うむ」

課長席を振り向いた。席には課長の姿はなかった。

「会議室です。本庁からお偉いさんが二人来てます」

「お偉いさん？　誰だろ？」

捜査一課の宮崎管理官の顔が頭を過《よぎ》った。

「公安の人らしいですよ。うちの警備課の課長も一緒でしたし」

「公安だと？」

「あの雰囲気では、公安が何か係長に文句をつけに来たみたいです。係長、何かあったのですか？」

青木奈那は心配そうな顔をしていた。

「青木、余計な心配するな。それよりも、コンビニ強盗事案の捜査報告書を早く上げておいてくれ」

「はい。分かりました」

奈那は顔を赤くして席に座った。

北郷は会議室のドアに歩み寄った。部屋の中で話し合う声が聞こえた。

ドアを叩いた。

「北郷です」

ドア越しに「入ってくれ」という戸田課長の返事が聞こえた。

ドアを開けて部屋に入った。

長方形のテーブルに、佐々木《ささき》護《まもる》署長をはじめ、緊張した面持ちの戸田刑事課長、警備課の近藤課長と匂坂係長の四人が座っていた。反対側にスーツ姿の男が二人座っていた。

一人は丸顔で頭頂まで禿《は》げ上がった初老の男だ。五十代後半の年代と見た。

もう一人は一見ビジネスマンを思わせる黒いダークスーツ姿の男だった。こちらはまだ三十代に見えた。端整な細面の顔に、縁なし眼鏡をかけていた。いかにも理知的な広い額をしている。

「遅くなりました」

北郷は佐々木署長にいった。

「うむ。ご苦労さん。これが我が署の刑事課強行犯捜査担当係長、北郷警部補です」

佐々木署長は、北郷を二人の男に紹介し、北郷に向いていった。

「こちらは、本庁から御出《おい》でになった公安警備課管理官の鯨岡昌雄《くじらおかまさお》警視正と、外事課長の矢作静郎《やはぎしずお》警視だ」

「初めまして。北郷です」

北郷は立ったまま、二人に敬礼した。

「ご苦労さん」

二人は座ったまま、会釈を返した。

警視庁と所轄署では、同じ署長職、課長職であっても階級が違う。本庁の課長は警視以上、所轄署の課長は警部である。

管理官の鯨岡は警視正で、矢作は三十代で外事課長となれば、後はどこかの県警本部長になるか、本庁や察庁の要職が用意されている。将来を約束されたキャリア組である。佐々木署長は階級こそ警視で、矢作と同格だが、現場からの叩き上げのノンキャリア組で、後は上りの部署か、そのまま引退だ。

警察のような階級社会の中では、上下の関係は厳しく決まっている。星一つ違えば、下の階級の者は上の階級に絶対服従しなければならない。

キャリア組は、国家公務員上級職試験を通ったエリート官僚である。

ノンキャリア組は、平の巡査からスタートし、現場を踏みながら、昇級試験を何度も受けて巡査部長、警部補、警部と昇進し、ようやく警視になって所轄の署長になれれば、引退の花道というのに対して、キャリア組は警部補からスタートし、二、三年で警視となって署長になる。それから、所轄と本庁、警察庁の間を何度も行き来したり、他省庁、内閣官房などに出向し、出世の階段を登っていく。

昇進のテンポもキャリアとノンキャリアでは、超特急の新幹線と各駅停車の鈍行ほどに違うのだ。

年齢や経験など関係ない。五十代なかばの定年間近な年寄りが、大学を出てそれほど経ってなさそうなキャリア組の二十七、八歳の若造の署長に顎《あご》で使われ、へいこらしなければならない。

北郷のような警部補クラスからすれば、本庁の警視や警視正ともなると、雲の上の殿上人である。

「係長、ここへ座りたまえ」

戸田課長は隣の椅子を指した。

「はい、失礼します」

北郷はテーブルを回り込み、戸田課長の隣の椅子に座った。

北郷は目で句坂警備係長と挨拶《あいさつ》した。

近藤警備課長と句坂警備係長も、日頃会う機会がない上級幹部を目の前にして、落ち着かない様子だった。

佐々木署長が愛想笑いを浮かべながら北郷にいった。

「管理官と外事課長のお二人が、わざわざ蒲田署にお越しになったのは、きみが捜査していることについて、少々事情を聴きたいからだそうだ」

「どういうことでしょうか？」

北郷は鯨岡管理官と若い矢作外事課長を交互に見た。鯨岡管理官は眉《まゆ》をひそめて口を開いた。

「最近、きみはすでに完全時効になった神栄運送会社強盗殺人事件を、また洗い直しているらしいな。いま戸田課長に聞いたが、それも刑事課としての捜査ではなく、きみが個人的に調べているそうではないか」

「はい、たしかに調べています」

「何か新しい手がかりとか、新証拠でも見つかったのかね？」

鯨岡管理官はじろりと北郷を睨《にら》んだ。

「いえ」

北郷は捜査の進展については伝えないことにした。刑事課の北郷が、直属の上司ではない公安幹部に答える義務はない。

「そうだろうな。十九年前、私も神栄運送会社強盗殺人事件の捜査に加わって、ぺんぺん草も生えないほど徹底的に捜査したからな」

鯨岡管理官は細い目をして、北郷を眺めていた。

そうか、と北郷は思った。

十九年前、横槍《よこやり》を入れた公安というのは、鯨岡たちだったのか。その公安が、なぜ、また乗り出したというのだ？　しかも、外事がなぜ？

北郷は矢作に目をやった。

矢作外事課長は、何もいわず、口元に謎めいた笑みを浮かべていた。眼鏡のレンズに隠れた目は、北郷を探るように見つめている。

鯨岡管理官は穏やかに笑った。

「なぜ、きみは時効になった事案の再捜査をしているのだね」

北郷はまたその質問か、とため息をついた。

いつも訊《き》かれる問いだった。何度も同じ答をくりかえすうちに、犯人に対する憎しみや怒りが、なぜか色褪《いろあ》せ、風化していくような気分になる。

「時効で逃れた犯人たちが、どうしても許せないからです」

いつもの答を念仏のようにくりかえした。

砂を嚙《か》む思いがする。そして、またいつもいわれる問いが来る。

「しかし、時効切れでは、たとえ犯人を上げても、罪に問えないのだぞ。そんな事案を個人的に捜査するほど、蒲田署の刑事課は暇なのかね」

鯨岡管理官は皮肉をこめていった。あいかわらず、矢作課長の目は無表情だった。

戸田課長が愛想笑いをしながらいった。

「管理官、そうなんですよ。幸い、うちの管内では、このところ、帳場が立つような重大事案はありませんからいいものの、北郷係長の勝手な振る舞いには、少々困っていましてね」

　近藤警備課長も渋い顔でいった。

「まもなく本庁の捜査一課が未解決事案捜査の専従班を創るというのは本当ですかね」

　鯨岡はじろりと矢作と顔を見合わせた。

「その話は、まだ正式に決まったわけではないはずだが」

　矢作が眼鏡の奥の目をきらりと光らせた。

「もしかして、北郷係長は捜査一課の宮崎管理官の指示で、内偵捜査をしているというのかね？」

「いえ。そういうことではありません」

　北郷は左右に頭《かぶり》を振った。

　戸田課長は北郷に顔を向けた。

「係長、きみはしきりに宮崎管理官と連絡を取っているではないか。宮崎管理官から何かいわれているのだろう？　正直にいいたまえ」

「何もいわれていません。本当に、自分の判断で調べているだけです。事件の犯人が許せない。だから、なんとしても犯人を割り出したい。ただ、それだけです」

　北郷は静かに否定した。

　佐々木署長は腕組みをし、目を瞑《つぶ》っていた。

　鯨岡管理官は渋い顔をした。

「誤解せんでほしいね。私だって、あの事案をお宮入りにしてしまうのは悔しいと。だが、どこかで事件の捜査は区切りをつけねばいかん。捜査費用だって無限にあるわけでもない。しかも貴重な国民の税金を預かってやっているのだからね。まして、あの事案は完全時効になったものだ。そんな事案に捜査費を遣うわけにいかんだろうが」

「そうなんです。だから、私は常々、係長に時効になった神栄運送事案を調べるのは、無駄だから、いい加減止めておけ、といったんですがね。本人は聞く耳を持っていない。それで弱っていたのです」

戸田課長が追従笑いをした。北郷はいった。

「ですから、捜査費用を請求するつもりはありません。あくまで個人的に調査し、処理したいと思っております」

「しかし、きみは刑事係長の職責があるだろうが。公務執行中のきみが……」

佐々木署長が管理官の発言を遮った。

「管理官、北郷くんはさっきから個人的な捜査と申していますが、実は、私の許可を得てのことです。日常の業務に差しさわらないようにと命じてありますが。そうだね、北郷係長」

「は、はい」

北郷は佐々木署長の思わぬ助け船に感謝した。

「ほう。そうでしたか」

管理官は目をしばたたいた。

戸田課長は、佐々木署長の言葉に驚き、近藤警備課長と顔を見合わせた。

「なぜ、あの事案がお宮入りせざるを得なかったのか、北郷係長に個人的に検証させているのです。まずかった点が明らかになれば、今後の捜査に役立つはずだ、と思いましてな」

戸田課長は気まずそうに下を向いた。近藤警備課長はあらぬ方向に顔を向けた。匂坂係長も済ました顔で表情を殺していた。

北郷はふと思い出した。

宮崎管理官と佐々木護署長は、一時、本庁の捜査一課で、一緒に捜査に関わったことがあるといっていた。

佐々木護警視は、宮崎管理官よりも警察学校五期上で、捜査一課の検視官をしており、宮崎は鑑識班長だった。二人とも同じノンキャリア組で、これまで刑事畑一筋に生きて来た人間だ。

きっと宮崎警視と佐々木署長の間で、何事か話が交わされているに違いない。もしかして、北郷の蒲田署への異動を画策してくれたのは、佐々木署長の尽力があってのことだったのかも知れない。

会議室に気まずい空気が流れた。

ドアにノックがあった。青木奈那が顔を覗《のぞ》かせた。

「お茶をお持ちしました」

北郷はほっとした。

奈那は盆に載せた湯呑《ゆの》み茶碗《ぢゃわん》を、一つひとつテーブルの上に置いた。

奈那は最後に北郷の前に湯呑み茶碗を置きながら、ちらりと北郷に微笑んだ。

北郷はうなずき、目で礼をいった。

鯨岡管理官と佐々木署長は、静かにお茶を飲んだ。

奈那が部屋を出て行った後、矢作課長がおもむろに口を開いた。

「先日、北郷係長は勾坂係長に問い合わせたそうですね。神栄運送会社強盗殺人事件についての公安の捜査資料が資料室から消えていると。それがどこにあるのか、と」

「ええ、確かに勾坂係長に問い合わせました」

北郷はうなずいた。

勾坂係長は腕組みをして天井を見上げていた。視線も合わせようとしない。

数日前に勾坂係長を訪ねたことが、近藤課長を通して、すでに本庁の上司に伝わっていたのだ。

「次に捜査一課の宮崎管理官からも、神栄運送会社蒲田営業所強盗殺人事件についての問い合わせがあった。事件関連の捜査資料を見せてやってほしいとね」

「…………」

北郷は黙ったまま矢作外事課長を見つめていた。

昨日、宮崎管理官にも本庁の公安に、紛失した資料を見せてくれるようにかけあってほしいと依頼してあった。

矢作は続けた。

「宮崎管理官にも正式にお答えしましたが、うちには捜査資料はない、と。こちらにはどうかね、近藤課長？」

「匂坂係長に調べさせたのですが、昔、整理棚に置いてあったらしいのですが、いまは見当らないのです」

近藤課長は困惑した顔で頭を振った。

矢作外事課長も肩をすくめた。

「うちの誰かが処分してしまったらしいのです。なにせ、十九年も前の事案の捜査資料で、それに、完全時効になった事案でしょう？　おそらく、うちの誰かがいらない、と判断して、焼却処分か廃棄処分にしたのでしょうね」

北郷は冷ややかにいった。

「しかし、署には他の捜査資料は一応残っています。無くなっているのは、公安の捜査資料だけなのです。どうしてですかね」

「……そういわれても、ないものはないのです。うちとしても困っているのです」

矢作外事課長は口元に笑みを湛《たた》えていた。

北郷は皮肉をこめていった。

「公安の最高幹部でもある管理官と外事課長が、まさか、そんなことを弁解なさるために、わざわざ蒲田署へお越しになったわけではないでしょうな？」

「…………」

鯨岡管理官はむっとした顔になり、矢作外事課長と顔を見合わせた。

矢作外事課長が静かにいった。

「正直にいいましょう。これ以上、神栄運送会社強盗殺人事件について触れないでほしいのです」

北郷は、とうとう、公安が本性を現したと思った。矢作外事課長は続けた。

「署長の了解を得た検証作業だとしても、あの事案をほじくりかえしてほしくないのです」

「どうしてですか？」

「うちの方としては、別件絡みで、なおあの事案が生きているからです」

事案は生きている？

北郷は、どこかで、同じような言葉を聞いたな、と思った。

待田純郎も、同じような言葉を吐いていた。

おとしまえがついていない、と。

そうだ。俺も紗織が殺されたことについて犯人たちへのおとしまえがついていない。

矢作外事課長は穏やかに、しかし高圧的にいった。

「現在、われわれが行っている公安捜査を優先して貰《もら》いたいのです。下手にこの事案を再捜査すると、いまのわれわれの捜査に支障をきたすのでね」

北郷は正面から矢作を見据えた。

「いま公安が行っている捜査というのは、いったい何なのですか？」

「それは捜査上の秘密です」

「同じ警察官であるわれわれにも話せないような捜査なのですか」

「公務員としての守秘義務があるのです」

鯨岡管理官が矢作外事課長の言葉を補足するようにいった。

「われわれ公安警察は、国のため、国家を守るためにやっておるのだ。そこは同じ公務員として協力して貰わないとな」

「公安警察が国のため、国家を守るためというなら、われわれ刑事警察は、国民を守るため、国民一人ひとりの生命財産を守るために活動をしているのです」

「…………」

「国民があっての国ではないですか。戦前の日本のように国家があって国民がいるのではない」

「……解らん男だな、きみは」

鯨岡管理官は苛立《いらだ》った面持ちで、胸のポケットを探し、煙草の箱を取り出した。

「申し訳ありません。ここは禁煙です」

佐々木署長がいった。

「うむ。……」

鯨岡管理官はしぶしぶと箱をポケットに戻した。

「まあまあ、管理官、ここは私に任せてください」

矢作外事課長がにこやかにいった。

「北郷係長、ここだけの話ということで、捜査の内容をいいましょう。実は、我々は郭栄明と、彼の取引相手である北の工作員や中国マフィアなどを内偵中なのです」

「容疑は？」

「外為法違反、通貨偽造及び偽造紙幣使用、武器密輸、対北朝鮮禁輸物資の不法輸出などなどの容疑です」

矢作外事課長はじろりと北郷を睨《にら》んだ。

「せっかく郭栄明たち捜査対象者を泳がせて、全貌《ぜんぼう》が明らかになったところで、北の工作組織を一網打尽にしようとしているところに、余計なちゃちゃを入れてほしくないのです」

北郷は矢作外事課長を睨み返した。

「公安は、性懲りもなく、そんな馬鹿なことをやっているのですか？」

「どういう意味ですかな」

矢作外事課長の表情が硬くなった。北郷は鯨岡管理官に向き直った。

「では、管理官に一つお聞きしましょう。十九年前にも、あなたたち公安は同じように郭栄明の神栄商事を内偵捜査していたでしょう？　郭栄明が香港マフィアの『神の手』のエージェントであると見て、その動きを追っていた。違いますか？」

「…………」

鯨岡管理官は矢作外事課長と顔を見合わせた。二人とも明らかに動揺していた。

「その郭栄明が関西の山菱組系の在日ヤクザ金龍組と手を組み、北から仕入れたシャブや拳銃《ハジキ》を、こちらへ持ってきて密売しているのを黙認した」

「…………」

「それだけならまだしも、公安は山菱組の関東進出を警戒する稲山会系の本田組の本田龍治組長を取り込み、山菱組や金龍組、郭栄明などの動きについての情報を流した。そして、郭栄明が何か大事なブツを関西から関東へ運ぶという情報を得て、公安は本田組を焚《た》き付けて襲わせ、そのブツを奪わせた。ところが……」

「何をいっているのかね、きみは」

鯨岡管理官はどんと机を叩《たた》いた。額に血管が浮かび上がっていた。

矢作外事課長は憮然《ぶぜん》としていた。

北郷は二人の顔を睨みながら続けた。

「本田組の実行犯たちは暴走し、正体がばれるのを恐れて、営業所にいた五人を殺してしまった」

「北郷係長、それでは、われわれ公安が誰かに事件を起こさせたみたいに聞こえるではないか。けしからん」

鯨岡管理官は激怒した。矢作外事課長は困った顔をして、「まあまあ」と鯨岡管理官を宥《なだ》めていた。

北郷は平然といった。

「自分が、これまで調べた結果、そういう事実が浮かんできたのですが、間違いでしたか？」

「そんな出鱈目《でたらめ》をよくもデッチ上げたな。馬鹿馬鹿しい。いったい、そんな話を誰から聞いたのだ？」

「情報源は秘匿します」

「北郷係長、公安を嘗《な》めるなよ。警告しておく。もし、我々の捜査の邪魔をするようだったら、おまえを公務執行妨害で逮捕するぞ。そればかりか、どうやってでも、辞職に追い込んでやる」

「管理官、それは脅しですか」

「脅しではない。警告だ」

鯨岡管理官は憤然として席を立った。

「佐々木署長、我々は帰る。不愉快だ」

近藤課長と匂坂係長は反射的に立ち上がった。

佐々木署長はうなずいた。

「お帰りですか。匂坂係長、管理官殿の車を回すように連絡したまえ」

「は」

匂坂係長は会議室から外に走り出た。

近藤警備課長がおろおろして、鯨岡のご機嫌を取っている。

「矢作外事課長、わしは帰るぞ」

「はっ」

鯨岡管理官は足を踏みならし、先に会議室を出て行った。

近藤課長と戸田課長の二人が、慌てて後を追った。

北郷も戸口まで見送りに出た。

矢作外事課長は、戸口に立ち止まると、穏やかな笑顔で北郷に囁《ささや》いた。

「北郷警部補、警告しておく。あの案件の捜査を打ち切れ。さもないとこれだ」

矢作外事課長は首に手刀をあてて叩いた。

北郷は平然と矢作を見据えた。

「いやだといったら？」

「我々と戦争になる」

矢作外事課長はそれだけいうと、踵《きびす》を返し、大股《おおまた》で廊下を歩いて行った。

戦争になる？

いったい、どういうことなのだ？

北郷は呆然《ぼうぜん》として、鯨岡管理官と矢作外事課長の背中を見送った。

「北郷係長、あまり公安とやりあうな。いまは大事な時だ。自重してくれたまえ」

佐々木署長がにっと笑い、北郷の背を軽く叩いた。

「署長、さきほどはありがとうございました」

「まあ、いい。宮崎くんにいわれていたので、つい口を出したが、短気は損気だ。いいな」

「は、はい」

佐々木署長はうなずき、署長室の方へ歩き去った。

やはり佐々木署長は宮崎管理官と連絡を取り合っているのだ、と北郷は思った。

第四章　追いつめる

1

北郷が武田から電話で呼び出されたのは、次の日の夜のことだった。

「いつもの場所で。ひとつ、分かったことがある」

武田の声の調子は、いつもよりも張りがあった。何か摑《つか》んだという高揚感がそうさせるのだろう。

北郷がバー「黒猫」へ行くと、カウンターのスツールには、珍しく五、六人の客が座っており、いつになく賑《にぎ》やかだった。

バーテンダーの白石は笑顔でカウンターの端のスツールを手で指した。

「十五分ばかり遅れるとのことです」

「ありがとう」

北郷はスツールに腰掛けた。白石は何も注文しないうちに、氷を入れたグラスにマッカランの十八年ものを注いだ。

客たちは話の様子から、近所の商店街の商店主たちのようだった。来月には祭りがあり、その打ち合せの寄り合いの流れで、古くからある「黒猫」に立ち寄った様子だった。

店内には、学生時代に聴いたあるジャズのスタンダード・ナンバーが流れていた。ラウンド・ミッドナイト。

北郷はグラスのスコッチを啜《すす》り、商店主たちの笑い声の背景に聞こえるメロディとリズムに耳を澄ました。

紗織には俺がまったく知らない男がいた？　タケオという名の男？

未彩の話は、まるで遅効性の毒のように、北郷の心に拡がり、紗織に抱いていた思いを萎《な》えさせていた。

お互いさまではないか。俺も紗織にすべてを見せていたわけではない。紗織には話さなかったこともたくさんある。

俺の知らない紗織の顔があって当然ではないか？

そうは思うのだが、心のどこかで紗織に裏切られていたような気分がするのを拭《ぬぐ》えなかった。

未彩に会わなければよかった、といまになって後悔した。見知らぬ男タケオの話を聞かなければ、紗織は純粋無垢《むく》の姿のままでいたし、楽しい思い出しか残っていなかっただろうから。

「待たせたな」

疲れた顔をした武田が北郷の隣のスツールに腰を置きながらいった。

武田の躯《からだ》から外の空気と一緒に身にまとった煙草の匂いがした。

「マスター、わしにも、いつものやつ」

「はい」

白石はうなずいた。北郷は武田に早速訊《き》いた。

「分かったことというのは？」

「あっちへ移ろう」

武田は空いているボックス席に北郷を誘った。

隣の席の商店主たちは酔っ払い、賑やかに町内の住民たちの噂話をしていた。北郷や武田の会話を聞いている気配はないが、喧《やかま》しすぎて話ができそうにない。

武田と北郷はグラスを手に、ボックス席へ移り、テーブルを挟んで向かい合った。喧しさはあまり変わらないが、メモ帳にメモしながら見せ合えば、互いの言いたいことが分かる。

武田は開いたメモ帳に、ボールペンで「金山吾郎」と記し、「美代」の名前を並べて書いた。

「美代は、一時、暴走族蒲田連合会の会長だった金山吾郎と付き合っていた。もっとも、事件のころは別れた後だったらしいが」

「金山というのは、本田組の筆頭若頭金山吾郎のことですね」

「ああそうだ。それに川崎港で死体で発見された平沢晋。平沢は、当時から、金山の手下として、いつも行動を共にしていた。これはわしの勘だが、この二人はどうも臭う。事件後、本田組内で、金山がとんとん拍子に上がり、幹部になっていったのも、どうも怪しい」

「実は、旭会の若頭待田純郎も、同じようなことをいっていました」

「ほう。何だっていっていた?」

北郷は旭会の若頭待田純郎から聞いた金山吾郎の話の要点を、メモ帳にボールペンで書きながら武田に伝えた。

「そうか。待田も金山や平沢たちの犯行だといっていたか。もし、やつらの犯行だったら、美代たちは目隠しされていても声を聞けば直ぐに金山や平沢だと分かったはずだ。それで口封じのために……」

武田は額に人差し指を押しあてて撃つ仕草をした。

「どうやら筋が見えて来たな」

武田は煙草を銜《くわ》えた。北郷も煙草を銜え、ジッポで火をつけた。

二人は顔を見合わせながら、炎に煙草をかざし、煙を吸い込んだ。

2

蒲田駅の東口駅前広場は、会社帰りのサラリーマンたちで賑わっていた。

北郷と武田は広場を抜け、繁華街に足を踏み入れた。狭い路地の両側に牛丼屋やら中華料理店、居酒屋チェーン店や赤ちょうちんの一杯飲み屋、バーやスナックが競い合うように軒を並べている。

居酒屋の前では男や女の店員たちが呼び込みをしていた。

派手なネオンの光を放つソープランド店の店先には客引きたちが立ち、通りを行き交う男たちに声を掛けている。

客引きたちは北郷と武田に近寄って来て声を掛けかけたが、すぐに「ご苦労さんです」と愛想笑いをしながら頭を下げた。

「……ウッス」

武田は何もいわずに客引きたちを睨《にら》み付けた。客引きたちは揉《も》み手をしながら、逃げるように姿を消した。

北郷は苦笑いした。

男たちは北郷や武田が発している刑事の臭いを敏感に嗅《か》ぎ付けるのだろう。

「あいつらは、こうやってただ睨みを利かせていれば何も悪いことはせん。わしら刑事は死ぬまで刑事だ」

武田は吐き捨てるようにいった。

路地をうろついているうちに、雑居ビルの壁にカラオケスナック『渚のシンドバッド』の看板が見つかった。

北郷と武田は雑居ビルのエレベーターに乗り、三階へ上がった。

エレベーターを降りた。三階フロアには通路の両側に四軒ほどのバーが並んでいた。

左手の二軒目のドアに『渚のシンドバッド』の文字があった。

ドア越しに演歌を唄《うた》う声が聞こえた。

北郷はドアを押し開き、薄暗い店内に足を踏み入れた。

「いらっしゃーい」

女たちの声が北郷と武田を迎えた。

カウンターとボックス席一つの小さな店だった。

カウンターのスツールには、スーツ姿の男の背中が見えた。

ボックス席は壁沿いに長いL字のソファがあり、四、五人の客たちが座っていた。青いドレスのホステスがマイクを握り、大型画面に映る映像や歌詞を見ながら、『天城越《あまぎ》え』を熱唱していた。

北郷と武田はカウンターのスツールに並んで腰を掛けた。

「何にします？」

白ワイシャツに蝶《ちょう》ネクタイを結んだ初老のバーテンダーが笑顔で北郷と武田を迎えた。

北郷は酒棚に目をやり、カナディアンクラブのロックを頼んだ。武田は「角の水割り」とぼそっといった。

酒棚の背後の鏡に映ったボックス席に目をやった。

ママらしい派手な赤いドレスの女が男客たちの真ん中で笑い声を立てていた。中小企業の社長然とした年配の男に寄り掛かって愛想を振り撒《ま》いている。

北郷はふと視線を感じた。鏡に映ったスーツ姿の若い男がちらりと北郷たちを見ていた。

北郷と目が合うと、若い男はすぐに目を逸《そ》らした。一瞬だったが、刺すような鋭い視線だった。

男はカウンターの中の若いホステス相手にダイスを転がしていた。

「麻里さんというのは、ボックス席にいるママさんかい？」

「え？　誰ですって？」

初老のバーテンダーは笑みを絶やさずにいった。

「ママの和泉麻里さんだ」

北郷は待田純郎から預かった手紙をカウンターの上にそっと置いた。

バーテンダーはちらりと手紙に目を走らせ、困った顔をした。

「すみません。あなたたちは？」

北郷は内ポケットから警察バッジを出して、バーテンダーに見せた。

気まずい空気が流れた。

ボックス席のほうでは、青いドレスのホステスに代わり、年配の男が年増の女とデュエットで『銀座の恋の物語』を唄いだした。

「どういうご用件ですか？」

「悪いが本人でないとな。歌が終わったら、話してくれないかな」

北郷は『銀座の恋の物語』が終わるのを待つしかない、とカナディアンクラブのグラスを啜った。

「私が麻里です」

いつの間にか、若い女が北郷の前に立った。さっきまでスーツ姿の男とダイス遊びをしていた女だ。白いドレスを着たスリムな体付きをした、いい女だった。切れ長の目が美しい。

「あんたが？」

「和泉麻里です。何か御用でも」

憂い顔が北郷をじっと見つめた。真紅の唇からかすかに白い歯が覗《のぞ》いていた。

「待田から、ここの店のママさんだと聞いていたのだが」

北郷は、ちらりとボックス席の年増の女に目をやった。バーテンダーが笑いながらいった。

「あれはチーママです。この人が正式のママさんです」

「じゃあ。信じよう」

北郷は目の前の女に手紙をそっと押し出した。

「あの人はどうしてます？　捕まったと聞いてますけど元気ですか？」

「うん、元気だ。しばらくは出られないだろうが、いずれ面会も許されるはずだ」

麻里と名乗った女は手紙の封筒を手に取り上げ、中の便箋《びんせん》を抜いた。目を細め、手紙を読みはじめた。

「分かりました。あなたが北郷さんですね」

「そう」

北郷はもう一度警察バッジを取り出し、麻里に見せた。

「北郷さんに私が知っていることをみんな話せとありました。何を知りたいのです？」

「前の亭主だった平沢晋についてだ」

「平沢とは同棲《どうせい》はしましたが、亭主ではありません。私の稼ぎをあてにしたヒモだった男です」

「その平沢について、聴きたいことがあるんだが」

「何でしょう？」

「微妙な話なので、場所を変えて話を聴きたいのだが」

麻里はちらりとスーツ姿の若い男に目をやった。男は相変わらず素知らぬ顔で一人ダイスを振っている。

「では、隣の部屋へ行きましょう。奥にＶＩＰ用の特別室があるのです」

「姐《あね》さん」

若い男が初めて口を利いた。

「大丈夫。あの人が刑事さんたちに話をしろ、といっているの。その代わり、警察が責任をもって保護してくれるって。そうですね？」

「自分が責任を持つ」

北郷はうなずいた。

「…………」

若い男は不服そうだったが、何もいわず、ダイスを転がした。

「じゃあ、あとはお願いね」

麻里はバーテンダーにいい、カウンターから出た。ボックス席の後ろのビロードの厚いカーテンを開けると、ドアがあった。麻里はドアを開け、壁のスウィッチを押した。

「では、こちらへ」

北郷と武田は麻里の後について隣の特別室に入った。ソファがテーブルを囲むように並んでおり、奥に大画面のテレビが置いてあった。マイクスタンドのついたステージも設けてある。

麻里はエアコンのスウィッチを入れた。

壁は防音壁になっていて、ドアを閉めると店の騒音がほとんど聞こえなかった。

「さ、どうぞ」

麻里はソファの中央に座った。北郷と武田は低いテーブルを挟んで麻里と向かい合うように座った。

バーテンダーが飲みかけのグラスや水差しを盆に載せて運んできて、テーブルに移した。

「では、ごゆっくり」

　バーテンダーが部屋から出て行った。

「早速だが、神栄運送会社が襲われた事件について聞きたい。麻里さんは平沢晋が犯行グループの一人だと待田純郎にいったそうだね。どうして平沢が犯行グループにいたというのだ？」

「平沢が殺される前、私に洩《も》らしたんです。いままで秘密にしていたが、実はあの事件は俺たちがやったのだってね。それをネタにすれば大金が入る、おまえの借金を全部返して、マンションを買おう。でも、そうはならなかった」

「事件から六年も経って、なぜ、平沢はそんなことをいいだしたのかな？」

「平沢が考えていたよりも分け前のお金はだいぶ少なかったみたい。ボスが勝手に組へ上納したんだろうと。自分だけいい顔をして、組長に取り入っているって怒っていた」

　武田が口を開いた。

「そのボスというのは？」

「そう。ボスは蒲田連合会の金山吾郎。平沢は、よく金山に呼び出されていたわ。出入りとか、暴走する時、まっさきに平沢は呼ばれて出掛け、金山の手足になって働いていた」

「神栄運送会社を襲った時も、金山が一緒だったといっていたのかい？」

「たしかに、そういっていたわ」

北郷は武田と顔を見合わせた。

北郷が麻里に訊《き》いた。

「あの事件では事務所にいた五人全員が拳銃《けんじゅう》で殺された。誰が殺《や》ったのだ？　平沢か？」

麻里は頭を左右に振った。

「平沢は殺っていないと思うわ。平沢は、なにも全員殺すことはなかったといっていたもの。なんでボスはあいつに殺させたのかって」

「あいつ？」

「中国人のヒットマンだと、平沢はいっていたわ。日本人には、とてもできないって。あの中国人は平然と五人をつぎつぎに殺したって」

「そいつの名前は？」

麻里は思い出そうとしてか、顔をしかめた。

「たしか……張《チョウ》とかいっていたと思う」

「張？」

北郷は武田の顔を見た。武田は左右に首を振った。

「これまでそんな名は上がっていない。外事か出入国管理局で調べれば、誰か分かるかもしれない」

北郷は、これ以上捜査を止めろ、でないと戦争になる、といった矢作外事課長を思い出した。武田が怪訝《けげん》な顔をしていた。

「外事は協力してくれないだろうな」

北郷は気を取り直して麻里に訊いた。

「その張について、平沢は何かいっていなかったかい？」

「平沢の話では、その中国人ヒットマンは香港マフィアで、日本語はあまり話せなかったそう。何か理由があって日本人をひどく憎んでいて、それで平気で日本人を殺すといっていた」

北郷は、本田組が香港マフィア１４Ｋと組んでいるという話を思い出した。

「なぜ、五人を殺したのか、平沢はいっていなかったか？」

「口封じだろうって」

「ということは、被害者たちに、平沢たちの正体がばれていたというのかい？」

「そうみたい。顔を隠していたそうなのだけど、その場にいた女の子が騒ぎ出したそうなのよ。あんたたち金山と平沢だろうって。そうしたら、その中国人がなにもいわず、五人を次々に射殺したそうよ」

想像していた通りだ、と北郷は思った。

「金山が張に殺れと命じたのか？」

「そうではないみたい。金山も平沢も、止める間もなかったって」

「平沢も金山も黙って見ていたのか？」

「もし、やつを止めようとしたら、きっと自分も殺されただろうって。その張という男が、笑いながらいったそうよ。これが香港黒社会のやり方だって。警察に捕まらないようにするには決して跡を残さない。目撃者は始末してしまうことだと」

「ふうむ」

北郷は唸《うな》った。たしかに日本人の発想ではない。

「平沢は本当にいくじなしなの。いつも口ばっかり。弱いくせに格好だけはつけたがる。それで、私も見切りをつけたの」

麻里は外国製の細い煙草を一本取り出し、口に銜《くわ》えた。卓上ガスライターで火をつけ、煙を天井に吹き上げた。

武田が訊いた。

「あの事件の本当の狙いは何だったのか、平沢はいっていなかったか？」

「本当の狙いって？」

「神栄運送会社の事務所に押し入った本当の目的だよ。従業員たちの給料を奪おうとするのが目的だったのか、それとも、もっとほかに目的があったのか？」

「そうねえ」

麻里は浮かぬ顔で考え込んだ。

北郷と武田は黙って麻里が口を開くのを待った。

「事務所にあった給料の金だけが狙いではないような口振りだったわ。なにかほかに大事な金目の物が狙いだったらしいわ。その分け前をちゃんと貰《もら》っていたら、後は一生働かずとも、遊んで暮らせるというようなことをいっていたから」

「その金目の物ってなんなのだ？」

「………」麻里は煙を吹き上げた。

「たとえば、シャブとかヤクとかかい？」

麻里は思い出したように北郷に向き直った。

「シャブねえ。でも、シャブは偶然に手に入ったみたい。たなぼただといっていたから」

「たなぼた？　棚からぼたもちかい？」

「そう。平沢はこんなことをいっていた。三人のほかに、見張り役がいて、その見張り役が偶然にシャブを見付けた、と」

「見張り役というのは？」

「前夜から営業所の近くに張り込んでいたらしいわ」

梶原健作と早苗のことだろう、と北郷は思った。

「そうしたら、社員の一人がこそこそと作業場から重そうなバッグを運び出し、外の道路に止めてあった車のトランクに入れた。見張り役は社員がいなくなってから、密《ひそ》かに車に忍び寄り、トランクを開けてみたら、なんとシャブを入れたバッグが入っていたそう。見張り役は行き掛けの駄賃にと、それを頂戴《ちょうだい》したといっていたわ」

「そのシャブは、どうしたって？」

「でも、馬鹿みたい。組に全部取り上げられ、平沢もその仲間も、ほんの少ししか分け前を貰えなかったと怒っていた」

「そうか、シャブは偶然に手に入れたか。では、シャブでもなく、社員たちの給料でもない、なにかほかの物が狙いだったというんだな」

武田は唸った。北郷もうなずいた。

「郭栄明社長は、給料のほかに、精密機械が盗まれたといっていたが、その精密機械を奪うのが金山たちの本当の狙いだったのかもしれない」

「ママ、平沢は精密機械のことについては、何かいっていなかったかい？」

武田が麻里に訊いた。

「いや、平沢は物とはいっていたけど、精密機械とはいっていなかった」

ドアにノックの音が聞こえた。ドアがそっと開き、スーツ姿の若い男が顔を覗《のぞ》かせた。

「姐《あね》さん、大丈夫ですかい？」

男はじろりと北郷と武田に鋭い目を向けた。

「大丈夫よ」

「そろそろ、社長さんたちがお帰りになるそうなんですがね」

「分かったわ。いま行くといっておいて」

ドアが閉まった。

麻里は灰皿に煙草の吸い殻を押しつけて火を消した。

「私が知っていることって、これぐらいね。亭主の待田にも話してなかったことだわ。お役に立ちそう？」

「もちろんだ。ありがとう。役に立った」

北郷は礼をいった。

「これで、本田組の金山たちを捕まえることができて？」

「あなたの証言だけでは、まだむずかしい。それに、あの事件は法律上は時効になっている」

「なんですって？　だったら、私、話すんじゃなかった。私がおたくたちに情報を提供したと知ったら、本田組は私を放って置かないわ」

「我々が責任を持って麻里さんを保護しよう。必要なら警官を常時張り込ませてもいい」

「冗談は止めてよ。店に警官が張り込んだら、それこそ客は来なくなるじゃない。それに、却《かえ》って目立ち本田組から痛くない腹まで探られることになるわ」

「しかし、俺は待田に、あんたの安全を保証したのだが」

「大丈夫。もし、いざとなったら、刑事さんにお願いするかもしれないけど、いまは、あの子もいるし。大丈夫」

麻里は顎《あご》で戸口の外を指した。

「あの若造？」武田が訊《き》いた。

「待田純郎の弟分の、ボディガード。元ボクサーで頼りになる男よ」

「チャカは持っていないだろうな？」

「本人に聴いてよ。もっとも持っていても、はい持ってますとは認めないでしょうけど」

麻里は笑みを浮かべ、立ち上がった。

「じゃあ。私は、これで。お二人もカラオケでもやって、ゆっくりしていってください」

麻里はドアを開き、外へ出て行った。同時に「あら社長さん、もうお帰りになるんですか」という黄色い声が響いた。

武田はグラスのウイスキーを飲み干し、ふっとため息をついた。

「張か」

「何者ですかね」

「金山を捕えてしぼり上げれば分かることだが」

「いざとなったら引きネタを探してでも……」

引きネタとは、被疑者の身辺を洗い、少しでも法律に触れたことをしていたら、それを口実にして署にひっぱる方法だ。どんな人間でも叩《たた》けば多少の埃《ほこり》が出る。横断歩道を渡らず、道路を斜めに横断したりすれば、道路交通法違反だ。どこかで立ち小便をしたりしたら、軽犯罪法違反でひっぱることができる。

一応、合法ではあるが、不適切で止むを得ない時にしか使えぬ別件逮捕だ。そうやって身柄を拘束しておき、本件の取り調べを行い、自供に追い込む手法だ。

紗織をはじめ五人も殺した憎い相手たちだ。多少汚い手を使ってでも、金山を捕まえ、張なる中国人殺し屋に復讐《ふくしゅう》する。そのためには職を賭《と》してもいい。

北郷は水割りを飲んだ。すっかり氷が溶けて、水のように薄くなっていた。

「いくら、紗織さんのことがあるからといって、あまり無茶はしなさんな。そんな引きネタを使ってまで強引にやっても、金山は落ちる手合いではない。それでは職を賭すことになるぜ。それに紗織さんの供養にもならんだろう」

「……分かってます。自重します」

北郷は武田の忠告に感謝した。

武田は思案げにいった。

「ところで、一度、大阪へ行って調べねばならんな」

「お願いできますか」

「やってみよう。昔の伝《つて》もある」

武田はにっと笑った。

3

「係長、東日本新聞の記者から電話です」

青木刑事が北郷に声を掛けた。

「記者？」

北郷は不審に思ったが、受話器を取り上げ、耳にあてた。

「はい。北郷ですが」

『しばらく、北郷さん』

女の声が聞こえた。聞き覚えのない声だった。

『浅田敦子です。未彩から聞きました。北郷さんが蒲田署の刑事課の係長だって』

「ああ。アッコか」

北郷は堰《せき》を切ったように思い出が押し寄せて来るのを感じた。剣道着姿の敦子の凜々《りり》しい姿が脳裏を過《よぎ》った。

『いま、蒲田署に来てます。そっちへ行ってもいいですか？』

「なんだ、署に来ているのか」

『少しの時間でいいから』

「分かった。下へ俺が降りて行く」

『いえ、もう刑事部屋に来てます』

「…………？」

振り向いた。刑事部屋の出入り口で、見覚えのある長身の女が手を振っていた。ケータイを耳にあてて笑っている。アッコだった。

北郷は受話器をフックに戻した。

「ここはブンヤは立ち入り禁止にしているんだが」

「そんな固いこといわないで。久しぶりなんだし、それに大事な話があるんだ」

「分かった。じゃあ、応接室へ」

北郷は隣の小会議室へ敦子を促した。

青木奈那がきょとんとした顔で敦子を見ていた。

「悪いが、お茶を頼む」

「粗茶でいいですね」

「なんでもいい」

北郷は苦笑した。

青木奈那のことだ。きっと、本当に番茶でも持ってくるだろう。

会議室に入ると、敦子は抱きつかんばかりに駆け寄った。

北郷は待ったをかけ、片手を出して、敦子と握手をした。

「懐かしいわ。ほんとに。卒業以来初めてね」

「そうなるかもしれない。でも、アッコは綺麗《きれい》になったね」

北郷は敦子をしみじみと見た。額やおでこにニキビがたくさんあった敦子とは、見違えるように大人の女に変身している。

敦子は長い黒髪をひっつめにして後ろで結っていた。黒の上下のスーツをきちんと着込み、白ワイシャツの胸が少し開いている。首に金色のネックレスが光っていた。

「ま、座ってくれ」

北郷は椅子を勧めた。互いにテーブルを挟んで向き合うように座った。

「未彩から聞いたわ。あなた、紗織の男のことを気にしているって」

「いや、そんなことはない。もう、過ぎたことだし」

北郷は平静を装った。敦子は微笑んだ。

「嘘。顔色で分かる。紗織はあなたを裏切っていないのよ。未彩も私も誤解していたんです」

敦子はバッグから古い写真を三葉取り出してテーブルの上に置いた。

「これ、分かるでしょ？」

セーラー服の紗織が若い男と腕を組んで歩いている後ろ姿だった。海浜公園のベンチで二人並んでいる写真もある。モノレールの駅のホームで何事かを話している様子もあった。

「この男の人が健雄《たけお》さん。私が紗織に確かめたら、お兄さんだったと分かった」

「なんだって？　紗織に兄さんがいたというのかい？」

「そう。紗織の両親は彼女が幼いころに離婚していたの。兄妹の二人で、兄の健雄さんは父親に、妹の紗織は母親に引き取られた。長い間、二人は会っていなかったらしいわ」

「……そうだったのか」

「それが、どういうことか分からないけど、ある時、紗織に父親から連絡があって、紗織は健雄さんと会うことになった」

北郷は紗織の懐かしい写真を見て、鼻の奥がつんとするのを覚えた。

「その時、健雄さんは、重い病気にかかり、横浜市大の付属病院に入院していた」

「写真は元気そうに見えるけど」

「悪性の白血病だったの。入退院を繰り返していたらしい。この時は、すこし元気だったので、病室を抜け出し、紗織と海岸を散歩した」

「そうだったのか」

「紗織は毎週土曜日には、母親にもあなたにも内緒でお兄さんの見舞いに通っていたのよ」

「……健雄さんは、いまどうしている？」

「紗織が死んでまもなく、健雄さんも亡くなったそうだわ」

北郷は思わぬ話に言葉を失った。

4

一週間が過ぎた。

北郷たち強行犯捜査係が担当したコンビニ連続強盗事案は物証があまりなく、捜査が難航しそうに見えたが、意外にあっけなく幕が下りた。

北郷たちは、次に狙われそうなコンビニ店を何店か選び出し、重点警戒店として捜査員を張り込ませた。

そうしたコンビニの一店に、なんと二人組の男たちがのこのこやって来たのだ。

捜査員たちは、モデルガンやナイフで武装した強盗二人を、難なく、その場で現行犯逮捕することができた。

調べてみれば、二人は大森在住の高校生と無職の少年の遊び仲間で、遊ぶ金欲しさにコンビニ強盗を思いついたという。

捜査員の追及に、二人は余罪についても、あっさりと自供した。以前に発生した十件のコンビニ強盗について犯行を認め、コンビニ連続強盗事案は一件落着となった。

「係長、武田さんからお電話です」

青木奈那の声に、北郷は我に返り、受話器を取った。

武田は裏取りのため、五日前に大阪へ行っている。

「どうでした?」

『やっぱり、梶原健作は犯行グループの一人だった。アリバイが崩れた』

「クロでしたか」

『こちらで神栄運送会社大阪営業所の運行主任をしていた品野次郎《しなのじろう》に会った。犯行当日、梶原健作は東京から関西へトラックを運転していたと証言した男だ。当時、品野にあったわしらは、梶原健作の名前が記された運行表まで見せられて、梶原はシロだとしてしまったが、それが偽証だったのだ。畜生め。品野は事件が時効になり、偽証罪にも問われないと分かったら、いまごろになって証言を翻しやがった……』

電話の背後で電車の騒音が響いた。

「武さん、いまどちらですか?」

『……当日、梶原健作のアリバイ作りのため、関西へトラックを運転したのは、やはり神栄運送会社大阪営業所の山岡秋雄《やまおかあきお》という男だった。……その山岡も捜し出した』

武田は北郷の問い掛けが聞こえない様子だった。北郷は仕方なく武田の話に耳を傾けた。

『山岡も梶原健作の代行をしたことを認めた。梶原から十万円を貰って、代行を引き受けたそうだ。山岡も品野と口裏を合わせて、梶原健作のアリバイを証言した。それで、二人は別に本田組から口止め料として、それぞれ百万ずつ貰ったそうだ。あの時、二人をもっと締め上げて梶原健作のアリバイを崩していれば、時効になんかさせなかったんだが』

　武田は何度も悪罵《あくば》した。

「武さん、まだ大阪です？」

『いや。東京駅だ。とりあえず、報告しておこうと思ってな』

「ありがとうございます」

『これから、蒲田へ戻る。ほかにも、聞き込んだ収穫がある。電話では話ができん。これから会えるか』

「もちろんです。蒲田駅に着いたら、電話をください」

『……………』

　電話が切れた。

　武田が興奮した口調で話すのを聞いたのは初めてだった。いまになってアリバイを崩す重要証言を聞き込んで、よほど悔しかったに相違ない。当時、自分がもっと捜査を徹底していたら、事件を未解決にせずに済んだのにという思いで自分自身を責めているのに違いない。

　北郷は武田の気持ちを推察した。もし自分も当時の捜査員だったら、同じ悔しさを抱くだろうと思った。

　背広の胸のポケットに入れてあるケータイが振動した。

北郷は溜《た》め息混じりにケータイを取り出した。ディスプレイに大村源次郎の名前が表示されていた。ケータイを耳にあてた。

『北郷係長、タマが動き出した。アパートを出て、すずらん通りを西に向かっている。たぶん実家へ帰るのだろう。こっちへ来られるかい？』

大村の囁《ささや》くような声が耳に響いた。

神奈川県警川崎署の大村は部下の捜査員たちを引き連れ、蒲田署管内に住む梶原勇太を泳がせて監視していた。いわゆる纏《まと》わり捜査である。

「場所は？」

大村は小声で場所を指定した。

5

刑事部屋では、全員ソファの周りに集まり、コンビニ強盗事案解決の祝いをやろうとしていた。

酒を飲むわけにはいかないので、コーラや清涼飲料水を持ち寄ってのささやかな祝いだ。

北郷は部屋長の雨垣に千円札を何枚か手渡し、宴会代の足しにしてくれ、といい残し、刑事部屋を出た。

廊下まで追ってきた青木奈那が北郷の背中に声をかけた。

「係長、お調べになっている昔の事案のこと、私も関心があります。ぜひ、手伝わせてください。いいつけてくれれば、何でもしますから」

「ありがとう。必要になったら、頼む」

北郷は心配顔の青木に手を上げ、エレベーターに乗り込んだ。

青木奈那の好意には感謝した。だが、あまり事案に関係のない者を巻き込むわけにはいかない。

これは、俺自身の問題なのだ、と北郷はあらためて思った。

地下駐車場に駐車してあった車に乗り、地上への坂道を駆け上がった。

環状八号線は、夕方ということもあり、往来する車両の交通量は増えつつあった。

北郷はJR蒲田駅西口広場に車を走らせた。

車回しに停め、屋根に赤灯を載せて点滅させながら、しばらく待った。ほどなくJR蒲田駅の階段を降りてくるハンチング帽を被《かぶ》った武田の姿が見えた。

武田は北郷の車に近寄り、無言で助手席のドアを開けて、車に乗り込んだ。北郷は車を静かに発進させた。

「お疲れさんでした。すみません。ちょっと付き合ってくれませんか」

先刻までの電話でまくしたてていた武田の興奮はすっかり鎮まっていた。電話でひとしきり北郷に喋《しゃべ》ったら、興奮も収まったのに違いない。

武田は火が点《つ》いていない煙草を唇に銜《くわ》えた。

「さっき大村デカ長から連絡がありましてね。梶原勇太がまた動き出した。今度こそ巻かれずに済みそうです」

大村たちは梶原勇太に気付かれぬように、細心の注意を払って尾行や張り込みをしていた。尾行は巻かれたら巻かれたままで打ち切り、帰りを待つ。張り込みも、絶対に無理をせず、気配を悟られぬように遠くからじっと観察する。そうやって監視を続けるのだ。

「どこへ？」

「梶原は？」

「どうやら母親が住んでいる実家に向かったらしいとのことでした」

梶原の母親は下町の東矢口《ひがしやぐち》に住んでいる。東急池上《とうきゅういけがみ》線の蓮沼《はすぬま》駅から歩いて十分もかからない。

「ほう。梶原は何をしに実家へ帰ったのかな？」

「もしかすると、例のブツを取りに戻ったのではないか、と見てるのですがね」

「なるほど。ありうるな」

梶原勇太が兄の健作から預かったブツを隠すとしたら、まずは実家か、あるいは、その周辺に違いない。大村も北郷も、そう目星をつけていたのだ。

だから、梶原勇太が実家に戻った時、どういう動きをするのか、大村も北郷も注目していた。

街は黄昏《たそがれ》に覆われはじめていた。

駅ビルや駅前広場は学校帰りの中高生や買い物客で賑《にぎ》わっていた。

北郷は車をすずらん通りに進めた。環状八号線まで、ほぼ一直線に走る通りだ。東急池上線の高架線の下を通り抜けると、そこから通りの名は多摩堤通りに変わる。

すずらん通りは庶民の生活に溢《あふ》れていた。二車線の一般道路なので、結構車の往来が激しいのだが、信号のないところで、いきなり籠《かご》に野菜を満載した自転車が飛び出して来たり、年寄りが乗った自転車がよろよろと前を横切って行ったりする。

信号のない横断歩道では、塾へ行くらしい子どもたちが駆け足で横切って行く。

北郷は前方への不意の飛び出しを警戒しながら、車をゆっくりと走らせた。

「ところで、武さん、大阪で何か聞き込んだと言ってましたね。いったい何ですか」

「例の中国人殺し屋についての話だ」

「ほう」

「大阪府警でデカをやっていた友人がいるのだが、そいつの話では、神戸の山菱組の三代目の跡目をめぐって、内部分裂し、大阪や神戸で血で血を洗う抗争をやったことがあった。いまから三十年ほど前のことになる。その時、山菱組を追われて少数派になった山脇組が、香港マフィアの殺し屋を助っ人に呼んだ。その中に、拳銃《けんじゅう》遣いの若い男がいたというのだ。そいつの名も張といっていた。フルネームは張舜仁《しゅんじん》だ」

「張舜仁？　どんな男だったんです？」

「山東省《さんとう》の生まれで、元紅衛兵《こうえいへい》あがりだそうだ。文化大革命のころに殺しを覚えたらしい。その後、何かやらかし、中国に住めなくなって香港に流れて黒社会に入った」

「……紅衛兵世代の殺し屋だというのですか？」

「そうだ。その張舜仁の殺し方がユニークでね。怪我をして抵抗できなくなった相手でもちゃんと座らせてから、額に拳銃を押しつけ、一発で撃ち抜いて処刑する。命乞《いのちご》いしても、張はまるで人殺しを楽しむように容赦なく殺すそうだ」

「………………」

北郷は思い出した。

文化大革命といえば、高校時代の世界史で習った程度のうろ覚えしかないが、たしか毛沢東《もうたくとう》の主導で、一九六六年ごろに始まり、一九七六年ごろまで続いた中国の狂気に満ちた政治権力闘争だった。

時の権力者毛沢東とその一派は、政敵を倒すのに、まだ世の中のことをろくに知らない子どもたちを紅衛兵に仕立て上げ、彼らをけしかけて、政敵である政治家や軍官僚、知識人や文学者、学校の先生に至るまでのあらゆる階層の大人たちを反動分子とか反革命分子として吊《つる》し上げ、暴力で打倒した革命闘争だった。

「わしの友人の話では、きっと張舜仁は、紅衛兵時代に、そんな処刑のような殺し方を覚えたのではないか、というんだ。どうだい、似てるだろう？　神栄運送会社強盗殺人事件の殺し方に。しかも殺し屋の名も同じ張だ」

「たしかに似ていますね。で、その張は、その後、どうなったのです？」

「山脇組は香港マフィアの助っ人があったので、いったんはだいぶ勢力を挽回《ばんかい》したが、山菱組の本体を揺るがすことはできなかった。その後、全国動員をかけた山菱組の巻き返しにあって、山脇組はほぼ壊滅状態になった。張たち香港マフィアの助っ人たちも、山菱組に追われて、みんな香港へ逃げ帰ったそうだ」

「なるほど」

「その張舜仁が、今度は山菱組の反目《はんめ》である稲山組側の助っ人として日本へやって来たかもしれん」

「たしかに、ありえることですね」

「ちょっと古いが顔写真がある」

武田はジャケットの内ポケットをごそごそと手探りし、一葉の粒子の粗いモノクロ写真を取り出した。

北郷は信号待ちで停まった時に、ちらりと顔写真に目をやった。

丸いサングラスをかけた細面の男が頬を歪《ゆが》めて笑っていた。上半身しか見えない。背景は、どこかの港の埠頭《ふとう》らしくクレーンが映っていた。

粒子が粗いのは、新聞に掲載された写真を複写し、さらにその集合写真から張舜仁だけを切り離して、拡大したためらしい。

「……三十年前の写真ですか」

「古い写真だが、骨格や耳の形なんかは、変わらないはずだ」

「後で、ゆっくり見せてください」

北郷は運転しながら、一瞬目に入った張舜仁の耳や鼻の形、顔の輪郭を目に焼き付けた。

6

東急池上線の蓮沼駅の下を潜り抜け、しばらく道なりに進んだ。矢口東小学校を過ぎた角で交差点を右折した。

道端に停めたワンボックスカーの傍に立った大村源次郎が片手を上げた。北郷はワゴン車の後ろに車を寄せて停止した。大村が運転席の窓に寄った。

「どうも、ご苦労さんっす」

北郷と武田は車の両側から降りた。

「梶原の家は？」

「この先、百メートルほど行ったところの路地を入った奥にある二階建ての一軒家です。いま玄関や裏口に部下を張りつけたところです」

大村源次郎は助手席から降りた武田をじろりと一瞥《いちべつ》した。

「あ、二人とも初対面だったな。こちらが元蒲田署の部長刑事の武田先輩。そして、こちらが神奈川県警川崎署刑事課の大村デカ長」

北郷は大村と武田の双方を引き合わせて紹介した。

大村は折り目正しく軀《からだ》を斜めに折り、頭を下げた。

「先輩よろしく、お願いします」

「わしの方こそ」

武田も軽く会釈を返した。大村は尊敬のまなざしを武田に向けた。

「武田さんの噂は聞いてました。たしか蒲田の鬼デカと恐れられた」

「…………」

武田は苦笑いした。北郷は聞き返した。

「鬼デカだって？」

「そうっすよ。我々が駆出しデカのころ、上の連中から、よくどやされたもんです。警視庁蒲田署には鬼デカと呼ばれる凄腕《すごうで》の刑事がいる。おまえらも、警視庁のデカなんかに負けず県警の鬼デカになれってね」

「ほう」北郷は武田を見直した。

「鬼デカの手にかかると、どんな口の堅い容疑者も三日と持たずに落ちたって」

「よしてくれ。そんな大昔の話は。いまのわしは、隠退して、ひっそりと暮らしている、ただの年寄りだわさ」

武田は手を振って話を止めさせた。

「そんな話よりも、肝心のタマの話だ。デカ長、タマは？」

北郷も大村に向き直った。

「梶原は、どうして実家へ帰ったのだろう？」

「ここで立ち話をしていては、目立ち過ぎる。中で話しましょうや」

大村は黒塗りのワンボックスカーに顎《あご》をしゃくった。サイドドアを引き開け、北郷と武田を中へ入るように促した。

ワンボックスカーの屋根には何本もの無線用アンテナが立っていた。

窓を塞《ふさ》いだ車内には、片側にびっしりと通信機器やモニター、パソコンなどが備えてあり、そこにヘッドフォンをつけた通信係が二人張りついていた。

「うちの最新兵器の通信指令車です。張り込んでいる刑事たちの様子が一目で把握できる。この二人が指令員です」

大村は車内にいた指令員たちを紹介した。通信員たちは目顔で北郷と武田に会釈した。

通信員はモニターの画面を見ながら、どこかに張り込んでいる刑事たちと応答をやりとりしている。

画面には梶原の母が住んでいる二階建ての家屋が映っており、正面の玄関先や裏の勝手口が映っていた。

「ちょっと狭いけど我慢してください」

めた。

大村は通信機器と運転席の間に設けられたテーブル席に北郷たちを座らせ、ドアを閉めた。

エアコンが効いており、空気がひんやりとして車外よりもだいぶ過ごしやすい。

大村は紙コップを三つ用意し、ポットからコーヒーを注いだ。

「タマは釈放された後、しばらくの間、我々に泳がされているのではないか、と警戒していた様子でしたが、金が無くなったらしく、数日前から、そこかしこに連絡を入れ、盛んに動き出しました」

「ほう。何か分かったことは?」

「一つには、タマのケータイに、早苗から電話が入った」

「どうして、そんなことが分かった?」

北郷は目を細めた。大村はにやりと笑った。

「電話の傍受ですよ」

「手続きは取ったのだろうね」

「もちろんです。違法ではないですよ。ちゃんと正式に裁判所に申請し、傍受の許可を得たんです。大量の銃器売買の恐れがあるというのでね。タマは、その狙い通り、密売人らしい一人とコンタクトを取った」

「密売人と? 相手は?」

「在日ロシア人の男で、名前はユーリー・チカーロフ」

「何者だ？」

「ロシア人貿易商や中国人貿易商のエージェントをしている男で、おそらくロシア・マフィアのメンバーでしょう」

「何をしているんだ？」

「いま内偵中ですが、おそらく前からマークしている横浜在住のロシア人貿易商アニーシモフと繋《つな》がっていると見てます。アニーシモフは中古車や廃車になったトラックや車、中古のパソコンや電子機器、テレビから洗濯機までを扱い、ロシアやアジア向けに輸出している。だが、これはあくまで表向きの商売」

「裏の商売は？」

「日本だけでなくアジア各国に銃器や麻薬の密売をしているという噂でしてね。まだ証拠がないので、摘発ができない大物です」

「チカーロフが代理人をしているという中国人貿易商というのは誰だ？」

「内偵中でしてね。詳細は不明ですが、チカーロフはロシア・マフィアと繋がりがある香港や大陸の黒社会の貿易商の代理人もしているらしいのです」

「なるほど。で、梶原はユーリー・チカーロフに何か依頼したのか？」

「暗号や符丁でやりとりしていたので、正確には内容が分からないが、どうも、タマは何か武器を購入したい、と打診したようだった」

北郷はほっと安堵《あんど》した。

以前に、北郷は知らなかったこととはいえ、梶原を張り込んでいる現場に踏み込んで、それまでの大村たちの捜査を台無しにしてしまった。どうやら大村たちの捜査活動は、その痛手から立ち直ったようだったからだ。

北郷は大村に話を促すように言った。

「さっきの話だが、早苗のケータイから梶原に電話が入ったといったね。どんな内容の会話だった？」

「番号は早苗のものでしたが、声は男だった。昔、預けたブツを持ってきてくれという内容だった。それに対してタマは何のことか分からないと答えていた」

「なるほど」

「タマは我々から聞いた話を相手にぶつけ、『兄は殺されて死んだ、おまえは兄の偽者だろう』と取り合わなかった」

「梶原もやるねえ」

「すると、相手も偽者だとばれたと分かったらしく、突然、本性を顕《あらわ》にした。ブツを持ってこないと、早苗の命がどうなっても構わないのかって脅迫した」

「梶原は？」

「早苗は死んだ兄の女だったが、兄を見捨てて逃げた女だ。そんな女がどうなろうと、自分の知ったことではない。早苗はおまえとぐるなのだろう。早苗を殺したかったら、さっさと殺せばいい。自分には関係ないと、一方的に電話を切った」

北郷は梶原のふてぶてしい顔を思い浮かべた。

「それでいい。そうしておけば、相手は早苗を人質にしても脅しに使えないと思うだろうからな」

「梶原はなかなかうまい交渉人じゃないか」

武田もやや感心したように唸《うな》った。

北郷は大村に訊《き》いた。

「その後、電話は？」

「同じ早苗のケータイ番号から、その後、ざっと二十回はかかったろう。だが、タマはずっと無視して出なかった。そのタマが電話に出たのは、留守電に早苗と思われる声で、『男がブツを大金で買いたいといっている』と吹き込んであった後だった」

「ほう。金で買うという話になったか？」

「タマは電話に出た。相手にもしブツがあったら、いくらで買うのか、と切り出した」

「やっぱり、梶原はブツをどこかに隠していたんだな」

「おそらく」

「で、相手は？」

「相手は一千万円出そうと言った。そうしたらタマは冗談がきつい、と笑い出した。そんな安い値段なら、もっといい値段をつけるほかの買い手を探すといって電話を切った。相手は慌てたらしい。すぐに電話を掛けてきた」

北郷は一千万円でも安いというブツとはいったい何だろうか、と考えた。

北郷は紙コップのコーヒーを不味《まず》そうに啜《すす》った。インスタントコーヒーの安っぽい匂いが鼻孔を満たした。

「相手は電話に出るなり、タマに本物だったら一枚五千万円出そうと提案した。二枚で一億円。これ以上は出せないと」

「一枚？　二枚だって？　いったい、そのブツは何なのだろう？」

「それは、まだ何か分からないのですがね。ともかく、一枚、二枚と数えることができるものらしい」

北郷は梶原勇太が話した黒い包みを想像した。大きさは片手で持てる重さの物で、単行本や大判の雑誌程度の物だったように思った。

電話の呼び出し音が響いた。

大村が静かにと手で北郷と武田を制した。

「タマのケータイに掛かっている」

通信係がヘッドフォンを手で押さえながら、録音のボタンを押した。

「音を出してくれ」

大村が命じた。通信係は指でオーケーのサインを出し、モニターボタンをオンにした。

通話は始まっていた。モニターから機械的な男の声が流れた。変声装置を使った声だ。

『梶原、これが最後の取引だ。二枚とも耳を揃えてブツを渡せば、三億円出そう。これ以上はビタ一文出さない。上の買い手も、それ以上出せというのなら、いらない、といっている』

北郷はメモ用紙にボールペンを走らせた。

（この男は誰だ？）

大村がボールペンで答えた。

（不明。調査中）

（上の買い手というのは？）

（それもまだ不明）

『俺が出した取引条件の返事は？』

梶原勇太の声だった。

『………』

『兄貴を殺したやつらを出せ。そいつらのことを教えなければ、いくら金を積まれても取引はしない』

『名前を知って、どうするつもりだ？』

『あとは煮て食おうが焼いて食おうが、俺の勝手だろう？　俺が直接仇《かたき》を討つ方法もあるが、警察に通報する手もあるんでね』

『そんなことをしたら、おまえの命もないぞ』

『いくら脅しても、俺には効かないぜ』

『おまえのお袋もどうなっても知らないぞ』

『そう来ると思って、すでに手を打ってある。万が一、おまえらがお袋にちょっとでも手を出したら、ブツは警察へ届けることになる。それでもいいんなら、やってみるんだな』

やるねえ。

武田がにやっと笑い、頭を振った。

『おまえの家は借金だらけではないか。金は欲しくないのか？』

『前にもいったろう。金だけの取引なら買い手はいくらでもいるって。そうだな、郭栄明にブツを売る手もあるな。郭なら言い値でブツを買い戻すだろう。もともとは郭のものなんだからな。ブツの話をしたら、郭もさぞ喜ぶだろうぜ』

『……待て。郭栄明にブツの話をしたのか？』

『さあな。想像に任せるよ』

『頼むから、いまの条件以外の条件を出してくれないか』

北郷は大村と顔を見合わせた。

明らかに、相手は弱り切っている様子だった。

『だめだね。じゃあ、取引はなしだ。切るぜ』

『待て。待ってくれ。いま、ボスと相談する。ちょっと時間をくれ』

『連絡を取ったり、相談する時間がほしい。一時間。いや三十分でいい。折り返し、電話をする』

『どのくらいだ？』

『タイム・イズ・マネーだ。ブツの金額も時間とともに上がる。三十分なら五千万上乗せだ。いやなら、取引はなしだ』

『このごうつく野郎め。……分かった。三十分以内に掛け直す。待ってくれ』

通話が終わった。

通信員がモニターをオフに戻した。

大村はもう一人の通信員にきいた。

「通話相手の位置は？」

「同じです。横浜・長者町《ちようじやまち》八丁目の東光《とうこう》マンションの一室から掛かっています」

北郷は大村にきいた。

「その東光マンションの一室に、早苗もいるというのか？」

「おそらく、そうだと思います」

「誰と一緒にいるのだ？」

「いま部下に慎重に調べさせているのですが、そのマンションの住民の口が堅くて、聞き込みが難航しているんです」

「どうして？」

「東光マンションは華僑《かきょう》が所有者でして、表向き我々に協力的なのですが、したたかで、少しでも自分たちに不利になることは喋《しゃべ》らない。住民たちも福富町《ふくとみちょう》や中華街に働く中国人系ホステスや韓国人系ホステス、その家族が多く、彼らも結束が堅く、常に仲間を庇《かば》い合っている。我々警察にはなかなか情報を流さないのですよ。いま時間をかけて説得中なんです」

大村は鬼瓦《おにがわら》のような顔をさらにしかめて、頭をぼりぼりと掻《か》いた。

「それにですね。あくまで、我々は梶原を泳がせ、ヤクとハジキの密売ルートを追うのが本筋の捜査でしてね。平沢晋殺しや梶原健作殺しについても一応並行して捜査はするが、あくまで一課の捜査の支援でしかない。殺しの捜査は、県警本部の一課の仕事ですからね。わしらは一課の捜査方針を無視して、川崎署の刑事課が勝手に独自の捜査をすることはできないんです。その辺りは、係長もお分かりでしょう？　歯痒《はがゆ》いのですが、仕方がない。だから、早苗の所在確認は一課の継続捜査係がやっているので、こちらでは、あまり手が出せないんです」

武田はにやりと笑い、北郷にいった。

「わしらは神奈川県警とは直接関係ないから、そのマンションにあたりをつけることができる、ということだわな」

「そういうことですね」

北郷も合点するようにうなずいた。

大村が肩をすくめた。

「係長や武田さんが、東光マンションの方を捜査してくれるなら、ことはやりやすい。こちらの情報はいくらでも提供しますんで。我々は梶原をぴったりマークして、決して逃がしません」

「こちらは頼む。しかし、マークするといっても、相手はバイクで動き回るのを、どうやって追うんだ？」

北郷は訝《いぶか》った。大村はテーブルの上にあったコインのような物を摘み上げ、モニターテレビに映っているバイクを指差した。

「このマイクロGPS位置情報発信機を、あのバイクのタンクの中に仕掛けたんですよ」

「デカ長、電話が来ました」

通信員が大村にいった。モニタースピーカーをオンにした。

スピーカーから呼び出し音が響いた。数回の呼び出し音の後、梶原勇太の声が出た。

『どうだ、ボスは条件を呑《の》んだか？』

『誰が殺《や》ったかを教える。ただし、その情報もブッと引き替えだ』

無機的な変声の男の声がいった。

『金は三億五千万円だぞ』

『三億だったはずだ』

『三十分が過ぎた。いやならご破算だ』
『分かった。三億五千万円だな』
『振込み先をいう。口座に振り込んだら、ブツを渡す』
『それはだめだ。物々交換だ。ブツと現金を直接交換したい』
『危険だな。会ったとたんに殺されるのは嫌だぜ』
『ブツが本物であるのを確認できなければ、こちらは現金を渡せない』
『分かった。お互い、信用ができない間柄だものな。物々交換にしよう』
『ところで、すぐには三億五千万の現金を用意できない。現金を用意する時間をくれ』
『明日《あした》の夕方でどうだ？』
『無理だ。少なくとも四日は欲しい』
『だめだ。明後日《あさって》の夕方までだ』
『無理だ。せめて三日くれ』
『明明後日《しあさって》の夕方だ』
『いいだろう。だが、本当にブツはあるのだろうな？』
『信用できないか？』
『できない。本物である証拠が欲しい。高い買い物だからな』
　しばらく沈黙があった。
『分かった。後でブツの写真をメールしよう』

『受け渡しの場所や方法は？』

『それも、後だ。通話は終わりだ』

『もし……』

梶原は一方的に通話を切った。相手はまた何度も掛け直したが、梶原は出る気配がなかった。

「よし。武さん、わしらは東光マンションを調べに行きますか」

北郷は外へ出ようと武田にいった。

第五章　決着の時

1

黄昏《たそがれ》の横浜の街は灰色に沈んでいた。

あたりは次第に夜の気配に飲み込まれて行く。大岡川《おおおか》の暗い川面に対岸の街灯やネオンサイン、ビルの窓の明かりが映えて揺らめいている。

北郷は川沿いの道に駐車した覆面パトカーに戻った。

ダッシュボードを開け、煙草の箱を取り出した。一本を銜《くわ》え、ジッポで火を点《つ》けた。

東光マンションは通り一本中に入った一方通行の道に面して建っている。

駐車したところから、斜めの方角に東光マンションの玄関先の一部が窺《うかが》える。

東光マンションは十階建ての古いビルだった。一階にはラーメン屋や飲み屋が入っており、二階以上が居住スペースになっている。郵便受けの数は四十五箱あった。そのうちの四箱には、チラシや新聞紙が詰まったままなので、ビルの住民の世帯数は、四十一世帯だろう。

ビルの裏に駐車場があり、月極《つきぎ》めの駐車スペースが二十台分あった。いずれもマンションの住民が借りている様子だった。

大村デカ長の話では、神奈川県警の一課員が張り込んでいるそうだが、それらしい警察車両は見当らない。

開けた窓から煙を吐き出した時、ケータイが振動した。ケータイのディスプレイを見た。見覚えのない番号だった。

北郷はケータイを耳に当てた。

「はい、北郷」

『…………』相手は無言だった。

「誰だ？」

『……ほんとに北郷さんかい？』

梶原勇太の声だった。

「なんだ、勇太か。どうして、俺の番号が分かったのだ？」

『北郷さんが以前、おふくろに名刺を置いていっただろう？』

北郷は思い出した。

梶原勇太の母親に会った時、勇太から連絡があったら、知らせてほしいと、ケータイの番号を名刺にメモしておいたのだ。

『助けてほしいんだ』

梶原勇太は切羽詰まった声だった。

「どうした、というんだ？」

『俺、いま、やばい橋を渡っているみたいなんだ』

「……何をしている？」

北郷はとぼけていった。

『うん。かなりやばそうなんだ。北郷さんにお願いがあるんだ』

「何だ？」

『おふくろを警察で保護してほしいんだ』

「おいおい。警察はガードマンとは違う。それ相当の危険が差し迫った事情でもなければ、人の保護なんぞできん」

『お願いだ。おれのせいで、おふくろがやつらに狙われかねないんだ』

助手席の窓をこつこつと叩《たた》く音がした。薄暗がりに武田の影があった。北郷はケータイをかけているという仕草をした。

武田は黙ってドアを開け、助手席に座り込んだ。北郷はケータイの送話口を手で塞《ふさ》ぎ、小声で梶原勇太からの電話だと告げた。

武田は了解とうなずいた。

「狙われる？　誰に？」

『……例のブツを欲しがっているやつらだ。あれから、また義姉《ねえ》さんのケータイで、やつらから電話があった。ブツはどこにあるかって。やつらは義姉さんを人質に取っている様子なんだ』

「………………」

北郷はケータイを耳から少し離し、武田にも聞こえるようにした。

『……義姉さんの命も危ないんだ』

「それで、やつらに何と答えた？」

『やつらが欲しがっているブツをちらつかせて、金だけでなく、やつらから兄貴を殺《や》ったやつが誰だったのかを教えろといってあるんだ。犯人を教えなければ、ブツは渡さないと』

「梶原、おまえ、やっぱりブツを持っているのか？」

『……うん。実は、内緒で隠し持っていたんだ』

「ブツって、いったい何なんだ？」

梶原勇太は答えなかった。迷っている様子だった。

『……。もし、教えたら、俺に力を貸してくれるかい』

「よし、力になろう」

『男と男の約束だぜ』

「いいだろう。男と男の約束だ」

武田が、そんなことを約束して大丈夫か、という顔をした。北郷は大丈夫だとうなずいた。

『ブツは原版だ』

「原版？　何の原版だというのだ？」

『ドル紙幣の印刷用の原版だ』

「ドルの贋札《にせさつ》印刷の原版だというのか？」

北郷は武田と顔を見合わせた。

『俺、ドル紙幣は持っていないが、まちがいなく、これはドル紙幣の原版だ。一枚は百ドル紙幣の表だ。もう一枚はおかしなことに、五百ドル紙幣の裏面だ』

「百ドルと五百ドルの原版だというのか？」

北郷は訝《いぶか》った。梶原勇太は続けた。

『うん。二枚とも銅版で、本当に精巧に模様が彫り込まれている。ずっしりと重い』

「本物の原版なのだろうな？」

『本物の贋札っていうのかい』

梶原はおかしそうに笑い声を立てた。

『この原版は、どのくらいの価値があるのか、やつらに吹っかけてみたんだ。そうしたら、一枚一億五千万円、しめて三億円を出すというんだ。さらに吊《つ》り上げ、五千万円を加えても、買い取りたいといった。だから、変な言い方だけど、これは本物だと分かった』

北郷もなるほどと思った。

ドルの贋札を印刷して、世界にばらまけば、三億五千万円なんぞは、すぐに回収できる。すぐには贋札と分からないような精巧な原版には、それだけの値打ちがある。直接被害を受けるアメリカは放っておけない。公安外事はアメリカのＦＢＩの意向を受け、しゃかりきになって捜査していたのだろう。

平沢晋と梶原健作が、百ドル紙幣と五百ドル紙幣の二種類の原版を抜いたお陰で、彼らはこれまで、その二種類の贋札の印刷が出来なかったのだ。

それで、二十年近く経っても、贋札偽造団は二枚の原版を諦《あきら》めずにいたのに違いない。

北郷は、これまで分からなかった謎のミッシング・リングが見つかった思いがした。これですべての謎が解ける。

「分かった。梶原、そのブツを警察に渡してくれ。俺が悪いようにはしない」

『ちょっと待ってよ、北郷さん。ブツが何かを教えたら、俺に力を貸すと約束したじゃないか。男と男の約束を破るのかよ？』

「俺は約束は守る。だが、犯罪に使用されかねない原版を相手に渡すのは見逃せない」

『……すぐには原版は渡せないな。やだなあ。やっぱ北郷さんは根っから警察官なんだな』

梶原勇太の声が曇った。

『もし、いまブツを警察に渡してしまったら、俺はやつらと交渉する上で、何の持ち札もなしということになる。やっと、やつらから、俺の兄貴を殺したやつの名前を聞き出せそうだというのにさ』

「梶原、おまえの狙いはいったい何なのだ？」

『北郷さんなら俺の気持ちが分かるだろう？　俺、どうしても兄貴の仇《かたき》を討ちたいんだ』

「どうして俺なら、おまえの気持ちが分かるというのだ？」

『聞いたぜ。北郷さんが完全時効になっている神栄運送会社の事件をいまも追っているのは、殺されたアルバイトの女子高生が恋人だったからだと。だから、その女の子を殺した犯人がどうしても許せないって。たとえ、時効になっているとしても、北郷さんにとって事件は終わらない。恋人だった子の恨みを晴らすまで犯人を追い続けるだろうって』

「……誰から、そんなことを聞いたのだ？」

『川崎署のデカ長だよ。だから、北郷さんに協力しろってな。あの事件について知っていることは全部話せと、取り調べの時に、耳にタコが出来るほどいわれたぜ』

北郷は頰を緩めた。

この電話の会話を、どこかで大村たちは傍受している。大村はきっと苦笑いしている に違いない。

「梶原、おまえ、その原版を使って何をやろうというのだ？」

『やつらを罠《わな》にかけたいんだ』

「罠にかける？」

『そうだ。やつらを焦《じ》らして、売り値を三億五千万円まで引き上げた。明明後日《しあさって》の夕方に、やつらと三億五千万円とブツの交換しようというところまで来た』

「梶原、考え直せ。あまりに危険すぎる。いいか、やつらは、平沢晋やおまえの兄貴を消した連中だぞ。三億五千万円もの大金を用意するなんてことをやるはずがない。まして、そんな大金をすんなりとおまえに渡すはずがない。やつらは原版を手に入れるためなら何でもする。原版を手に入れたら、おまえは殺されるぞ。早苗さんの命も危ない」

『分かっているさ。俺もバカではない。やつらの魂胆は目に見えている。だから、やつらの裏をかく手を考えている。ただ問題なのは早苗義姉《ねえ》さんをどうやったら、やつらから救い出せるかなんだ』

「おまえ、早苗さんの安否など心配していないのか、と思ったが」

『冗談じゃない。兄嫁の早苗さんは、俺にとって本当の姉さんのようなものだ。可愛がってくれた義姉さんを、なんとしても救い出したい。でなかったら兄貴にも申し訳が立たない。なぜ、そんなことをいう？』

北郷は少しばかり安心した。傍受していた梶原の電話の会話では、兄を見捨てた女だといっていたが、やはり本心ではなかったのだ。

「ちょっと気になっただけだ。ところで、いま早苗さんがどこにいるのか、おまえは知っているのか？」

『いや、分からない。だから、北郷さんの力を借りたいんだ』

「……分かった。なんとかしよう」

北郷は電話を傍受している大村デカ長たちが、自分がなんと答えるか、息を呑《の》んでいるだろう、と思った。

「早苗さんの写真はないか？　近影でなくてもいい。すぐに早苗さんだと見分けられる写真があれば探す上で役立つ」

『ある。兄貴のアルバムで適当な写真を見付ける』

「見付けたら、メールで送ってくれ」

『了解。北郷さんが助けてくれるというんで、安心した』

北郷は、梶原があまりに無警戒なので、少々心配になった。

「梶原、こんな大事な話を電話でするのは危険すぎる。どこで盗聴されているか、分からないんだからな」

『大丈夫。万が一、俺の身に何かあった場合の手は、すでに打ってあるんだ』

「どんな手を打ったのだ？」

『それは電話ではいえない。ともかく、そうなったら、北郷さん、よろしく頼んます』

「分かった。ともあれ、無茶をするなよ」

北郷は電話を切り、ほっと一息ついた。

「これから、どうするつもりだ？」

武田が煙草を銜《くわ》えていった。

北郷も煙草を一本抜き、口に銜え、ジッポの火を点《つ》けた。

二人は一つの炎に煙草の先を入れ、煙を吸った。

北郷は車の窓を開け、煙を吹き上げた。

北郷はちらりと腕時計を見た。

「どうした？」

「そろそろ来てもいいころだが」

案の定、三分も経たないうちに、ケータイが振動した。大村の番号だった。

北郷はケータイを耳にあてた。

『北郷係長、ひやひやしたよ。タマに気付かれそうな話をして、いったいどういうつもりなんです？』

大村の怒りを抑えた声が聞こえた。

北郷は冷静な声でいった。

「デカ長、すまん。わけは後で話す。聞いたように梶原の母親は危険な状態にある。悪いが、引き続き、デカ長たちに、母親の身辺の警護を頼みたい」

『了解。では、後で』

大村は通話を切った。

2

夜も更けて来た。

大岡川に辺りのネオンの灯が色とりどりに反射している。

武田が助手席に乗り込んでドアを閉めた。

武田は近くの不動産屋から東光マンションの部屋の間取りや敷地の略図を手に入れていた。

「部屋の物件は二種類だそうだ。デラックスタイプの3LDKと、普通タイプの2LDKだ。デラックスタイプの3LDKは各階に一物件しかなく、ほかは、みんな2LDKだ。3LDKは、全部入居者がいて、空きはないそうだ」

「なるほど。それでマル対がいそうな部屋は、どこです？」

「不動産屋が内緒で話してくれた。デラックスタイプの3LDKは、いずれも、一癖二癖もある華僑《かきょう》や韓国人の金持ちが入居しているそうだ。そのうちの一つが、先月に売りに出て、すぐに日本人が現金で買ったそうなんだ」

「景気のいい話ですね」

「部屋を売りに出したのは香港人貿易商。買ったのは日本人の宝木《たからぎ》某。肩書は青年実業家だが、その不動産屋の話では、福富町でクラブや高利貸しをしている企業舎弟だそうだ」

「どこのヤクザですかね？」

「稲山会系小山組だ」

小山組は金山吾郎が若頭をしている本田組と兄弟組織だ。

北郷はうなずいた。

「その部屋ですね」

武田もうなずいた。

「おそらく」

「何階の何号室？」

「七階の角部屋の七〇一号室」

武田は東光マンションの七階にある南側のベランダを指差した。

「このタイプの部屋は東側と南側に、それぞれベランダがある」

北郷は東光マンションの七階を見上げた。

南側のベランダは窓の明かりが点いている。

「郵便受けの名札は、宝木。念のため、七階まで上がり、七〇一のドアの名札を確認しようとしたが、名札はなかった。ドアの外に監視カメラがあって、すぐに若い者が出てきて、何か用かと、わしに食ってかかった。八〇一号室と間違えたふりをして引き揚げたが、あの様子から見て小山組の裏事務所だ」

「部屋の間取りからすると、リビングと部屋の一つは事務所で、この奥の寝室に早苗さんが監禁されていると見ていいかな」

北郷は間取りの略図を見ながらいった。武田が顎《あご》をしゃくった。

「で、どうするか、だ。わしのほかにも、同業者らしい男たちが不動産屋に聞き込んでいたらしい」

「おそらく県警の一課でしょう。どこかに張り込んで監視しているのに違いない」

「そうだな」

「あの部屋に早苗さんを監禁しているというはっきりした証拠が上がれば、ガサ入れをかけて救出できるのですがね」

「何かガサ入れをかけるネタはないのか？」

「……ここは横浜ですからね」北郷は肩をすくめた。

「そうか。無理な話だったな。蒲田署管内ならともかく、横浜は管轄が違うものな」

武田は唸《うな》るようにいった。

北郷はダッシュボードから双眼鏡を取り出し、対岸にそびえるマンションの玄関先を覗《のぞ》いた。

華やいだナイトドレスを着込んだホステス嬢たちが姿を現し、おしゃべりをしている。

そこへ白いバンが走り込んだ。女たちは笑い騒《ざわ》めきながら、バンに乗り込んだ。

ケータイが振動した。北郷は双眼鏡を武田に渡し、ケータイを開けた。梶原勇太からの写真メールだった。

若い女の写真が三葉、着信していた。いずれも、梶原健作と並んだスナップ写真だった。

丸顔だが、黒目がちの大きな目に、やや大きめの口。浅黒い肌をしており、髪をアフロ風にしている。一見、ハーフを思わせる美貌《びぼう》の女だった。

「早苗はこんな女だ」

「ほう。いい女だな。こんな美人なら見分けやすい」

武田がディスプレイを覗き込んだ。

「だけど、女は化粧で一変するから、いまどんな女か分かりませんよ」

北郷はケータイのボタンを押し、梶原に返事のメールを送った。

「これでよし、と。ルビコン川を渡りました。もう戻れない」

北郷はケータイを閉じた。

武田が怪訝《けげん》な顔をした。

「いったい、何と返事をしたのだ?」

「大村デカ長には悪いが、神奈川県警を出し抜くんです」

「なんだって?」

武田が驚いた顔になった。

「梶原に、おまえのバイクには、神奈川県警が追尾発信機を付けたから注意しろ、とメールしたんです」

「発信機に気付いたら、梶原は逃げてしまうではないか」

「それでいいんです。大村たちには悪いが、梶原を捕まえ、張の居場所を聞き出すような悠長な暇はない。張は、梶原が逮捕されたと知ったら、いち早く高飛びするでしょう。早苗さんの命も危なくなる。それよりも、梶原を泳がせ、囮《おとり》にして、張に接触させる方がいい」

「なに、囮捜査をするというのか？」

北郷はうなずいた。

「そうです。梶原を囮にし、原版と早苗さんを交換させる。そこへ我々が乗り込み、張たち一味を一網打尽にする」

「呆《あき》れた男だな。そのためには、味方の神奈川県警を出し抜こうというのか？」

「止むを得ません」

北郷は口をきっと結んだ。

なんとしても、この手で張を捕まえる。ほかに方法はない。

「それをわしら二人だけでやるというのか？　危険すぎるぞ。応援が必要だ」

「もちろん、応援は頼むつもりです」

武田は頭を振った。

「ほんとに、いいのか？　デカ長にわけを話して泳がせに協力して貰《もら》った方がいいのではないか。デカ長たちに恥をかかせたら、後が厄介だぞ」

「覚悟してます。大村デカ長たちの本筋の捜査は、銃器密売人の摘発です。張を捕まえるのは本筋ではない。張を捕まえるためなら、私は何でもやるつもりです」

いきなり、爆発音があたりの静寂を破って轟《とど》いた。

対岸の東光マンションの七階から猛然と黒煙が噴き上がっていた。ガラスの割れる音が響き、路上に窓枠や何かの破片が降ってくる。

爆発音に続いて、銃声も起こった。弾《はじ》けるような発射音が連続している。

「係長、七〇一だ。カチコミだ」

武田が怒鳴った。北郷はエンジンをかけ、車を急発進させた。

赤灯を屋根に載せ、サイレンを鳴らした。

橋を渡り、東光マンションの玄関先に勢いよく車を滑り込ませた。

停まると同時に、北郷と武田は車から飛び出した。

どこに隠れていたのか、何台もの覆面パトカーが現れ、東光マンションの前に殺到してくる。

北郷と武田はいち早く、ロビーに走り込み、エレベーターの前に駆け寄った。火災報知機がけたたましく鳴り響いていた。

エレベーターは二基あった。ちょうど一台がロビーに降りてくるところだった。

扉が開くと同時に住人らしいホステス嬢たちが悲鳴をあげながら走り出た。きな臭い匂いが鼻をついた。

北郷と武田はエレベーターに乗り込み、七階のボタンを押した。

ホステス嬢たちを押し退けながら、私服刑事たちがエレベーターに殺到するのが見えた。

刑事たちの目の前で扉が閉まった。エレベーターはゆっくりと上昇を開始した。

怒声と一緒に扉をどんどんと叩《たた》く音が聞こえた。

七階に停止した。待っていた住民らしい女や子どもが乗り込もうとした。

「警察だ！　どいてどいて」

北郷は武田と一緒に住民たちを掻《か》き分けて廊下へ飛び出した。

北郷は腰のホルスターから特殊警棒と拳銃《けんじゅう》を抜いた。

「武さん、これを」

武田に特殊警棒を手渡した。

「あいよ」

武田は慣れた手つきで特殊警棒を一振りして伸ばした。

廊下に黒煙が流れ出している。赤い炎も見えた。

火災報知機のベルがけたたましく鳴り響いていた。

どこからか、消防車の緊急サイレンが近付いてくる。

「一番奥の突き当たりが七〇一だ」

武田が叫んだ。

北郷と武田は軀《からだ》を屈《かが》め、流れ出る黒煙の下を潜りながら、七〇一号室の前に駆け付けた。

廊下に数人の人影が転がっていた。どの男も拳銃やドスを手にしている。

「警察だ！　抵抗するな！」

北郷は拳銃を構えながら叫んだ。

転がっている男たちは、風体からしてヤクザだった。腕やはだけた肩に刺青《いれずみ》があった。

北郷は転がった男たちの手の拳銃やドスを足で蹴《け》り飛ばした。

「おまえらがカチコミをかけたのか！」

「ち、違う」

丸坊主の男は撃たれた腹を押さえながら、頭を左右に振った。

「襲ったやつらは？」

坊主頭の男は廊下の奥の非常口を指した。

武田が非常口に駆け寄った。非常口の扉は開いていた。

「係長、非常階段を逃げるやつがいる」

北郷も非常口に駆け寄った。非常階段は外壁に設置されていた。

三人の人影が非常階段を降り切って、道路に飛び出すのが見えた。三人は赤灯を点滅して停まっているパトカーの間をすり抜けて、大岡川の川べりの道へ駆けて行く。

二人の男が一人の女を無理遣《や》り引っ張って行くように見えた。

三人を待っていたかのように、一台の白いベンツが滑り込んだ。

「待て！」

北郷は非常階段から拳銃をベンツに向けて発射した。乾いた発射音が響き、ベンツの屋根に弾丸が命中した。

女が顔を上に向けた。早苗だった。

男の一人が早苗をベンツの後部座席に押し込んだ。もう一人の男がいきなり北郷に拳銃を向けて発射した。

跳弾が非常階段の手摺《てす》りや床にあたる音が響いた。

男はにんまりと笑い、悠々とベンツの後部座席に乗り込み、ドアを閉めた。

顔は確認できなかったが、銃の扱いから考えて、プロの殺し屋張舜仁に違いない。

ベンツは何事もなかったかのように川沿いの道を滑るように走って行く。いまから駆け下りても間に合わない。

ベンツはビルの陰に隠れ、長者通りの方角へ走り去った。

「係長、来てくれ。中に生きている人間がいるようだ」

武田の声に、北郷は拳銃を腰のホルスターに戻しながら、廊下に駆け戻った。

武田は開いたドアから部屋の中へ、消火器のノズルを噴射させていた。

武田の足元に、胸を撃たれ、シャツを真っ赤に血で染めた男が横たわっていた。男は喘《あえ》ぎながら、部屋の中を指した。

「な、なかに若が……」

武田は噴射を終えた消火器を放り出し、四つん這《ば》いになって黒煙の下を潜って行った。

「いたぞ。一人、まだ生きている」

「よし、いま行く」

北郷は息を詰め、武田の後から部屋に飛び込んだ。真っ黒な煙が部屋に充満していた。暗くて部屋の中が見えない。北郷も四つん這いになり、煙を吸わないようにして、武田を追った。

猛烈な熱気が間近にあった。炎の舌が黒煙の中に見える。

武田が黒煙の下で、一人の男を引っ張り出そうとしていた。北郷も武田に加勢し、男の腰のベルトを摑《つか》み、力いっぱい引っ張った。

ようやく男の軀が動き出した。

「もう少しだ」

武田の声に北郷は男のベルトを摑んだまま、出口まで腰を屈めて突進した。武田が男の襟首を摑んで引っ張っている。

北郷と武田は男を引きずり出し、急いで煙の少ない非常口に運び出した。

北郷と武田は非常階段の踊り場で、激しく咳《せ》き込んだ。ビルの前には消防車が何台も駆け付け、騒然としていた。梯子車《はしごしゃ》が梯子を延ばして上昇して来る。消防士が黒煙を上げて燃える七〇一号室に放水をはじめた。

「おい、しっかりしろ」

北郷は咳き込みながら、煤《すす》で真っ黒になった男に声をかけた。男は顔の半分に火傷《やけど》を負っていた。撃たれた胸や腹からなおも出血をしている。

「お、こいつは若頭の金山だ。金山吾郎だ」

武田が咳き込みながら、北郷に告げた。

「おい金山、しっかりしろ。いったい、誰に襲われたんだ？」

「……や、やつらだ。14Kと神の手だ」

金山は黒焦げになった顔を歪《ゆが》ませ、苦しそうに口を動かしていた。

「14Kと神の手は反目《はんめ》だろう？」

「……張に裏切られ……た」

金山の目はうつろになっていた。死相が現れている。金山はもう助からないと、北郷は思った。

非常階段を消防士たちが駆け上がって来た。

「避難してください。避難して」

北郷は金山を見下ろした。すでに金山は息を引き取っていた。

廊下の方から、私服刑事たちがどやどやっと非常階段の踊り場に駆け付けた。

「警察だ！　動くな！」

刑事たちはがなり、北郷と武田に躍り掛かった。

「二人を県警本部へ連行しろ」

現場指揮官の管理官が命令した。

「二人に事情を説明して貰《もら》わねばならんからな」

北郷と武田は刑事たちに促され、非常階段を降り始めた。

3

北郷と武田が神奈川県警本部から解放されたのは、ようやく朝になってからのことだった。

その間、二人はたっぷりと県警の刑事たちに絞りあげられた。

蒲田署の戸田刑事課長が北郷たち二人の身柄を引き取りに来なかったら、もっと長い時間、拘束されていたことだろう。

迎えの車が玄関先に到着した。

北郷は戸田刑事課長に頭を下げた。

「課長、申し訳ありません」

「しょうがないやつだな。あれほどいったのに、あいかわず、個人的な調査をしているようだな」

戸田刑事課長は苦々しい表情を崩さなかった。

「こう何度も神奈川県警の領分を侵してくれると、警視庁と神奈川県警の間の良好な捜査協力関係にひびが入ることになる。上もおかんむりだ。署長もきっと釈明を求められる。まずは署長に謝らないとな」

「はい。すみません。始末書書きます」

北郷は戸田課長に頭を下げた。

「ともかく、署に戻ったら、署長のところへ謝罪に行け」

「ご迷惑をおかけします」

戸田刑事課長は武田に向き直った。

「武田さん、あんたは、とっくにリタイアしたOBなんですから、あまりはめをはずさないでくださいよ」

「分かった分かった」

「では、係長、署で待っている」

課長は車に乗り、引き揚げて行った。

北郷は車を見送ってから、県警本部前の駐車場に運ばれていた覆面パトカーに乗り込んだ。

武田が助手席に座った。

「やれやれだな」

「そうですね」

北郷はうなずきながら、さっき係官から返して貰ったケータイを開いた。案の定、十数件の着信が記録されていた。

三件は梶原勇太から、残りはすべて大村デカ長からだった。

梶原勇太からの電話は着信記録だけで留守電にも伝言は吹き込まれていなかった。

北郷は大村の番号に電話をした。

『係長、遅かったですね。大至急に連絡を取りたかったのですが』

北郷は嫌な予感を感じた。

「どうした？　何かあったのか？」

『梶原勇太が何者かに襲われたんです』

「なんだって？」

『突然、乗用車で家の前に乗り付け、家に押し入ったんです。梶原勇太を拉致《らち》しようとした。急いで我々が駆け付けたところ、拳銃《けんじゅう》を撃って来た。それで我々も応戦した』

「梶原勇太はどうした？」

『無事でした。襲った連中は車に乗って逃走したのです』

「よかった。無事か」

『ところが、しばらくして、梶原がいなくなったのです』

「いなくなった？」

『後で分かったのですが、梶原のところへ電話が掛かったのです。こちらは突然の銃撃戦で傍受どころではなくなり、電話の内容を聞き取ることができなかったのです。いつの間にか、梶原の姿がなかった。バイクも消えていたのです』

「梶原が消えた？」

北郷は武田と顔を見合わせ、にやりとした。

4

北郷は武田とともに蒲田署に戻った。

署長室に出頭した北郷を見て、佐々木署長は笑いながら書類綴《と》じをぱたんと閉じた。

「事情は神奈川県警からの電話で聞いた」

「申し訳ありません」

北郷は直立不動の姿勢から頭を下げた。

「署長、係長の不始末は、私の監督不行き届きです。今後は、気を付けますので、今回のことは大目に見ていただきたいのですが」

北郷の傍らに立った戸田課長が口添えした。

「大目に見る？　刑事課長、何か誤解しておらんか。電話では神奈川県警には、叱っておくとはいったが、内心は別だ」

「はあ?」

戸田課長はハンカチで汗を拭《ぬぐ》った。

「きみとOBの武田さんは、危険を顧みず火中に飛び込み、人命を救おうとしたんだ。それも神奈川県警のお膝元《ひざもと》で、県警の張り込み部隊よりも早く。ようやった、と誉めたいくらいだ。ま、立場上、大っぴらにできんがな」

「署長、しかし、一応、私と係長が始末書でも提出するのが……」

「課長、いちいち謝っていては、それこそ署員の士気にかかわる。それでなくても、犯罪者ばかりが元気で、取り締まる警察官の元気がないのだからな」

「………」

「警察官が法を守ることばかりに汲々《きゆうきゆう》として思い切った捜査ができないのはいかん。法を破ってもよしとはいわないが、正義を貫き、市民の生命を守るためなら、多少の逸脱行為は仕方がない。凶悪犯罪を前にし、警察官としての職務権限を執行することに躊躇《ちゆうちよ》するな。すべての責任は署長の私が取る」

「そういうわけだ。係長、署長に感謝するんだな」

戸田課長はほっとした顔になった。

「署長、ありがとうございます」

北郷は佐々木署長の励ましに心から感謝し、姿勢を正して敬礼した。

北郷が刑事部屋に戻ると、武田は応接セットに、あたりを睥睨《へいげい》するように座っていた。

「ボスに絞られたか？」

武田が親指を立て、にやにやしながら聞いた。

「いや、逆にハッパをかけられた」

「ほう。話の分かる署長ではないか」

奈那が甲斐甲斐《かいがい》しく、冷えた麦茶を運んで来た。

「デカ部屋も、一昔前とは、えらく変わったな。こんな美人刑事がいるとはな。わしらの時代は、婦警といえば、男勝りのごっついのばっかりだったが」

「………」

青木奈那は笑いながら、自分の席に戻って行く。北郷は武田に囁《ささや》いた。

「武さん、鼻毛を伸ばしていると、びしりとしっぺ返しされますよ」

「そうか？　そんなにきついか？」

「いまの女性は、見かけよりしっかりしてますからね。セクハラで上の連中が何人馘《くび》になったことか」

「わしはもう関係ないがな」

武田は首を撫《な》でた。

北郷は大声で班員たちにいった。

「さて、これから、捜査会議を開く。みんな会議室へ集まってくれ」

「はい」「おう」

班員たちはざわめきながら席を立ち、会議室へ向かった。

「武さんもOBとして出席してください」

「いいのか。わしはただの民間人だぞ」

「神栄運送会社強盗殺人事件当時の捜査員として話してくれれば」

「分かった。いいよ」

武田は気さくに承諾した。

5

北郷と武田は会議室の四角いテーブルの中央に並んで陣取った。

北郷の席を中心にして、その周りに、雨垣、真崎、近藤、上坂、光安、青木ら六人の刑事が席に着いた。

「みんな、聞いてくれ」

北郷は七人の顔を見回しながらいった。

「例の神栄運送会社強盗殺人事件だが、昨日までに、本ボシの三人が割れた。さらに犯行に運転手として加わった従犯の身元が割れた」

「すごい。やりましたね」

　みんなはざわめいた。

「それも、ここにいる先輩の武さんや、神奈川県警川崎署の大村刑事たちの協力があってのことだ」

「いってくれれば、我々も喜んで手伝ったのに」

　近藤刑事が口惜《くや》しそうにいった。

「済まぬ。非公式の事前調査だったので、きみたちの手を煩わせたくなかった。だが、今後は正式の殺人捜査として、取り掛かって貰《もら》う」

　真崎刑事が訝《いぶか》った。

「しかし、神栄運送会社強盗殺人事件は完全時効になっているのでしょう？　本ボシを上げても起訴できないのでは」

「事案は、確かにいったんは完全時効になっているのだが、どうやら時効を破る突破口が開けるかもしれないのだ」

「といいますと？」

　雨垣が訊《き》いた。

「本ボシの一人が香港マフィアの殺し屋・張舜仁と判明した。この張舜仁は何度も日本と香港、大陸の間を行ったり来たりしている」

　雨垣は唸《うな》った。

「そうか。張舜仁が日本を離れている期間は時効は止まるわけですね。というと、張が海外に出ている期間を累算すれば、まだ時効になっていないかもしれない」

「そういうことだ。誰か入管に問い合わせ、張舜仁の出入国記録を調べてくれ」

「自分がやります」近藤刑事が進み出た。

「私も」奈那も手を挙げた。

「よし、近藤と青木の二人に頼もう。大至急、張が香港に帰っていた期間を調べてほしい。香港警察にも問い合わせるんだ」

「了解」

「任せてください」

近藤と青木は力強くいった。

北郷は話を続けた。

「たとえ、神栄運送会社の事案で捕れなくても、張舜仁は別件の殺人容疑で逮捕できる。昨日、張は横浜で殺しをやった。殺された被害者は、本田組若頭の金山吾郎だ」

班員たちはざわついた。

「この金山吾郎が、本ボシの一人で主犯格だった。張は金山だけでなく、当時犯行を一緒にやった共犯の平沢晋や、逃走を手助けした梶原健作も殺した疑いが強い」

「どうして仲間殺しをはじめたのです？」

「それについて、武さんに話してもらう。武さん、よろしく」

「あいよ。捜査会議は久しぶりだなあ」

武田は、どっこらしょと声をかけて立ち上がり、白板に黒い油性ペンで、神栄運送会社強盗殺人事件の関係者の名前を書きはじめた。

「この事案は一見複雑に見えるが、本筋は一本、贋札《がんさつ》の印刷用原版を争奪しようとした事件だと判明した」

武田は、事件関係者の相関図を指し示しながら、事件の構造と、犯人たちの動機や目的、背後関係などを事細かに説明した。

「金山たちの目算が狂ったのは、たまたまアルバイトとして、彼らを知っている女子高生二人、美代さんと紗織さんが居合わせたことだ。彼らは自分たちの犯行であることを隠すため、二人をはじめとする五人全員を殺してしまった。直接手を下したのは、張舜仁と見られる」

北郷は目を瞑《つぶ》り、紗織の面影を目の奥に浮かべた。十九年前のことが、たった昨日のことのように思える。

武田の説明は続いていた。

「事件が意外な方向に向かったことで、自分たちも殺されるのではないか、と不安に思った共犯の平沢晋と梶原健作が、原版の何枚かを命の保険として隠したために、それを取り戻そうと張舜仁の殺しが始まったと見られる」

雨垣が唸った。

「それで張舜仁を殺人容疑で追えるわけだ」

「そういうことだ。そうだな、係長」

北郷は武田に促されて身を起こした。

「昨日、たまたま張舜仁の殺人現場に俺と武さんが遭遇し、張たちの犯行を現認した。神奈川県警は、張舜仁の犯行だというところまで突き止めていない。いずれ、放火殺人事件として、張たちを容疑者として特定し、逮捕状《フダ》を取ろうとするだろうが、そもそもは、こちらが本筋の殺しの事案だ。うちの方が先にフダを出して貰い、なんとしても張舜仁を捕りたい」

「分かりました。うちで張を捕りましょう」

雨垣がいった。ほかの班員たちも捕ろうと誓い合った。

北郷はみんなを見回した。

「あらかじめいっておくが、この神栄運送会社強盗殺人事案になる発端に、公安の外事が一枚嚙《か》んでいる可能性が高い」

「どうして外事が？」真崎刑事が訊いた。

「外事が北朝鮮の贋札工作を嗅《か》ぎ付け、それを暴くため、本田組の金山たちを焚《た》き付け、郭栄明の神栄運送会社を襲わせたフシがある」

「外事が事件を起こさせたというのですか？　けしからん」

近藤刑事が憤慨した。北郷は頭《かぶり》を振った。

「ただ、公安も大きく目論《もくろ》みが外れ、想定外の事態に発展してしまったのだろう。まさか金山たちが五人も人を殺すとは思わなかったはずだ」

班員たちは、ざわめいた。

「だから、公安は事件の真相を知る金山たちを葬り去り、事件に蓋《ふた》をしようと考えている可能性もある」

「ということは、張も口封じされる恐れがあるというのですか？」

「うむ。張が公安の関わりをどの程度知っているかにもよるが」

「なんてこった」雨垣が呻《うめ》いた。

「だとすると、なんとしても、公安より先に張を捕らねばなりませんね」

真崎刑事がいった。北郷は続けた。

「そういうことだ。ともあれ、神栄運送会社強盗殺人事案は一応時効になったが、まだ事件は続いている。事件の折、逃走用車両の運転手として犯行グループに加わっていた梶原健作の死体が湯河原で見つかったことから神奈川県警は殺人と死体遺棄事件として捜査を開始している。殺された健作の弟勇太について、川崎署の大村刑事たちは別件の銃刀法事案で捜査しているところだ。

その捜査の過程で、勇太が殺された健作から原版のブツを受け取って秘匿していたことが判明した。目下、そのブツが欲しい張舜仁たちが、勇太の義姉の早苗を人質に取り、勇太に人質と引き替えに原版を要求しているところだ」

北郷はいったん言葉を切った。

「どちらも神奈川県警の捜査が先行してますね。うちは張舜仁を追うとして、どこから手をつけたらいいのか」

雨垣が困惑した顔でいった。

「手がかりが一つある。張舜仁が逃走の際に使った白のベンツだ。俺がベンツの屋根に二発、銃弾を撃ち込んである。弾痕《だんこん》がついているはずだ」

「よし、みんな、手分けして屋根に弾痕がある白のベンツを探そう」

雨垣が気を取り直した。北郷はいった。

「ベンツが最後に出たのは、長者町の東光マンションだ。Nシステムで調べれば、ベンツの行き先はおおよそ見当がつく。光安、警視庁のNシステム担当に問い合わせて調べてくれ」

「了解」

光安刑事は急いで会議室から飛び出していった。

「近藤と青木は入管で張舜仁の出入国記録を調べるだけでなく、これまでの張舜仁の身辺に関するデータを至急に集めてくれ。張舜仁が身を寄せていた組や、よく出入りしている店や場所、愛人や友人、昔からの人間関係など、なんでもいい、すべてだ」

「はい」

「すぐに取り掛かってくれ」

「了解」

近藤と青木奈那も慌ただしく会議室を出て行った。

「真崎と上坂は、横浜近辺の自動車修理工場を軒並み問い合わせ、弾痕がついた白のベンツが持ち込まれなかったか調べてくれ」

真崎と上坂が立ち上がった。

「雨垣は航空部にかけあって、神奈川県警の管内だけど、なんとかヘリコプターを飛ばし、上空からの捜索を行え」

北郷は雨垣にいった。

「了解」

雨垣はそそくさと部屋を出て行った。

会議室には、北郷と武田だけが残った。

「久しぶりだった。やはり捜査会議は緊張感があっていいな」

武田は満足気だった。

「武さん、これから、どうします？」

「俺も張舜仁について、心当たりにあたってみよう」

「無理しないでください。現役ではないんだから」

「こんな面白い展開になったのに家でのんびりしてられるかい。やっぱり現場はいいのう」

武田は笑った。

6

北郷はコーヒーの自動販売機にコインを入れ、紙コップにコーヒーを注いだ。一口啜《すす》って、頭を振った。あいかわらず、まずい味だ。コーヒーの香りもほとんどしない。お湯にインスタントコーヒーの粉を入れてかきまぜただけだ。飲まないよりもましというしろものだが、ついつい買ってしまうのは習慣になっているからなのだろう。

刑事部屋は強行犯係の刑事たちの席だけ空になっている。当番組の盗難係の刑事たちが席に待機し、外からの電話の応対をしている。

北郷は机に戻り、コーヒーまがいを啜りながら、報告書に目を通しはじめた。上司に上げる報告書が机の上に溜《た》まっていた。部下たちが書いた捜査報告書の山だった。

上へ回す前に、すべてに目を通しておかねばならない。内容に問題がないかどうかをチェックし、最後に所感を記し、所属長欄に印鑑を捺《お》す。

「係長、本庁の捜査一課から電話です。6番です」

待機組の刑事が受話器を掲げ、大声でいった。

「おう、ありがとう」

北郷は、きっと捜査一課の宮崎管理官からだな、と思いながら、受話器を取り上げ、プッシュボタンの6を押した。

「はい、北郷です」

『ああ、私だ。宮崎だ』

宮崎管理官の落ち着いた声が聞こえた。

「済みません。あれから、何度もお電話しようとしていたのですが、慌ただしくて電話を掛けられませんでした。申し訳ありません」

北郷は姿勢を正し、頭を下げた。

『それはお互いさまだ。神栄運送の事案についての捜査だが、少しは進展しているのか?』

「はい。なんとか、事案を甦えらせそうです」

『そうか。事件は生きているのだな』

「はい。ようやく犯人《ホンボシ》が誰だったか、特定するところまで来ました。もう少しで犯人逮捕に漕《こ》ぎ着けられそうなのです」

『よし、いいぞ。やはり私が見込んだ通りだ。よくやった。たとえ時効とはなっていても、真犯人を特定できれば、事件を解明し、被害者の遺族たちへ納得の行く報告をすることができる。さらに、彼らの監視をして、二度と再び凶悪犯罪を起こさせないようにすることができる。それだけでも、よしとすべきだろう』

「管理官、時効の壁も破れそうです」

『本当か？　どうやって？』

「犯人の一人が国外逃亡をしていたことが分かりました。その期間の年数にもよりますが、時効を停止することが出来ると思います」

『よし。よくそこまで捜査した』

「この事案を決着させないと、どうしても自分の気持ちが収まらないのです」

『佐々木署長から事情を聞いた。だいぶ、あちこちとぶつかっているらしいな』

「はあ。少しやり過ぎました」

『まあ、仕方あるまい。だいぶ捜査に横槍《よこやり》が入っているのではないか？　こちらにも、私が北郷にやらせているのだろう、すぐに止めさせろ、といってくる向きもある』

「公安ですか？」

『うむ。警察庁と公安だ。警察庁は神奈川県警から警視庁蒲田署の刑事が越境捜査しているのは、はなはだ迷惑、広域捜査ならそれなりの手続きを取るように、という抗議だ』

北郷は神奈川県警が怒るのも当然だと思った。自分たちが先に現場に駆け付けたとあっては、県警の面子《メンツ》も立たない。反対の立場になったら、北郷も相手に猛烈に反発するだろう。だが、捜査は先に犯人を見付けて捕まえた方が勝ちだ。後手を取れば、負け犬の遠吠《とおぼ》えになるだけだ。

『公安の方は、捜査妨害だといって来ている。何が捜査妨害なのかと聴いたが、彼らはそれも秘密だとさ。だから、私は彼らの要求を無視した。そちらこそ、北郷が行っている捜査の妨害をするな、とな。それでよかったかね？』

「ありがとうございます」

『きっときみなら一度時効で死んだ神栄運送会社の事案を生き返らせ、捜査の突破口を見付けてくれると踏んでいた』

「…………」

『きみを蒲田署に転属させた理由の一つは、これから捜査一課に未解決事案の専従捜査班を立ち上げるためのテストケースにしたいと思ったからだ。警視庁は、遺憾ながら、まだいくつもの未解決事案を抱えている。それらの多くは忘れさられ時効になりそうだったが、今回の国会でなんとか時効の廃止と延長をすることができそうだ。だが、これまでに完全時効になった事案については、どうにも捜査の手をつけ難かった。それで、私としては、きみに未解決事案の捜査の突破口を開いて貰おうと思い、きみが長年希望していた蒲田署へ配属させてみたのだ』

「…………」

北郷は、以前、宮崎が試金石といった言葉を思い出した。

『きみが、なぜ、神栄運送会社強盗殺人事案にこだわっているのか、昔、飲みながら内緒で聞いたことがあったな』

「はあ。……」

『きみは被害者の一人と恋仲だったと。だから、どうしても犯人を許せないともいっていた』

北郷は思い出した。

新宿署の刑事時代に、上司の宮崎課長に酔いに任せて打ち明けた。宮崎課長には、心を開いていた。

『きみは、その時、犯人を上げることに一生を捧《ささ》げてもいい、といった。犯人をとことん追いつめる、と。私はきみが猟犬のように犯人逮捕に燃やす執念を高く買っている。そういう刑事でなければ、未解決事案の捜査をすることができない』

「……」

『その時に、きみは正義を実行するためなら、警官を辞めていい、というようなことまでいっていた。私は警官は正義の守護者ではあっても、正義の執行者ではない、正義の執行は裁判所に任せるべきだ、犯罪者を捕まえて裁判所へ送るまでが警官の役目なんだ、と口をすっぱくしていったが、覚えておるかね』

「はい。よく覚えています」

北郷はうなずいた。

『世の中には、彼女だけでなく、理不尽な死を迎えた、たくさんの被害者たちがいる。

しくないのだ』

彼女のような被害者の無念を晴らすために、私たち警察官がいるということを忘れてほしくないのだ』

「…………」

『私はきみのような被害者の気持ちを持った刑事が必要だと思っている。捜査が終了したら、ぜひ、捜査一課へ来てほしい。いいな』

「まだ捜査半ばです。もう少し、待ってください」

『うむ。待とう。何かあったら、私にいって来てくれ。すぐに私が駆け付ける』

「はい」

『存分にやれ。骨は私が拾ってやる』

「ありがとうございます」

『ただし、一言注意しておく。どんなことがあっても、警官の誇りを忘れるな。いいな』

「はい。覚えておきます」

『では、いい返事を待っているぞ』

電話は切れた。いつの間にか、北郷は直立不動の姿勢で受話器を手にしていた。

刑事部屋はざわめいていた。いくつかの刺すような視線が北郷に集まっていた。

刑事たちが北郷にちらちらと視線を送り、こそこそと話している。

戸田課長も報告書を読む振りをしながら、北郷の会話に聞き耳を立てていた。

北郷は受話器を置き、どっかりと椅子に座り込んだ。紙コップのコーヒーはすっかり冷めていた。

7

雨垣が慌ただしく刑事部屋へ戻って来た。

「係長、航空部と話がつきました。ヘリを出します。所属長の緊急派遣要請が欲しいとのことです」

「わかった。課長と話す」

北郷は捜査報告書に印鑑を捺《お》し、捜査報告書の束を鷲摑《わしづか》みにして、戸田刑事課長の机に歩み寄った。

捜査報告書に目を落としていた戸田課長は老眼鏡を外し、北郷を見上げた。

「課長、航空部にヘリの緊急派遣の要請をしていただけませんか」

「ヘリの緊急派遣要請だと？」

北郷は張舜仁が使用した逃亡車両のベンツを上空から捜索をしたい旨を説明した。

「うむ。それで、捜索地域は？」

「管内、さらに川を越えて、川崎、横浜市街地を捜索して貰います」

「なんだと。またか。警視庁管内だけでなく、神奈川県警管内の川崎や横浜も飛ぶというのか？」

戸田刑事課長は受話器を取り上げながら、じろりと北郷と雨垣を見回した。

「これを許可したら、私も係長たちと一蓮托生《いちれんたくしょう》ということになる。大丈夫なんだろうな」

「課長、絶対に先に張舜仁を捕ります」

「うむ、そうしてくれ。勝てば官軍だ。結果さえよければ万事オーケーになる。……ああ、航空部の橋下課長、蒲田署の戸田です。しばらくです。うちの部下がヘリの緊急派遣を要請した件についてですが……」

戸田刑事課長は受話器を握り、航空部の担当者と話しはじめた。

北郷は雨垣と顔を見合わせた。

どうやら、戸田刑事課長も腹を括《くく》った様子だった。

「……ありがとうございます。当該車両の特徴、逃走位置情報などについては部下に連絡させます。よろしく」

戸田課長は渋い顔で、受話器をフックに置いた。

「係長、羽田からヘリがすぐに飛ぶそうだ。後は任せる。捜査状況は逐次報告してくれ」

「了解です。ありがとうございます」

北郷は一礼して、自分の席に戻った。

横浜市内地図を拡げた。北郷は長者通りの東光マンションに赤いマークを付けた。

「雨垣、すぐに羽田へ行き、この逃走スタート地点を中心に、屋外駐車場に駐車している車両をしらみ潰《つぶ》しに調べさせろ。屋根に弾痕《だんこん》がある白のベンツだ」

「了解。自分も搭乗します」

「よし。頼むぞ」

「では」

雨垣は駆け足で刑事部屋を飛び出して行った。

8

北郷は煙草を銜《くわ》えた。火を点ける間もなく、光安刑事が慌ただしく部屋に入って来た。

「係長、該車両（当該車両）が、N（Nシステム）にかかっていました。横浜市内の三ヶ所で当該車両の通過が記録されています」

光安刑事は数葉の写真を机の上に並べた。いずれにも白いベンツが鮮明に写っている。屋根に弾痕と見られる黒い疵《きず》がある。

「うむ。これだ。これに間違いない」

助手席に紛れもない張舜仁のにやけた顔が写っていた。車のナンバーもはっきりと読み取れた。

「ナンバーについては、すでに部長刑事《ちょうさん》たちに連絡しました」

「うむ」

北郷は横浜市内地図でNシステムの配置位置を確認した。

時系列で写真を並べると、一枚目は、横浜駅根岸線長者町8丁目に設置してあるカメラの映像で、当該車両は現場から横浜駅根岸線に出て右折し、石川町方面に逃走している。

二枚目は本牧《ほんもく》通りの山手《やまて》公園入り口付近を通過していた。

続く三枚目は本牧通りではなく、産業道路の根岸町を通過し、西へ進んでいるところが写っていた。

「本牧通りを進めば神奈川県警山手署の前を通ることになるので、横道に逸《そ》れたらしい。細かい道を抜けて、再度産業道路に出た。そこから根岸町2丁目を通過して西へ進んだが、その先にあるNシステムのいずれにも該車両は写っていません。おそらく該車両は根岸界隈《かいわい》か、磯子《いそご》区に入って、どこかの駐車場へ入ったのでは、と思われます」

「なるほど」

北郷は念を押すように訊《き》いた。

「高速道路に上がった可能性は？」

「これまでのところ、当該車両は、湾岸線、横羽《よこはね》線、K1、K2、K3のいずれの高速道路にも上がっていません」

「横横（横浜横須賀《よこすか》道路）は？」

「いままでのところ記録なしです」

「第三京浜《けいひん》や横浜新道は？」

「通過していません」

「これだけ、弾痕がはっきりしていれば、高速道路は使えないな。よし、根岸界隈から磯子区界隈に潜んでいると考えていいな」

「おそらく」

北郷は横浜市内地図の根岸、磯子区付近にマーカーで大きく円を描いた。

「張舜仁は、きっとこの中にいる。俺は雨垣部長刑事に連絡を取る。ヘリで調べるようにしよう。光安刑事、きみは真崎部長刑事と上坂刑事に連絡を取ってくれ。事情を話して、根岸に駆け付けるようにいうんだ。根岸界隈、磯子区界隈の自動車修理工場をかたっぱしからあたるようにいえ」

「了解」

光安刑事はケータイのボタンを押した。

北郷は階段を駆け下り、通信指令室に走り込んだ。通信指令員に警視庁航空隊のヘリコプターを呼び出すようにいった。

北郷は無線でヘリコプターに同乗した雨垣への指示を出した。

『了解』

雨垣が明瞭《めいりょう》な声で返答した。

上空をヘリのローター音がはためくのが聞こえた。窓辺に寄り、外に目をやると、警視庁航空隊のヘリコプターが機体を斜めにしながら、南西の方角へ飛び去っていくのが見えた。

9

北郷はケータイのダイヤルボタンを押した。

即座に大村が出た。

「デカ長、そっちの様子はどうだ?」

『ああ、係長、ちょうど、こちらからも連絡しようとしていたところだった。梶原勇太を襲った連中の一人の身柄を確保しました。こちらの弾にあたって瀕死《ひんし》の重傷を負い、救急病院に搬送されていました』

「何者だった?」

『中国人の若いニューカマーでした。香港マフィアのメンバーらしい。ほとんど日本語はだめです。いま手術したところで麻酔をかけられて眠っている。気づき次第、尋問します』

「張舜仁の手下か？」

『おそらく、そうだと思う』

「梶原勇太の母親は？」

『怪我はなしです。いま某所に無事保護しています』

「梶原勇太の行方は？」

『いま追跡しています。バイクに取り付けた発信器が正常に電波を出しているので』

「いま、どこにいる？」

『現在地は磯子区中原《なかはら》付近です。いったん地下駐車場にでも入ったらしく、見失いかけたんですが、再度動きだした。目下、横須賀街道を南に向かって走っている』

北郷は大声でいった。

「待て。磯子区の中原でいったん消えたのだな」

『はい。……』

「中原のどこで消えた？」

『ちょっと待ってください』

ケータイの向こう側で話し合う声が聞こえた。やがて、大村がいった。

『中原の3丁目付近だとのことです。どこのビルかは分からないが、そのあたりの地下駐車場に入ったらしいと』

「デカ長、もしかすると、バイクを運転しているのは梶原勇太ではないかもしれないぞ」

『梶原勇太ではない？　どうしてですか？』

北郷は手みじかに、これまで入っている情報を伝えた。

「……張舜仁の乗った逃亡車も、根岸界隈か磯子区付近に入って消えた。いま、こちらも捜索中だ。梶原勇太は、人質になっている早苗を救いに、わざわざ張舜仁のところへ乗り込んだのかも知れないのだ」

『分かりました。そうか。バイクはダミーかもしれないな』

「バイクの追跡は、誰かに任せて、中原へ急行してくれ。俺の部下も回す。手分けして、張舜仁と梶原勇太の行方を追ってほしい」

『了解』

「うちの班員から、デカ長へ電話をするように指示する。情報を交換し合い、共同して捜査してほしい」

『了解』

ケータイが切れた。

北郷は急いで真崎刑事のケータイの番号を押した。呼び出し音が鳴っているが、真崎は出なかった。

一刻を争うのに。北郷は焦った。運転中かもしれない。今度は一緒にいる上坂刑事のケータイのダイヤルを押した。

『はい、上坂です』

「いま、どこにいる？」

『光安刑事から聞きました。指示通り、真崎刑事と一緒に、根岸界隈から磯子区の自動車修理工場を軒並み調べているところです。それにしても数が多い。二人では、時間がかかりそうです……』

北郷は話の途中で遮った。

「真崎刑事は、傍にいるか？」

『いま工場主と話をしているところです』

「よし。では、伝えてくれ。神奈川県警の応援を得ることにした。至急に川崎署の大村デカ長に連絡を取ってくれ。話は通してある。情報を交換し、共同して捜査にあたってほしい。大村デカ長の番号は……」

北郷は上坂に大村デカ長のケータイ番号を告げた。

北郷はケータイを切り、階段を駆け上がった。

刑事部屋に戻ると、光安刑事、近藤刑事と青木奈那刑事の三人がいまや遅しと北郷を待っていた。

「係長、近藤と奈那がやりました」

光安刑事が喜色満面でいった。

「これ、見てください」

青木奈那刑事が机の上に、何通ものコピーを拡げた。近藤刑事がいった。

「出入国管理局から貰《もら》った張舜仁の出入国記録です」

北郷はさっと書類に目を通した。

「で、結論は？」

「時効の壁を破りました」

「事件発生直後からこれまでに、張舜仁は十回ほど出入国をくりかえしていました。海外に居たり、逃げ隠れしていた期間を計算すると、合計三年と八ヵ月の間、香港に帰っていました」

「ということは、法的に時効は三年八ヵ月延長となりましょう」

近藤刑事が締め括《くく》った。

北郷は大きくうなずいた。

「二人ともでかした。これで神栄運送会社強盗殺人事案はコールドケースではなくなったぞ」

北郷は心の中で神に感謝した。

「課長には、俺が話をする。みんなは手分けして、班員全員に時効を破ったことを報《しら》せるんだ」

「はいッ」

三人は急いで、ケータイを取り出し、班員たちに連絡を取りはじめた。

北郷は深呼吸を一つして、気合いを入れ直し、おもむろに戸田刑事課長の席へ大股《おおまた》で歩きだした。

報告書に目を通していた戸田刑事課長は何事か、と北郷を見上げた。

北郷は机に両手をついていった。

「課長、裁判所にフダ（逮捕状）を請求します」

「何の事案だね？」

「神栄運送会社強盗殺人事案の殺人容疑で、正式に張舜仁の逮捕状を請求したいと思います」

戸田刑事課長はしばらく呆然《ぼうぜん》とした様子でいたが、すぐ受話器を取り上げた。

10

薄暮が迫っていた。

蒲田のビル街が夕焼けに茜色《あかねいろ》に染まっていた。

北郷は出前のカツ丼を食べながら、新聞に目をやった。一面も社会面も、殺伐としたニュースばかりで、読む気持ちにならない。

考えてみれば、朝から何も食べていなかった。気をきかせた奈那が近所の食堂に頼んでくれたのだ。

腹が減っては戦はできない。古い格言だが、現代にも十分通用する。あとは張舜仁の居場所を突き止めて逮捕するだけだ。裁判所に逮捕状《フダ》を取りに行っている。あとは張舜仁の居場所を突き止めて逮捕するだけだ。

青木奈那が受話器を掲げた。

「係長、通信指令室からです」

「何だといっている？」

「雨垣さんから報告、該車両発見とのことです」

「よし、場所を聞け」

奈那は通信指令員と話をしていた。

「磯子区の汐見台《しおみだい》1丁目の住宅街とのこと。緑地が広がる公園の脇の空き地に乗り捨てられてある模様とのことです」

横浜市内地図帳を拡げた。

横浜市内の磯子区には、まったく土地鑑がない。北郷は地図帳で汐見台を捜した。

「雨垣に真崎たちへ連絡するようにいえ」

「了解」

奈那は受話器に北郷の指示を伝えた。

北郷は丹念に市内地図を睨《にら》んだ。

――あった！

公園らしき緑地帯がある。久良岐《くらき》公園と記されている。北郷は急いでマーカーで丸印をつけた。

ケータイを取り、大村の短縮ボタンを押した。すぐに大村の声が返った。

「北郷だ。デカ長は、いまどこにいる？」

『中浜町《なかはまちょう》だ』

「中浜町？」

北郷は市内地図に目を泳がせた。青木奈那が脇から地図を覗《のぞ》き込み、一緒に捜した。

『係長、ちょうど、こちらから電話を掛けようとしていたところだ。係長のいう通りだ。勇太は発信機に気付いていたらしく、横須賀街道沿いにあるコンビニに寄ったとき、そこに止まっていたほかのバイクに発信機を付け替えてしまった。おかげで、追跡班の一部は、別のバイクにふりまわされて横須賀まで行ってしまった。危うく、わしらも全員、やつに騙《だま》されるところだった。結局、やつの足取りはコンビニ付近で消えている』

大村デカ長の連絡だった。

「そのコンビニの場所は？」

『中浜町の横須賀街道沿いだ』

奈那が中浜町を先に見付け、マーカーで印をつけた。

「デカ長、ヘリから該車両らしいベンツを見付けた。ベンツの位置は汐見台1丁目の住宅街だ。久良岐公園の脇に乗り捨ててあるらしい」

『おう。ここから近いな。至急に駆け付ける』

「うちの班員と連絡は取れたか？」

『もちろん、連絡は取れている。さっきから真崎と上坂の二人と手分けし、コンビニを起点に周辺地域を探索していたところだ』

「張は汐見台付近にきっと潜んでいる。張のヤサがあるのかもしれん。梶原は、張のところへ乗り込んだ可能性がある。用心して捜査を続けてほしい」

『了解。何か分かり次第に連絡する』

通話は終わった。

11

北郷は窓に目をやった。

窓の外はすっかり日が暮れていた。ネオンの明かりが眩《まぶし》く輝いていた。

「係長、フダ（逮捕状）、貰って来ました」

光安刑事と近藤刑事が慌ただしく戻って来た。

「おう。ご苦労さん。これで、正式に張を捕れるな」

「張と梶原勇太の行方は？」

光安刑事が訊《き》いた。

「いや、まだ現場から報せは上がって来ない」

北郷は頭を左右に振った。

当該車両のベンツは見つかったが、車内はもぬけの空だった。大村たちと真崎上坂刑事組は共同して周囲の聞き込みを行っているが、まだ芳しい報告は上がって来ない。

「北郷係長はおられますか」

刑事部屋の戸口に、当直の若い巡査が立っていた。北郷は手を挙げた。

「ああ、おれだが」

「さきほどバイク便で、北郷警部補宛の封筒が届きました」

「バイク便？」

北郷は首を捻《ひね》った。

誰からだ？

巡査は急ぎ足で北郷へ歩み寄り、ビジネスレター封筒を差し出した。

北郷は巡査からボール紙の封筒を受け取った。

封筒の送り状には、たどたどしい文字で荷受人の箇所に北郷警部補と記してあった。送り主は「勇太」とだけ書かれていた。

急いで封を切ると、鍵《かぎ》が転がり出た。コイン・ロッカーの鍵だった。一緒に手書きの手紙が入っていた。手紙を出して目を通した。

『お世話になったお礼です。これは蒲田駅のロッカーの鍵です。もし、おれの身に何かあったら、中身のブツは北郷さんに提供します。やつらを懲らしめてください。兄を殺した犯人は張舜仁という殺し屋です。

おれは張と会いに行きます。張と取引して、ロッカーのキイと交換に、人質になっている早苗姉さんを解放させます。

張には隣のロッカーの鍵を渡します。張り込んで、張を捕らえてください。

張とは今夜九時に会う予定。よろしく』

「九時だと！　早まったことをしやがって。キイを渡したって、張がロッカーにブツを取りに行くとは限らないじゃないか。これじゃ、殺されに行くようなもんだ」

北郷は吐き捨てるようにいい、壁掛け時計に目をやった。

時計の針は七時をやや過ぎた付近を指していた。あと二時間弱だ。

「どうしたんです、係長」

北郷は光安に梶原勇太の手紙を渡していった。

「蒲田駅に急行してくれ」

「はッ」

「光安と近藤、まずブツを回収確保。それから、張り込め」

「了解」

光安と近藤は互いに顔を見合わせ、うなずき合った。

「張舜仁の顔は分かるな？」

「分かっています」

「張が現れずに、出し子として手下が取りに行くかも知れぬ。現れた者はもちろん、同行者も全員逮捕しろ」

「了解」

「張が、捕まえた者たちの中にいなかったら、直ちに尋問して、張の居場所を吐かせろ」

「了解」

北郷は青木に顔を向けた。

「青木、念のためだ。生活安全課に私服刑事の応援を要請しろ」

「はい。係長、私も現場に行かせてください」

奈那が懇願した。

「だめだ。青木、おまえは連絡係だ。おれをバックアップしてくれ」

「はい」

奈那は上気した顔でうなずいた。

北郷は出動準備をしている光安たちにいった。

「光安、近藤、ホシは銃で武装している。二人とも拳銃《けんじゅう》携行し、防弾チョッキを着用しろ」

「はいッ」「はいッ」

光安刑事、近藤刑事が勢いよく立ち上がり、ロッカー室へ駆け込んだ。

「青木、おまえもだ」

「はい、係長」

青木は弾《はじ》かれたように動き、ロッカー室へ防弾チョッキを取りに行った。

ケータイが振動した。北郷はおもむろにケータイを開いて耳にあてた。

『係長、目撃者の話を聞けました』

真崎刑事の声だった。

「どういう目撃情報だ？」

『昨夜遅く、帰宅途中の会社員が小公園の近くで、白のベンツから降りた男女三人を目撃していました。男たちは嫌がる女をひきずるようにして、後からやって来たもう一台の乗用車に押し込んだそうです』

「張の手下たちだな。で、乗り換えた車の特徴は？」

『ダークブルー、または黒色のBMWとのことでした』

「車のナンバーは見ていなかったか？」

『横浜ナンバーの末尾二桁《ふたけた》48または49』

「どっち方面に走り去った？」

『16号線方面に走り去ったとのことです』

北郷は手近の用紙にメモを走り書きした。

「引き続き、県警の大村デカ長と共同して、ＢＭＷの行方を調べろ」

『了解』

ケータイを切った。

光安と近藤が防弾チョッキを着込んで戻って来た。

「行きます」

光安と近藤は駆け足で部屋を出て行った。

北郷はメモ用紙を青木奈那に手渡した。

「青木、張たちが乗り換えた車が分かった。みんなに報《しら》せてやれ」

「了解」

奈那は電話機に飛び付いた。

別の電話機が鳴り響いた。青木が慌てて受話器を取り上げた。

「係長、通信指令室からです。無線で雨垣デカ長から連絡です」

「何だといっている？」

「夜に入り、捜索が困難になったため、帰投するとのことです」

「よし。分かった。ご苦労さん」

青木奈那が受話器に北郷の言葉を伝えた。

隣接する盗犯係の席から河原係長が北郷に声をかけた。

「北郷係長、大変そうだな。何か手伝うことがあったら、いってくれ。必要なら空いている班員を出すぞ」

「ありがとう。いまのところ、なんとか大丈夫そうだ」

北郷の机の電話が鳴り響いた。外線のランプが点滅している。

北郷は受話器を取り、耳にあてた。

「はい。刑事課」

『係長か。わしだ』

武田の声だった。背後から喧《やかま》しくカラオケの音が響いている。どこかのスナックから電話をかけている様子だった。

『張舜仁の居場所が分かりそうだ』

「どこです？」

『……いま聞き出して貰《もら》っている』

背後のカラオケの音が喧しくて、聞き取り難かった。

「武さん、いまどこにいるんです？」

『渚のシンドバッドだ』

旭会の若頭待田純郎の女房和泉麻里が開いているカラオケスナックだ。

「どうして、そんなところに？」

『待田が使っている情報屋が分かった。わしが昔取り調べたことがあるやつだ。いまママさんを通して、呼び出して貰っている』

北郷は待田が神栄運送会社強盗殺人事案の裏事情を知っているという情報屋の話をしていたのを思い出した。

『まもなく、そいつが来る。話を聞き出したら知らせる』

「了解。頼みます」

北郷は受話器をフックに戻しながら、さすが元刑事の武田だと舌を巻いた。まだ足で歩く、昔の刑事根性を失っていない。

ヘリのローター音が響いている。窓ガラスがびりびりと震動している。

窓の外を見上げると、警視庁航空部のヘリが屋上に降りようとしていた。

雨垣が戻って来る。

北郷は椅子にどっかりと腰を下ろし、腕組みをした。

12

刑事部屋の出入り口に雨垣の姿が現れた。

「おう、ご苦労さん」

「いやあ、ヘリは初めてですが、上から車両を捜すというのは大変ですね。ヘリに揺られているとヘリ酔いになりそうでした。ゲロを吐きそうになって。まさかゲロを撒《ま》き散らしながら車捜しするわけにもいかず」

「……まあ」

青木奈那が顔をしかめた。

「係長、近藤と光安は？」

「蒲田駅へ向かった」

北郷は梶原の手紙を雨垣に見せた。

机の上の電話機が鳴り響いた。

青木奈那が反射的に手を伸ばし、受話器を取って耳にあてた。

「はい。刑事課、……少々お待ちを」

奈那は受話器の送話口を手で蔽《おお》い、北郷へいった。

「係長、神奈川県警の大村さんです。２番です」

北郷は２番のボタンを押しながら、受話器を耳にあてた。

「はい。北郷」

『係長、うちの別班が梶原の立ち回り先の一つを割り出した。いま、われわれ本隊は現場へ向かっている。おたくの班員も一緒だ』

「立ち回り先は、どこだ？」

『大和町《やまとちよう》』

「大和町？　待ってくれよ」

奈那が地図帳を覗《のぞ》き込んだ。今度も奈那の方が先に見付け、マーカーで印をつけた。

「あった。梶原はまた戻ったというのか？」

『そういうことだ。付けられているのに気づいて、われわれを巻こうとしたんだろう。頭のいいやつだ』

「大和町のどこだ？」

『大和町のマンション南山手だ』

「どうして、そこが分かったのか？」

『うちの別の内偵班に武器商人のユーリー・チカーロフのヤサを捜させていた。梶原はユーリーのヤサにいる可能性がある。チームに張り込ませている。われわれが着いたら、ユーリーのヤサに打ち込む』

大村は意気盛んだった。

「張の捜査は？」

『梶原さえ押さえれば、張とどこで会うのか分かるだろう。いまは梶原の身柄を確保するのに全力を挙げたい』

「了解。われわれも、急いでそちらへ駆け付ける。それまで待ってくれないか？」

『北郷係長、悪いが、これはうちのヤマなので、おたくたちが来る来ないに関係なく打ち込むので、了承されたい』

「分かった。おたくの管内だ。遠慮なくやってくれ」

『了解』

電話は切れた。北郷はため息をつきながら、立ち上がった。

「雨垣、青木、おれたちも出動する。現場は、横浜になる。すぐに現場に駆け付けられるよう、近くで待機する。二人とも、拳銃《けんじゅう》携行、防弾チョッキ着用だ。いいな」

「分かりました」

雨垣はうなずき、ロッカー室へ急いだ。

「青木、真崎と上坂に、おれたちが合流すると連絡をしてくれ」

「了解」

青木は電話機に飛び付いた。

北郷は、いよいよ、張舜仁を捕まえる時が迫って来たのを感じた。

ポケットの中の潰《つぶ》れた弾をいじりながら、戸田課長の机に歩み寄った。

「課長、また現場は横浜ですが、張舜仁の逮捕に向かいます」

「またか」

戸田課長は渋い顔をした。

「で、張はどこにいた？」

「まだ所在は不明です。とりあえず出動待機し、うちの班の捜査の指揮を執ります」

「応援は？」

「県警川崎署刑事課の応援を得ていますので大丈夫です。これまでのこともあるので、課長から共助課を通して、神奈川県警に話を通しておいていただけないでしょうか」

「分かった。仏の顔も三度までだからな。やっておこう。ただし、あまり派手にやり過ぎないでくれよ。いいな」

「はい。気を付けます。では行ってまいります」

13

北郷はシャツの下に防弾チョッキを着込んだ。腰のベルトに拳銃のホルスターを差し込んだ。

盗犯係の河原係長が北郷を呼び止めた。

「北郷係長、陸運局から該車両の可能性があるＢＭＷの所有者リストがメールで送られて来たが、どうする？　調べておこうか？」

「ありがとう。恩に着る」

「なに、お互いさまだ」

河原係長はにっと笑い、片手を上げて振った。北郷は軽く手を額にあてて投げ、戸口で待つ青木奈那のところへ急いだ。

エレベーターで地下駐車場に降りた。

覆面パトカーがエレベーターの前に滑り込んだ。運転席から雨垣が顔を出した。北郷と青木奈那は後部座席に乗り込んだ。

「出してくれ」

雨垣はうなずき、車を出した。

ケータイが振動した。北郷はケータイを耳にあてた。

『係長、武田だ。いま刑事課へ電話したら、出たところだと聞いた。悪いが、こっちに寄ってほしい。大事な話がある』

「大事な話？　情報屋に会ったのですか？」

『情報屋が、わしではなく、係長と直《じか》に話をしたいそうだ』

「了解。そちらへ回ります」

北郷はケータイを切り、雨垣に蒲田駅東口に寄って行くように指示した。

覆面パトは署の駐車場から駆け上がり、夜の街に走りだした。

14

覆面パトカーはJR蒲田駅東口広場に走り込んだ。繁華街の路地に入り、ゆっくりと走る。

めざとく覆面パトカーと見た風俗店の呼び込みたちが、一斉に路地に散り、姿を消した。

車を流すうちに、すぐに『渚《なぎさ》のシンドバッド』の看板が見つかった。

北郷は雨垣に止めるようにいった。

「ここで待機していてくれ」

北郷は車を降りた。奈那も続いて降りた。

細い階段を駆け上がった。途中の踊り場の蛍光灯が点滅している。

『渚のシンドバッド』の扉越しに、男が唄《うた》うカラオケが聞こえた。扉を押し開けて、中に入った。

ボックス席にチーママと若いホステスたちを侍《はべ》らせた中年サラリーマンのグループが屯《たむろ》している。

カウンターバーの端に、以前にも見かけた若い男がダイスを転がしていた。目に険のある男だ。元ボクサーの用心棒《ボディガード》だ。

用心棒は壁の鏡越しに、北郷と青木奈那をちらりと見たが、身じろぎもせず、グラスを口に運んでいた。

ママの麻里の姿はなかった。

「あのう……」

青木奈那がバッグから警察バッジを出そうとした。北郷は奈那の腕を押さえた。

「武さんが来ているはずだが」

北郷はカウンターのバーテンダーにいい、奥にある特別室の扉へ顎《あご》をしゃくった。

「…………」

バーテンダーは何も答えず、ちらりと用心棒の男に目をやった。用心棒はかすかにうなずき、入れてやれと目配せした。

バーテンダーはカウンターから出て、奥へ行き、カーテンを開けて、特別室のドアをノックした。

「ママさん、お客さんです」

「だれ？」

ドアが開き、麻里が顔を出した。

「あら、北郷さん。きれいなお嬢さんを連れておいでになったのね」

奈那はバッグの中から、また警察バッジを出そうとした。

「青木、いい」

北郷は頭を振って止めた。

「武田さんは、お客さまと、さっきからお待ちかねだわよ」

麻里はカーテンを上げ、特別室に北郷と奈那を入れた。

奥のソファに座った武田はダークスーツの太った男と、ひそひそ話をしていた。つるつるの坊主頭の男で、太い猪首《いくび》の後ろが見える。

「おう、係長」

武田は北郷に手を上げた。太った男は北郷たちを振り向きもしなかった。

部屋には、むせ返るように強い葉巻の煙の匂いが立ち込めていた。ハバナ産の高級葉巻の香りだ。

後ろで奈那が軽くむせるように咳《せ》き込んだ。

ソファの前の低いテーブルには、「山崎」の瓶と氷が入ったグラスが並んでいた。

「係長、紹介しよう。こちらは横浜華僑《かきょう》会の長老、程真澤《ていしんたく》さんだ」

「どうも、よろしく」

北郷は武田の隣に座りながらいった。

程は軽く頭を下げただけだった。

武田は、程を長老といったが、ただの長老ではない。

程は横浜華僑界では、龍王《りゅうおう》と呼ばれ、横浜裏世界を支配する黒社会のボスである。

大陸系の黒社会も、台湾系の黒社会も、程に逆らえば、日本では生きていけないことを知っている。

程は見るからに異形の男だった。年寄りだとは分かるが、何歳なのか分からない。

赤ら顔で、肌はつやつやしている。

夜だというのに、小さな丸いサングラスをかけている。猪首の上のエラの張った大きな顔。顔の真中に君臨する団子っ鼻。分厚い唇の口。仏像のように長くて分厚い耳朶《みみたぶ》が垂れ下がっている。サングラスで隠れているが、おそらく目は細長く、両側に垂れさがっていることだろう。

サングラス越しに北郷と奈那をじろじろ見つめている。武田はいった。

「こちらは警視庁蒲田署刑事課係長の北郷警部補だ。そして、一緒の婦警はたしか刑事の奈那さんといったっけか」

「青木奈那です」

奈那は立ったまま、程を見下ろしながらいった。

程は傲然《ごうぜん》と葉巻を燻《くゆ》らせていた。

「程さんは、横浜華僑界の平和と秩序を乱すニューカマーの不逞《ふてい》の輩《やから》を、たいへん不快に思われておられる」

「………」

程は銜《くわ》えた葉巻をすぱすぱと吸った。

「程さん、どうですかな。そろそろ、張の居場所を教えて貰《もら》えませんかな」

「さきほどから申し上げているが、いくら悪といっても、同胞ですからなあ。同胞を日本警察に売るわけにはいかない」

「しかし、いくら同胞でも、張は程さんのいうことを聞かないのでしょう？　あんたが乗り込んでいって、人質を返しますかね」

「………」

程は葉巻を吸うのを止めた。武田は低い声でいった。

「万が一、人質が殺されるようなことがあったら、程さん、あんたはどうします？」

「…………」

「犯人たちを知っていて隠したとなると、日本警察は黙っていないでしょうな」

「わしを脅すつもりかね」

「いや事実をいっているだけだ。そうですな、係長」

北郷は何もいわなかった。

武田が代わりにいった。

「まあ軽くても犯人隠避で、警察に出頭していただき、いろいろ事情をお聞きすることになるでしょうな」

「…………」

「今回の事案は、香港黒社会の１４Ｋと『神の手』が関係していることが分かっているので、横浜華僑協会をはじめ、あなたたち関係者を徹底的に捜査することになる。もし、程さんがどうしても張たちを庇《かば》うようでしたら、日本警察は、あなたたちを容赦なく追いつめることになる」

武田は北郷に目をやった。北郷は何もいわず、程を見つめた。

「……。ははは。あまり後期高齢者のわしを脅かさないでほしいですな。わしらは善良な華僑です。日本の警察に逆らうなど滅相もないこと」

程は葉巻の先を灰皿に押しつけ、火を揉《も》み消した。それから、丸サングラスを太い指の両手で摑《つか》み、ゆっくりと外した。

細い切れ長の垂れ目が現れた。福笑いの顔を崩したような泣き笑いの顔に見えた。

「張の居場所は、磯子のマンションです。そのマンションの一室をアジトにしている」

北郷は青木奈那と顔を見合わせた。

やはり磯子区に張は土地鑑があったのか。

「マンションの名前は？」

「磯子ハイランド・プラザ。その六階の一室に14Kが日本人名で部屋を借りたと聞いている」

奈那が手帳に急いでメモをした。

「日本人の名は？」

「小林《こばやし》某。下の名前までは知らない」

「青木、至急に真崎に電話をしろ」

「了解」

奈那はバッグからケータイを出して短縮ボタンを押した。

「もっとも、もうそこには居ないかもしれない」

「なぜ？」

「部下が仕入れた情報では、張の手下が、今夜でかい取引があるといっていた。その取引が終わり次第に高飛びをすると」

北郷は武田を顔を見合わせた。

「その取引場所は、どこだ？」

「うむ。その場所は……」

程はにんまりと楽しむように笑った。

15

覆面パトカーは赤灯を回転させ、サイレンを鳴らしながら、高速道路横羽線を走り、多摩川を越えた。

横浜を目前にして分岐点で左に折れ、大黒埠頭《だいこくふとう》インターへ抜ける。そのまま横浜ベイブリッジを渡り、本牧埠頭への道に入った。

右手にみなとみらいのビル街の灯が、シャンデリアのように光り輝いている。

左手には照明で明るく照らされた本牧埠頭のコンテナヤードが見えていた。

北郷は車窓からコンテナヤードを覗《のぞ》いた。

武田が北郷にきいた。

「何か見えるかい？」

「ガントリークレーンが積込みをしているのしか見えない」

防音壁が視界を遮った。

「まもなく、本牧の出口へ降ります」

運転席の雨垣が告げた。

助手席で奈那がマイクを握り、真崎の覆面パトカーを呼び出していた。真崎たちは車から離れているらしく、何度呼び出しても、応答はなかった。

おそらく真崎たちは、大村たち川崎署刑事捜査隊に同行して、ユーリーのマンションに打ち込みをかけているのに違いない。

北郷も何度もケータイで真崎を呼び出しているが、こちらも留守電機能になっており、応答がなかった。

「この際だ、あの川崎署のデカ長に連絡したら、どうだ？」

隣に座っている武田がいった。北郷はうなずきながら、またケータイのリダイアル・ボタンを押した。

「さっきから、大村デカ長にも掛けているのだが、こちらも留守電になっている。きっと打ち込みの真っ最中なんだろう」

今度はお話中だった。

ケータイが振動した。ディスプレイに大村の番号が表示されていた。

「おう、デカ長、やっと繋《つな》がったな」

『北郷係長、何度も電話を貰ったようだな。こっちの打ち込みは、スカだ。……』

「デカ長、こっちは張の取引場所を聞き出した。至急に現場に駆けつけてくれ」

『なんだって！　どこにいるというのだ？』

「張は本牧埠頭A突堤のコンテナヤード5号区にいる。そこで今夜取引があるという情報だ。おそらく梶原との取引をいっているのだと思う」

『係長、本牧埠頭A突堤コンテナヤードだというのだな？』

電話の向こうが騒がしくなった。大村が大きい声で、あれこれと部下たちに撤収の指示を出している。

「本牧の出口です」

雨垣はサイレンを止め、赤灯だけを回して、車を本牧埠頭A突堤の出入り口へと走らせている。

本牧埠頭A突堤は横浜ベイブリッジの真下にある。そのため、高速道路を本牧の出口で降りると、道路を戻る格好になる。

「いま我々は本牧の出口を出たところだ。先に本牧埠頭A突堤へ駆けつける。至急に現場に駆けつけてくれ」

『了解』

「うちの真崎たちは、近くにいるか？」

『いる。すぐに連絡させよう』

「頼む」

北郷は考えた。

打ち込みがスカ（外れ）だったということは、梶原の身柄を押さえられなかったということなのだろう。

「梶原は、どうした？」

『面目ない。打ち込む寸前に、梶原の野郎にとんずらされた。駐車場にあったやつのバイクが無くなっていた』

「梶原は、なぜ、そこにいたのだ？」

『梶原はユーリーから拳銃《けんじゅう》を買おうと立ち寄ったらしい』

「梶原は拳銃を入手したのか？」

『いや。ユーリーは売るのを断ったそうだ。梶原はさんざん粘った末に、ナイフまで出したが、ユーリーは拳銃を向けて部屋から追い出したそうだ。それで梶原は出て行き、張り込んでいる刑事に気づいたらしい。わしらが打ち込もうと準備に入った時、やつはまんまとバイクで逃げ出しやがった』

大村は地団駄を踏んで悔しがった。

『こっちは手が足りなかったところを突かれた。今度は、そうはさせん。本署の機捜の応援を呼ぶつもりだ』

「ユーリーは？」

『もちろん、拳銃の不法所持の現行犯で逮捕できた。部屋を捜索したら、拳銃やらライフル銃やら大量に隠し持っていた。銃刀法違反容疑で再逮捕し、銃器類を押収できた』

「おめでとう。お手柄だな」

『こっちは終わったが、今度は係長の番だな。応援で手伝うよ』

「ありがとう。いったん電話を切る」

『了解』

通話は終わった。無線マイクを握った奈那が待っていたように北郷へいった。

「係長、真崎班と連絡が取れました。直ちに現場へ駆けつけるそうです」

「よし」

覆面パトカーは本牧橋を渡り、ゆっくりと本牧埠頭A突堤の入り口へ向かった。

「赤灯落とせ」

北郷は雨垣に命じた。

道路端に赤い光を撒《ま》き散らしていた緊急赤色灯が消えた。頭上に横浜ベイブリッジの暗い橋桁《はしげた》が見える。

コンテナを積んだトレーラーが対向車線をエンジン音を立てて走り抜けた。

覆面パトカーは、速度を落として、滑るように川崎汽船コンテナターミナル前のゲートに差しかかった。

一般車は、一応、コンテナターミナルには入れない。

ゲートの横の駐車場に、ダークブルーのＢＭＷが停めてあった。明らかに張舜仁は、このヤードにいる。

さらに駐車場の隅に見覚えのあるバイクが駐車していた。梶原のバイクだった。

覆面パトカーがゲートの前に止まると、門衛が詰め所の窓から顔を出した。

雨垣が運転席から降りて、警察バッジを掲げ、門衛に事情を話して協力を求めた。

北郷は、いよいよ張と対決することが出来ると武者震いする思いがした。

16

夜の本牧埠頭A突堤のコンテナヤードは、静まり返っていた。

先刻まで動いていたガントリークレーンも就業時間が終わったらしく、大部分が作業を止めていた。

作業員たちが、ぞろぞろとコンテナターミナルに引き揚げてくる。

ほどなく、赤灯を消し、サイレンも消した真崎たちの覆面パトカーが音もなく滑り込んだ。

真崎と上坂の二人が車を降り、北郷に駆けつけた。

「係長、大村デカ長たちは、ユーリーを近くの署に預けてから、ここへ駆けつけるとのことです」

「ふたりとも、ご苦労さん」

「さ、係長、行きましょう」

雨垣が先導する形で、北郷たちは通用口から中に入った。

ターミナルビルの事務室に寄り、残業していた事務員にも事情を話し、コンテナヤード5号区の位置を地図で確めた。

「よし、慎重に行こう」

腰のポケットのケータイが振動した。急いで耳にあてると、光安の声が聞こえた。

『係長、ブツは確保しました。空のロッカーに、のこのことブツを取りに現れた中国人二人の身柄も、無事身柄を確保しました』

「よし。了解」

『いま、どちらです？　応援に行きますが』

「いや、応援はいい。いま我々は本牧埠頭《ふとう》A突堤のコンテナヤードに到着した。ここで、張は、その二人が戻るのを待っていると思う。その二人が捕まったと分かったら、梶原や人質の命が危なくなる。張舜仁は、きっと二人に首尾はどうか、とケータイを掛けるはずだ。なんとか、時間稼ぎをしてくれ。その間に、我々が張舜仁を捕まえる」

『了解です』

ケータイは切れた。

北郷はあらためて、武田と班員たちを見回した。

手信号で行くぞ、と合図をする。

雨垣を先頭に、一列縦隊になって、コンテナヤードへ忍びこんだ。

周囲には、何百、何千個ものコンテナが何段にも重ねられ、ビル街のように整然と並んでいる。

周囲に建てられた鉄塔に取り付けられた明るいライトに昼間のように照らし出され、あたり一面コンテナヤードはオレンジ色に染められている。

そのため、コンテナが地上の随所に濃い影を作っている。北郷たちは、その影を伝い、足音を忍ばせて進む。

ようやく、コンテナヤードの中程にある5号区に到着した。

四段重ねにしたコンテナが二列一組になって並んでいた。いずれも、香港行の札がついている。

「待て」

北郷は手でみんなを制した。

どこからか、男の中国語の怒声が聞こえた。二列目のコンテナの山と、三列目のコンテナの山の間で、何人かが話している声がする。

北郷はそっとコンテナの陰から、声がする方を覗《のぞ》き見た。三人の人影が見えた。全員男だ。人質早苗の姿はない。

北郷は、手信号で、雨垣と真崎、上坂の三人に右から回り込むように指示した。北郷自身は、武田と青木を連れて、左から声のする場所へ回り込むこととした。

またケータイが振動した。耳にあてると、大村が出た。

『いま現場のゲート前に着いた。総勢十二名だ。どこにいる？』

北郷は囁《ささや》き返した。

「我々は5号区に展開した。張たちは三人だ」

『了解。バックアップする。我々が駆けつけるまで、待ってほしい。まもなく、県警のSATも到着する手筈《てはず》になっている』

「了解した」

振り向くと、二、三百メートル後方のゲートの方角から、十数人の人影が身を屈《かが》めて走ってくるのが見えた。

金網の外の道路に、赤灯を点滅させたパトカーが何台も滑り込んでいた。

これで張舜仁は、容易にコンテナヤードから逃げ出すことはできないだろう。

北郷は回転式拳銃S&W・38口径ポリススペシャルを抜き、青木奈那刑事に手信号で、バックアップしろと命じた。青木奈那は緊張した面持ちで自動拳銃のスライドを引き、弾丸を装塡《そうてん》した。武田は特殊警棒をすらりと伸ばした。

北郷は首に付けたインカムに囁いた。

「雨垣、配置についたか？」

『配置完了』

雨垣の囁きが返った。

「突入は、大村たちが来てからやる。俺が合図するまで待て」

『……………』

スウィッチをオンオフにする音が聞こえた。

北郷はコンテナの陰を進み、声がするコンテナとコンテナの間に忍び寄った。

男の一人がケータイを耳にあて、しきりに中国語で話をしている。梶原は両手を頭の後ろで組まされ、跪《ひざまず》いている。

もう一人の背の高い男がいた。男は苛々《いらいら》しながら、ケータイを掛けている男と、跪いている梶原との間を行ったり来たりしていた。

「野郎！　騙《だま》したな」

日本語の怒声が聞こえた。

見ると、ケータイを掛けていた男が、跪かせた男を蹴飛《けと》ばしはじめていた。

いきなり、梶原は立ち上がり、唸《うな》るような声を上げて、ケータイを掛けている男に頭突きを食らわせた。

「張！　兄の仇《かたき》だ！」

梶原勇太の怒声だった。勇太はどこに隠していたのか、ナイフを振り回していた。

――しまった、勇太が早まった。

突然、銃声が起こった。

もみ合っていた梶原の影が崩れ落ちた。

「突入！　打ち込め！」

北郷はインカムに怒鳴りながら、拳銃《けんじゅう》を手に駆け出した。後から青木奈那と武田がついてくる。

「マイヨッ（動くな）！　差人《チャイヤン》（警察だ）！」

北郷は広東語で叫びながら、コンテナとコンテナの間に飛び込んだ。

「マイヨッ！　警察だ！　動くな！　抵抗するな！」

向こう側のコンテナの陰からも雨垣、真崎、上坂が拳銃を手に駆け込んでくる。

二人の男が、拳銃を北郷と雨垣たちの双方に向けて発射した。

いきなり、北郷は防弾チョッキの右脇腹に痛撃が走るのを覚えた。

北郷は咄嗟《とっさ》に拳銃を撃ち返した。

背が高い黒影がもんどりを打ってコンクリートの路面に転がった。

もう一人の男は両側から殺到する北郷と雨垣たちを見て観念したのか、拳銃を地面に置き、両手を高々と上げた。

北郷は、手を上げた黒影に拳銃を突き付けた。

写真で見た顔だった。

「張舜仁だな」

「…………」張は答えなかった。

「座れ！」

張舜仁はにやにやと笑いながら、おとなしく座ったまま両手を上げていた。

「降参する」

張は北郷を嘲笑《あざわら》うような笑みを浮かべ、日本語と英語でいった。

雨垣たちが転がった背丈のある男に駆け寄り、手首に手錠をかけた。

「張の身柄を確保！　時間は十一時十三分。中国人だ。日本語を少し喋《しゃべ》るようだ」

「大丈夫か！」

そこへ大村たち川崎署の刑事たちがどっと駆け付けた。

「北郷係長、怪我はないか？」

北郷は額の汗を手で拭《ぬぐ》った。脇腹は痛むが、防弾チョッキを着ていたおかげで、銃創はない。

「大丈夫だ。それより、梶原や人質の面倒を見てくれ」

梶原勇太は青木奈那と武田に介抱されていた。胸部を撃たれたらしく、シャツに赤黒い染みが広がっていた。

真崎がケータイで蒲田署へ連絡している。

「マル被の一人は腹部に銃創。大至急、救急車を呼べ。もう一人、重傷者がいる。こちらは右胸に銃創。出血多量だ。至急救急車を寄越してほしい」

「早苗さんは、どこだ？」

北郷はあたりを見回した。早苗の姿が見当らない。

「張、早苗さんはどこにいるんだ？」

張舜仁はにやにや笑った。

「さあ、知らねえな」

梶原勇太の苦しそうな声が聞こえた。

「義姉《ねえ》さんは、こいつらにコンテナに閉じこめられているんだ」

「どのコンテナだ？」

北郷は周囲のコンテナ群を見回した。

「どのコンテナかは分からない。……早く助けてやってほしい」

大村は部下に怒鳴るように命じた。

「コンテナを探せ。この近くのコンテナに人質が閉じこめられているはずだ！」

刑事たちが一斉に四方八方に散った。片っ端からコンテナを叩《たた》き、中に人の声がしないか、確かめている。

救急車が二台、つぎつぎに滑り込んだ。救急隊員たちがストレッチャーを引き出して駆けてきた。

隊員たちは、重傷の梶原勇太と、もう一人の背丈のある男をストレッチャーに乗せ、救急車に運んでいく。

「分からないぞ」

刑事たちの苛立《いらだ》った声が響いた。

「こんなにたくさんのコンテナがあるんだ。上に何段も重ねられたコンテナを調べるのは容易ではないぞ」

大村も焦り、北郷にいった。

北郷は張の胸倉を摑《つか》んだ。

「張、どのコンテナだ？」

「……………」

張は答えず、へらへら笑うだけだった。

ゲートの方角から新手の救急車のサイレンが聞こえた。

雨垣が北郷にいった。

「係長、コンテナに空気穴が開いてないタイプだったら、中に閉じこめられた人質は窒息してしまう。どうしますか？」

北郷は焦りを覚えた。北郷は張舜仁の胸倉を摑み、ぐらぐらと揺すった。殴りたくなる気持ちを必死で抑えた。

「張、どのコンテナだ？　言え」

「あんたが、北郷かい」

「どのコンテナだと訊《き》いているんだ」

「あいつから聞いたぜ」

張は顎《あご》でストレッチャーに載せられた梶原勇太を指した。

梶原ともう一人を乗せた救急車はドアを閉め走り出した。

「ま、もう時効になったろうからいうが、十九年前に営業所で、おれが撃ち殺した娘は、おまえさんの惚《ほ》れた女だったんだってな。悪かったなあ」

「…………」

北郷はそれまで胸の中に抑えていた煮えくり返るような激怒の感情がこみあげてきた。

「おれを見付けて、あの娘の仇を討っていってたそうだな」

張は馬鹿にしたように笑った。

「さあ、仇を討ちたいなら、撃てよ」

張舜仁は挑発するように北郷を嘲笑った。

「撃てないんだろう。へ、日本の警察官は法律で人を殺してはいけないことに決まっているんだものな」

「張、あいにくだが……」

北郷は胸に付けた警察バッジを外し、脇に放り捨てた。

「いま、その警察官を辞めた。俺はただの人だ、警察官ではない」

「…………」

張はきょとんとして、北郷を見上げた。

「だから、おまえを殺せるんだよ」

北郷は張の右腿《みぎもも》に拳銃《けんじゅう》を押しあてて、引き金を引いた。

銃声とともに、張は悲鳴をあげた。

「ツォーニーマー（畜生）！」

右腿を撃たれ、張は両手で腿から噴き出る血を止めようとしていた。

「係長、何をするんですか！」

驚いた雨垣や真崎が駆け寄った。

「近寄るな。俺を止めようとしたら、すぐにこの野郎を撃ち殺すぞ！」

北郷は大声でいい、回転式拳銃を張の額に押しつけた。

「係長！」

「下がれ。離れろ」

雨垣や真崎は慌てて引き下がった。

北郷は張舜仁に向き直った。

「張舜仁、おまえをそう簡単には死なせない。おまえに殺された紗織が、どんなに恐怖を抱きながら死んだか、おまえにもゆっくりと味わってもらう。次は、どこにするかな？」

北郷は拳銃を張の左膝《ひだりひざ》にあてた。

「や、やめろ、おまえは警官だろう」

青木奈那は悲鳴を上げ、両手で顔を覆った。

「係長、やめてください。お願いです」

張は血相を変え、背中でずり上がりはじめた。

「もう警官は辞めたといったろう。俺はおまえを殺《や》るために警官になったんだ。この日のためにな」

北郷はまた拳銃の引き金を引いた。張の左膝が粉砕され、血がどっと噴き出た。

張は絶叫し、のたうちまわった。

「もう、やめてください、係長」

青木奈那が必死に懇願した。

「止めろ、係長」

大村デカ長の声も聞こえた。北郷は悲痛な声を上げて苦しむ張舜仁を見下ろしながら笑った。

「張舜仁、痛いか。苦しいか。これから、一発ずつおまえの軀《からだ》を撃ち抜いて、おまえに殺された人の分まで、仇《かたき》を討ってやる。死ぬまで十分に苦しむんだ」

「誰か、た、助けてくれ」

「係長、お願いだ。止めてください」

雨垣や真崎が北郷に飛びかかろうとした。北郷は拳銃を張の顔に向けた。

「寄るな。もっと離れろ。張を撃つぞ」

雨垣と真崎は踏み止《とど》まった。

「係長、張舜仁に関する限り、時効は延長になったではないですか」

「ここで殺してはだめです。張舜仁を裁判にかけて、死刑台へ送りましょう」

「係長、お願いだ。正気に戻ってください」

「係長、警官に戻ってください。そいつは裁判でも死刑です。係長が殺すことはない」

部下たちが口々に叫んだ。

北郷は躊躇《ためら》いながらも、拳銃を張舜仁の額にあてた。

「さあ、邪魔が入らぬ前に、そろそろ、おまえが紗織にやったと同じようにして地獄へ送ってやろう」

「や、やめてくれ。俺を殺したら、おまえも死刑になるぞ」

「安心しな。何人も殺している殺人鬼のおまえを殺しても俺は死刑にはならない。それに、俺はおまえを殺せるなら、どんな刑を受けてもいいと思っているんだ」

北郷は拳銃を張の額に押しあて、撃鉄を引き上げた。

「早苗が死ぬぞ」

「いい逃れは許さん。紗織の仇さえ討てればいい」

「頼む。殺さないでくれ。早く出さないと、コンテナの中で早苗は凍え死ぬぞ」

「いえ。どのコンテナだ？」

「あの香港行の保冷コンテナだ」

張は斜め前に積み上げられた保冷コンテナを指差した。

「……番号は、ＨＫ４２２５６Ｊだ」

大村デカ長の指示が飛んだ。

「みんな、保冷コンテナのＨＫ４２２５６Ｊを探せ！　人質が閉じこめられている！」

刑事たちが手分けして保冷コンテナに駆け寄った。扉をどんどんと叩き回った。

やがて、一人の刑事ががなるように叫んだ。

「見つけた。これだ！　ＨＫ４２２５６Ｊだ。間違いない」

大勢の刑事たちが、その保冷コンテナに駆け寄った。

「中から、かすかに女の声が聞こえるぞ」

「畜生、鍵《かぎ》がかかっている。開かないぞ」

刑事たちがロックされた扉を開けようと、レバーを必死に引っ張っている。

北郷は張舜仁の軀のポケットを探った。

「張舜仁、早く鍵を渡せ」

「……畜生！　痛《いて》えよう。痛えよう。よくもやりやがったな」

張舜仁は粉砕された膝を抱えて泣き叫んでいた。

業を煮やした大村が怒鳴った。

「バールか何かでぶち壊せ。放っておくと凍え死んでしまうぞ」

刑事たちがどこからか持ってきたバールで錠前を壊し始めた。

北郷はあらためて、拳銃の銃口を張舜仁の額に押しつけた。

「汚ねえ。俺は教えたじゃねえか。なのに、殺すというのか？」

「いったろう。俺はおまえに殺された紗織の仇を討つために、生きてきた。おまえもプロの殺し屋なら、覚悟するんだな」

張は必死に頭を下げて命乞《いのちご》いをした。

北郷はポケットから紗織の命を奪った弾を取り出し、張舜仁の目の前に掲げた。

「これは何だか分かるか？」

「…………」

「おまえが紗織を撃った時の弾丸だ。紗織の頭を撃ち抜いて転がっていた。さあ、この弾に謝るんだ」

「……悪かった。謝る。許してくれ」

「許すのは神様の仕事だ。俺はおまえを許さない。紗織の仇を討つ」

「だれか、こいつを止めてくれ。お願いだ」

北郷は黙って撃鉄を引き上げ、引き金に指をかけた。

「やめてくれよう」

張はぶるぶる震えて泣きだした。

背後から武田が優しく声をかけた。

「そいつを殺しても、紗織さんは喜ばないぞ。きっと、そんなおまえを見て悲しむだろう」

「…………」

北郷は唇を嚙《か》んだ。

「北郷さん、拳銃を下ろしてくれ。頼む。でないと、私があんたを撃つことになる。私にあんたを撃たせないでくれ」

「…………」

振り向くと、大村デカ長が拳銃を向けていた。

周囲に県警の警官たちが続々と集まり、取り囲んでいた。

大村デカ長がいった。

「係長、口惜《くや》しいだろうが、警官に踏み止まってくれ。殺された被害者の遺族や恋人、親しかった人間は、みんな犯人が憎い。だけど、我慢して法律で裁いてもらっている。そういう残された者の悲しみを知った警官が、この世に必要とされているんだ」

「係長、お願いです。警察バッジをもう一度付けて警官に戻ってください」

青木奈那の震える声がいった。奈那は警察バッジを、震える手で差し出していた。

――やめて。お願い、雄輝さん、私のために、もうやめて。

奈那の声にだぶって紗織の声が聞こえた。

胸に煮えたぎっていた怒りが、ようやく治まりはじめていた。

青木奈那だけでなく部下の班員たちが固唾《かたず》を飲んで北郷を見守っている。

「北郷、もういいだろう。さあ、わしに拳銃《けんじゅう》を渡せ」

武田が近寄り、肩を叩《たた》いた。

北郷はゆっくりと銃口を上に向け、撃鉄を元に戻した。北郷は回転式拳銃を武田に手渡した。

「うむ。係長、それでいい」

武田は拳銃を受け取り、輪胴を開け、弾丸をチェックした。

「現行犯逮捕だ、張、大人しくしろ」

大村ががなるようにいった。刑事たちが張に近付こうとした。

「ツォーニーマー！　死ね」

張舜仁は呻《うめ》き声を上げ、背のベルトに隠していた拳銃を引き抜いて北郷に向けた。

北郷は武田に渡した拳銃をひったくり、振り向きざまに張へ向けて引き金を引いた。

発射音が起こらない。空撃ち？

北郷よりも早く、別の銃声が鳴り轟《とどろ》いた。

張舜仁の手から銃が吹き飛んで転がっていた。張舜仁は右腕を撃たれて、コンクリートの地面に倒れていた。気を失っている様子だった。

大村デカ長の拳銃が硝煙を漂わせていた。

「係長、これで気が済んだろう」

北郷は呆然《ぼうぜん》として、弾丸の出なかった回転式拳銃を見つめた。

撃つ度に残弾数は数えていた。まだ二発は残っていたはずなのに、どうして空撃ちになったのだろうか？

輪胴を開いた。弾丸は装填《そうてん》されてなかった。

「係長」

武田が笑いながら、掌に載せた二個の弾丸を見せた。

「わしが抜いておいたよ。おまえさんにやつを撃たせたくなかったのでな」

またもゲートの方角から、二台の救急車が走ってきた。

後れ馳《ば》せながら、SATの車両も走り込んでくる。消防隊のレスキューチームの車両も駆けつけた。

コンテナヤードは大勢の人で騒然としていた。

刑事たちの声が響いた。

「人質救出！」

「人質を救出したぞ」

刑事たちが保冷コンテナの扉を壊し、中から早苗を抱えだしていた。

刑事たちが口々に叫んだ。

「人質救出したぞ！　無事だ」

「救急車！　救急車！」

救急隊員たちが刑事からぐったりした早苗を受け取り、毛布で早苗を包んだ。

待機していた救急車が走り込んだ。

救急隊員がストレッチャーに早苗を乗せ救急車に運んだ。

別の救急車がもう一台、張舜仁の傍らに走り込んだ。救急隊員が血だらけになった張を収容していた。

二台の救急車は相次いで、サイレンを鳴らしながら走り去った。

「雨垣、俺を逮捕してくれ」

北郷は雨垣に拳銃を渡し、両手を差し出した。

「何の容疑ですか？」

「張舜仁に対する殺人未遂容疑だ」

雨垣は拳銃を受け取ったものの、肩をすくめた。

「冗談いわんでください。張を殺さなかったし、俺は何も見てなかったですよ。係長を逮捕なんかできませんよ」

青木奈那は北郷に駆け寄り、温かくハグをした。

「北郷さんが、警察官に踏み止《とど》まると信じてました。ほんとうによかった。ありがとう」

大村が北郷に苦笑いしながらいった。

「係長、はじめから弾がないのを知っていたんですか？」

「いや、知らなかった。俺は確実に張舜仁を狙って撃っていた」

「逆に殺されていたかもしれない」

北郷はうなずいた。

「俺は殺されてもいいと思った。その代わり、張を確実に死刑台へ送ることが出来る」

「やめてくださいよ。あんな野郎と心中するなんて。係長には、もっとやることがあるはずです」

大村は怒った顔でいった。

武田が北郷の傍に寄り、肩をぽんと叩いた。

「北郷、おまえさんは根っからの警察官なんだよ。警察官から正義を除けば、制服を着たごろつきと同じになっちまう。正義を守ってこそ、本当の警察官だ。これで紗織さんも安心して成仏できるだろうて。きっと彼女も天国で笑っているさ」

北郷は武田の言葉に胸につかえていた思いがどっと解き放たれたように思った。

北郷は紗織の笑顔を思いながら、暗い夜空を見上げた。目に涙が湧いてきた。

17

「では、贋札《がんさつ》原版を証拠品として、押収させていただく」

本庁公安警備課の鯨岡管理官と矢作外事課長は原版に手を伸ばした。北郷はその手を押さえた。

「管理官、ちょっと待ってほしい」

「何かね」

「ひとつ、はっきりさせたい。この原版のために、大勢の人間が死んだ。その人たちへの詫《わ》びを聞きたいね」

「なぜ詫びねばならんのだ？」

「あんたちが、本田組に原版の情報を流さなかったら、あの神栄運送会社強盗殺人事件は起こらなかった。なんの罪もない五人は死ぬこともなかった。公安は反省しないのか」

「我々は国家のためにやっているんだ。多少の犠牲が出ても仕方ない。この原版が北の工作員の贋札工作に使用されたら、アメリカも日本も大損害を受ける。それを未然に防いだのだからな」

「あの五人は止むを得ない犠牲だったというのか？」

「想定外だった」鯨岡管理官はつぶやくようにいった。

「北郷係長、前にもいったろう？　国家が安泰であれば、国民も安泰なのだと。国家を守ること、それが我々の任務なんだとな」

矢作外事課長が憮然《ぶぜん》としていい、原版の包みを手に取った。

「国民に、あんたたちのそういう言葉を聞かせたいですな」

鯨岡管理官と矢作外事課長は何をいいたいのだ、という顔をして、応接室から出て行った。

北郷は二人を見送ってから、胸のポケットからマイクロ録音器を取り出した。再生した。応接室での会話がクリアに収録されていた。

北郷は紗織の命を奪った弾を手で握りながら、ケータイをかけた。

「社会部の浅田敦子記者を」

ややあって敦子が出た。北郷はいった。

「これから、すぐに蒲田署へ来ないか。重大なネタを提供しよう。明日《あした》の朝刊一面を飾るビッグニュースだ」

北郷はケータイの通話を切りながら、紗織の笑顔を目に浮かべた。

窓ガラスに夕陽が射していた。

「係長、お電話です」

青木奈那の声が、北郷を現実に引き戻した。

「誰からだ？」

「本庁の宮崎管理官です。内線1番です」

北郷は受話器を取り、内線1を押した。

『事情は署長から聞いた。よくやった。それに、よくぞ自重してくれた』

「北郷です」

「ご心配をおかけして申し訳ありません」

『見事、時効の壁に穴を開けたな』

「……ありがとうございます」

『国会に、まもなく公訴時効をなくす刑訴法改正案が上程される。おそらく可決されるだろう。そうなったら、われわれは忙しくなる。時効を考えず、とことんホシを追うことになる』

「…………」

『北郷、ぜひとも、被害者たちのために、きみの力を貸してほしい。……』

北郷は受話器から流れる宮崎の切々たる説得の言葉に耳を傾けた。

「……少し考える時間をください」

『いい返事を待っているぞ』

宮崎の通話が切れた。

北郷は静かに受話器をフックに戻した。

「…………」

青木奈那が何かいいたげに北郷を見つめていた。

「心配するな」

北郷は頭を振った。青木奈那はにっこりと笑った。

北郷は窓辺に寄り、外に広がる空を見上げた。

火のついていない煙草を銜《くわ》えた。

青々とした空に一筋の飛行機雲が夕陽を浴び、茜色《あかねいろ》に映えながら、ゆっくりと延びていく。

耳の奥で荒井由実の『ひこうき雲』が聞こえた。

……

あまりにも若すぎたと　ただ思うだけ

けれど　しあわせ
空に憧《あこが》れて
空をかけてゆく
あの子の命はひこうき雲

……

目の奥で紗織が笑っていた。やがて手を振りながら遠ざかって行く。

北郷は心の中で紗織に、さよならと別れを告げた。


二〇一〇年四月二十七日、衆議院本会議で、殺人や強盗殺人などの公訴時効を見直す改正刑事訴訟法が賛成多数で可決、成立した。

改正法は即日公布・施行され、殺人や強盗殺人など法定刑に死刑を含む罪については、現行の時効は廃止された。

改正法は過去の事件でも時効が成立していなければ、即日適用対象となり、一九九五年四月二十八日以降に発生した未解決の殺人事件の時効は廃止される。

この日以前の十五年間に、捜査本部が設置され、未解決の殺人事件は、全国で三百七十三件に上る。それらの殺人事件の捜査は、今後時効なしで継続される。

（毎日新聞4月28日付記事の概略）

解説

宮田《みやた》昭宏《あきひろ》（編集者）

森詠《もりえい》さんが満を持して、警察小説に戻ってきました。

横浜《よこはま》を舞台にした警察小説・横浜狼犬《ハウンドドッグ》のシリーズで多くの読者を魅了した森さんは、シリーズの最後の作品『清算《チョンサン》 横浜狼犬Ⅳ』の決定版を二〇〇六年に文庫として刊行して以後、警察小説から遠ざかっていました。

そして、その間、森さんは『剣客相談人』『忘れ草秘剣帖』『ひぐらし信兵衛残心録』『おーい、半兵衛』さらに『吉原首代 左助始末帳』などの時代小説の執筆に、言葉は悪いのですが、かまけてきたようです。

もちろん、これら時代小説のシリーズは、スピード感に溢《あふ》れるストーリー展開が、切れ味の鋭い文体で描かれていて、しかも森さんが得意としている殺陣《たて》の描写の迫力と相まって、文字通り、巻を措《お》く能《あた》わずというエンターテインメント作品になっています。

そして、森さんが時代小説を心から楽しんで書いていることが伝わってきて、読者は森詠という小説家が切り開いた新しい面を存分に楽しむことができます。

ではありますが、ひとたび森さんの警察小説の魅力に捉《とら》われた読者は、長い禁断症状を強いられてきたと言えます。

そしてその禁断症状の特効薬とも言うべき作品がこの文庫版『彷徨う警官』なのです。

ところで、横浜狼犬シリーズの中の一つ、七つの短篇を収録したアンソロジーに、『警官嫌い』という表題をつけてしまう森さんは、自分が創り出す主人公と同じように、警察という組織にほとんど憎悪に近い思いを持っているのではないでしょうか。

少なくともぼくには、そう思えて仕方がありません。

「狼犬」シリーズの主人公である刑事・海道章の恋人は、海道が警官であることを知った途端、そのことだけを理由に、海道から離れて行きますが、そのシーンは次のように書かれています。


「人間ですって？　あなたたちは、みんな人間のクズよ。それも最低の人間だわ」

深雪はいきなり右掌で海道の左頬を張った。小気味いい平手打ちの音が響いた。銜えた煙草が吹き飛ばされ、路上に転がった。口の中に血の味が拡がった。左頬が熱くなった。

「もう二度と、あなたには会いたくない。私の前にも現れないで。……さよなら」

深雪は踵を返し、石畳の上を急ぎ足で歩き出した。

警官嫌いもここに極まれりという感じがしますね。

　ですが、森さんが警察小説で本当に書きたいことは、警察官という職業の面白さや警察官の誇りというようなものでなく、警察という巨大な組織の中で、たった一人、異質な存在として生きていこうとする孤独な魂なのだと考えると、そのことに得心がいきます。

　刑事・海道章は県警内部でも異端視されています。

　それは彼が日本人の父と在日韓国人の母の間に生まれた混血児《ハーフ》ということと無縁ではありません。いや、むしろ、海道が警官であり続けることは、日本と韓国という二つの血の相克の中に、自らのアイデンティティーを探していることなのでしょう。

　森さんの新しい警察小説のシリーズ第一弾『彷徨う警官』の主人公である北郷雄輝は蒲田《かまた》署の刑事です。

　高校生の時、北郷の恋人が惨殺され、犯人は捕まらないまま、無駄に時が流れていきます。時効が迫ってきます。このままでは殺人犯が裁かれないことになります。北郷は自分の手で犯人を挙げるため、そのことだけのために警官になろうと決心します。

　どうでしょう？

　こんなことが動機で警官になった男が主人公の警察小説なんて、いままであったでしょうか？

面白い設定ですね。

警察官になった北郷は、非番の日を選んでは、自分だけの事件のために、自分だけの捜査をして、自分だけの手で犯人を捕まえようとします。

ですから、川一つ渡った神奈川《かながわ》県警の管轄に入り込んで、捜査を敢行したりします。警察組織が最も嫌がることの一つ、越境捜査も辞さないのです。

警視庁と県警の体面と意地。そんなものに頓着《とんちゃく》しない北郷は、蒲田署の厄介者となります。

体面をなにより重んじる上司は北郷の行動を縛り付けようとしますし、同僚の刑事たちも北郷をうとましく思い始めています。

しかも、調べていくと、この事件の犯人が捕まらなかった背後に、公安が自分たちの組織を守るためにおかしな行動をしたらしいことが分かってきます。

こうして、公安と警視庁と県警。三つの組織の対立のただ中に、北郷は一人立つことになります。森さんの警察小説の真骨頂が発揮される展開です。

殺人ほど取り返しのつかない犯罪はありません。

犯人がその罪をいかに贖《つぐな》ったとしても、亡くなった命は蘇《よみがえ》ってはくれないのです。殺された被害者の遺族にとって、その喪失感は計り知れません。犯人をこの手で殺してやりたいと言う人もいるくらいです。

愛する人を殺された喪失感に、北郷は、犯人に人生の落とし前をつけるために警察官になる決意をしたのです。

その北郷の前に立ちはだかるのが、「時効」というタイム・リミットです。殺人を犯していても、時効が成立すると、犯人を司直の手で裁くことができないのです。

時効と言えば、一般的には公訴時効を意味します。犯罪が行われた後、法律で決められた期間が過ぎると、被疑者を起訴することができなくなるという制度です。別の言い方をすると、時効期間が過ぎてしまえば、犯人は罪に問われることがないのです。

時効制度が必要とされるのは、時間が経過すると、社会の処罰感情が希薄になってきて、あえて処罰をする必要がなくなるということと、時間の経過によって、証拠が散逸してしまって、適正な裁判が行えなくなることが大きな理由とされてきました。

しかし、近時、被害者の遺族はもちろん、世論からも、時効制度の見直しを求める声が高まってきました。

これを受けて、二〇一〇年四月二七日に「刑法及び刑事訴訟法の一部を改正する法律」が施行され、「人を死亡させた罪」のうち、法定刑の上限が死刑である犯罪（殺人など）は、それまでは時効が二十五年であったものの公訴時効は廃止されることとなります。また、同時に、過去の事件でも時効が成立していなければ、一九九五年四月二八日以降の未解決の犯罪の時効も廃止されました。こうした犯罪の犯人はあくまでその罪を問われるようになったのです。

　森さんがこの小説の最後のページで、そのことを書いているのは、そうした背景があるからですが刑事訴訟法は二〇〇四年にも改正され、殺人などの犯罪の時効の期間は十五年から二十五年に変わっています。

　この辺りは誤解をしやすいので、この小説の時間の経過と刑事訴訟法の改正との関係を説明しておきます。

　神栄運送会社蒲田営業所で事件が起きたのは、一九九一年七月二十四日の夜のことです。

　この時の刑事訴訟法では、時効は十五年です。つまり、二〇〇六年七月二十四日に時効が成立します。ところで、その二年前の二〇〇四年に法律が変わって、時効の期間は二十五年に変わっていると言いましたが、この改正法の附則条項に、改正法施行以前の犯罪については「従前の例による」となっていますので、この事案は従前の法律で決められた通り、時効は十五年のままということになります。時効は成立してしまっているのです。

　ですから、主人公の北郷雄輝は、すでに時効が成立してしまった事件の真相を突き止めようと、孤独な戦いを続けることになるのです。

　小説の最後で、北郷は人生最大の生き甲斐《がい》を失うことになりますが、北郷のために、森さんは、シリーズ第二弾として、新しい任務を周到に用意してあります。新宿署《しんじゅく》で僅《わず》かな期間上司だった宮崎《みやざき》は、本庁に異動していて、管理官になっています。その宮崎は北郷の異能を高く評価していて、新しい任務につけることを北郷に提案します。

この小説の中ではどんな任務か具体的には触れられていないのですが、ぼくが森さんにうかがったのは、宮崎は迷宮入り事件を再調査して、裁かれないでいる犯人たちを挙げるためのプロジェクトを立ち上げる準備をしているようです。そのためのチームには一癖も二癖もあるハグレ刑事たちを集める腹積もりで、北郷もその一員となって活躍することになるということです。

「でしたら、蒲田署の青木奈那も一緒に異動させて、チームに入れてやってくれませんか?」と、奈那ファンになったぼくはお願いしたのですが、森さんはその温顔を綻《ほころ》ばせただけで、確約はしてくれませんでした。

クセ者刑事、ハグレ刑事たちを描くための、熟達した凄腕《すごうで》を持つ森さんのシリーズ第二弾に期待が高まります。

本書は二〇一一年六月に毎日新聞社から刊行された
単行本を加筆、修正し、文庫化したものです。

彷徨《さまよ》う警官《けいかん》

森《もり》詠《えい》

平成27年 4月25日 初版発行

発行者●堀内大示

発行所●株式会社KADOKAWA
〒102-8177 東京都千代田区富士見2-13-3
電話 03-3238-8521（営業）
http://www.kadokawa.co.jp/

編集●角川書店
〒102-8078 東京都千代田区富士見1-8-19
電話 03-3238-8555（編集部）

角川文庫 19129

印刷所●旭印刷株式会社 製本所●株式会社ビルディング・ブックセンター

表紙画●和田三造

ISBN978-4-04-102931-2 C0193

JASRAC 出 1503263-501

角川文庫発刊に際して

角川源義

　第二次世界大戦の敗北は、軍事力の敗北であった以上に、私たちの若い文化力の敗退であった。私たちの文化が戦争に対して如何に無力であり、単なるあだ花に過ぎなかったかを、私たちは身を以て体験し痛感した。西洋近代文化の摂取にとって、明治以後八十年の歳月は決して短かすぎたとは言えない。にもかかわらず、近代文化の伝統を確立し、自由な批判と柔軟な良識に富む文化層として自らを形成することに私たちは失敗して来た。そしてこれは、各層への文化の普及滲透を任務とする出版人の責任でもあった。

　一九四五年以来、私たちは再び振出しに戻り、第一歩から踏み出すことを余儀なくされた。これは大きな不幸ではあるが、反面、これまでの混沌・未熟・歪曲の中にあった我が国の文化に秩序と確たる基礎を齎らすためには絶好の機会でもある。角川書店は、このような祖国の文化的危機にあたり、微力をも顧みず再建の礎石たるべき抱負と決意とをもって出発したが、ここに創立以来の念願を果すべく角川文庫を発刊する。これまで刊行されたあらゆる全集叢書文庫類の長所と短所とを検討し、古今東西の不朽の典籍を、良心的編集のもとに、廉価に、そして書架にふさわしい美本として、多くのひとびとに提供しようとする。しかし私たちは徒らに百科全書的な知識のジレッタントを作ることを目的とせず、あくまで祖国の文化に秩序と再建への道を示し、この文庫を角川書店の栄ある事業として、今後永久に継続発展せしめ、学芸と教養との殿堂として大成せんことを期したい。多くの読書子の愛情ある忠言と支持とによって、この希望と抱負とを完遂せしめられんことを願う。

　一九四九年五月三日